Elmar Langenbacher

Spaziergang mit Hubert Burda

Herkunft. Schwarzwald.

Für Felix.

„Bleib dran, was dich umtreibt“,
sei Huberts Motto, meint Herr Mülbert weiter.
„Er bringt dich auf die Spur.“

Vielen Dank an Hubert Burda
für das mir entgegengebrachte Vertrauen.
Für die Gespräche.
Dass er mich auf die Spur gebracht hat.

„Du liebst die Melodie, die zufällig erklingt,
du sehnst dich nach dem Bild,
das deine Seele zum Schwingen bringt.
Die Finger voller Farbe – du kommst aus dem Atelier,
du strahlst voller Wärme,
hast jeden Morgen eine neue Idee."

Elisabeth Furtwängler

Auszug aus ihrem Liedtext zum 75. Geburtstag des Vaters 2015

Hubert Burda mit Mutter Aenne Burda

Der Duft der Kindheit

Zart streicht der feine Herbstdunst aus den Reben. Sanft zeichnen sich die nebligen Umrisse der Kirchtürme aus dem Stadtbild vor mir, unter mir, ab. Markant streckt sich der Hubert Burda Media Tower in den Himmel, die Bergketten der Vogesen und des Schwarzwaldes in der Ferne verschwimmen, werden eins mit dem Himmel. Ein Duft von Herbst liegt in der Luft. Es ist frisch. Vorbei die Zeit der goldgelb, orange, rot, braun und grün in der Mittagssonne strahlenden Weinblätter, als ich das letzte Mal hier stand. Hier über den Reben von Fessenbach, einem kleinen badischen Winzerort oberhalb Offenburgs. Beschaulich ist das Bild.

Es ist ein besonderer Ort. Weit geht der Blick bei schönem Wetter. Bis hinüber ins Elsass, das Straßburger Münster, der ‚Finger Gottes', erkennbar am Horizont. Fantastisch das Farbspiel, wenn die Abendsonne den Himmel verfärbt, die Berge leuchten. Blau, violett, orange. Einmal hat der ‚Finger Gottes' versagt, der gepflegte Park über den Reben mit dem stolzen Pavillon, gleichsam dem Monopteros im Englischen Garten in München, erinnert an Felix Burda. Erstgeborener und verstorbener Sohn von Hubert Burda, nur wenige Tage vor mir geboren. Ein Gedenkstein im Park erhält die Erinnerung an Felix.

Als ich das letzte Mal hier war, wartete ich ebenfalls auf den Verleger, auf Hubert Burda, der hier im Schlössle vom Senator, dem „Vadder", eine Vernissage eröffnete. „Hubert" nannten viele ihn, Weggefährten vergangener Tage. Manche begrüßten ihn auch mit „Herr Dr. Burda". Die mit den Designer-Anzügen und Designer-Kleidchen. Die Karriereleiter fest im Blick. Felix lächelte aus der Unendlichkeit.

Friedlich der Blick auf die Stadt. Ruhig, ganz ruhig ist das Bild vor mir, vorbei die Hektik bei meiner Fahrt durch Offenburg. Es liegt einfach nur da, das Bild. Welch ein Kontrast zu den schnellen Bildschnitten im Fernsehen. Wann habe ich das letzte Mal ein Bild so lange betrachtet? Kari Albermann, Hubert Burdas Organisator, winkt aus dem Fenster: „`s geht grad noch `n Moment." Wenig später öffnet sich die Tür vom Schlössle. Hubert Burda tritt heraus, geht zum bereitstehenden Fahrzeug, erkennt mich, winkt. Und lächelt. Herr Burda hat eine Idee, davon will er mir erzählen.

Ich sitze wieder in der großen schwarzen Limousine. Hinten links, neben mir der Medienvisionär. Er lächelt, markant spitzbübisch sein Blick, wie damals, als ich zum ersten Mal neben ihm saß, hier im Auto. Für ein Gespräch im Haus ist keine Zeit, zu straff sein Terminkalender. Sein Bruder Frieder wartet in Baden-Baden. Dorthin geht die Fahrt, Zeit zum Reden. Er will wissen, wie ich zum Schreiben kam, denn er kennt mich ja nur flüchtig, von der vergangenen Fahrt im September, als ich mich mit ihm zu meinem Buch über den Kinzigtäler Jakobusweg und über Heimat unterhalten habe. Und er erkundigt sich nach meinen Eltern. Das frägt er nicht nur so, das meint er auch so. Umso betroffener der Blick als ich ihm erzähle, dass meine Mutter früh gestorben ist und auch mein Vater nicht mehr lebt. Gefragt nach meinem Jahrgang erwidert er: „Wie Felix."

Die Weinberge und Streuobstwiesen ziehen an uns vorbei, die getönten Scheiben des Mercedes verweigern dem Geruch des Herbstes den Weg ins Wageninnere. Der Duft des Apfels, der Duft der Kindheit.

Hubert Burda mit Vater Franz Burda

75. Geburtstag

„Nach Dr. Burdas Geburtstag geht es los mit den Spaziergängen", hatte Kari Albermann jüngst zu mir gesagt. „Spaziergang mit Hubert Burda" heißt das Buch-Projekt, welches Hubert Burda mit mir realisieren will. Denn der Verleger liebt es, im Gehen zu erzählen. Wie Aristoteles.

Heute feiert Hubert Burda Geburtstag. Den Fünfundsiebzigsten. Und ein Tag, um genau zu sein, denn Geburtstag war gestern am 9. Februar 2015, heute ist der Zehnte. Und ich stehe auf der Einladungsliste, und deshalb auch im großen Festzelt vor dem Burda Medienpark in Offenburg. Hinter der roten, majestätisch gewickelten Kordel, die den Beginn des VIP-Bereiches signalisiert. Ob ich da auch rein dürfte, frage ich mich. Aenne Burda, Hubert Burdas Mutter, hätte sich das nicht gefragt, sie hätte getobt. Zweite Reihe war nie ihr Ding. Legendär die Erzählung, wie sich Aenne, die „Schwarzwälderin" von der zweiten Reihe der angesagten Berliner Modenschauen nach vorne kämpfte. In die erste Reihe. Für sie zählte nur ganz vorne. Hat sie dann ja auch geschafft.

Ich bin ein Mann der zweiten Reihe, ich stehe da ja auch ganz gut, kann alles sehen und alles hören. Das Zelt ist voll, die große Belegschaft ist anwesend. Eine Stunde Geburtstag feiern – der Verdienstausfall könnte einem Kleinbetrieb schon mal das Genick brechen. Alle Mitarbeiter halten Heißluftballons mit Glückwunschkarten daran in den Händen. Und einem Elefanten drauf. Jetzt braucht es Insiderwissen: Zu seinem 65. Geburtstag ließ Franz Burda, der Vater, Elefanten durch die Innenstadt ziehen, veranstaltete einen fulminanten Burda-Zirkus! Er, „Senator Franz", der Direktor. Wenn nun gleich Hubert Burda das Festzelt betritt, sollen die Elefanten dieses Mal sogar fliegen! Franz Burda arbeitete hart. Sehr hart. Aber er verstand auch zu feiern. Mit Pauken und Trompeten. Hubert Burda genügt eine Trompete. Seinem Opa eine Oboe.

Die Burda-Betriebskapelle spielt auf, gleichsam einem Triumphmarsch. Ein Gang bildet sich durch die Menschenmenge: vom Medienpark durch das gesamte Festzelt, bis vor zur geschmückten Bühne. Hubert Burda beschreitet, so wie man ihn kennt, mit seinem unverwechselbaren Lächeln und dem perfekten Anzug, diesen Gang, strahlt die Menschen an, schüttelt Hände. Man spürt, er ist beliebt, gibt dem Konzern ein verantwortungsbewusstes Gesicht, einen Namen. Und Stolz.

Es folgen Lobreden, Geschenke werden überreicht. Und: eine riesige Schwarzwälder Kirschtorte, rechts und links von einem Gutacher Bollenhutpaar flankiert, wird in das Zelt getragen. Hubert Burda erhält das erste Stück, ganz Grandseigneur, überreicht er es einer Mitarbeiterin, hinter der Kordel stehend wie ich, für das charmante Lächeln. Auf der Torte thront eine große 75 aus Schokolade (die hat der Herr Burda dann auch nicht selbst gegessen, sondern hat sie schnurstracks zu den Kindern der ‚Hubert Burda Schule' in Fessenbach bringen lassen).

Stefan Strumbel, polarisierender Offenburger Heimatkünstler, hat Hubert Burda besonders in sein Herz geschlossen. Schafft Strumbel es doch wie kaum ein anderer, „Heimat" in Bildern zu transportieren. „Aus der Heimat hinaus in die Welt", stand schon in Hubert Burdas Abituraufsatz. Und so ist es auch nicht verwunderlich, dass die Stadt Offenburg dem Jubilar einen echten Strumbel schenkt: Vor Strumbel-typischem schrill-pinkem Hintergrund strahlt der Hubert Burda Media Tower auf der großen Leinwand. „Heimat loves you“ steht darauf geschrieben. Eingerahmt wird das Wahrzeichen Offenburgs von Weintrauben, den Offenburger Fasnachtsfiguren sowie dem ‚Goldenen Bambi‘. Und dem Monopteros für Felix. In Memoriam.

Was folgt ist ein hochemotionaler Moment, ein Momentum. Von den meisten Geburtstagsgästen vermutlich gar nicht als solches wahrgenommen. Ein Film zeigt das facettenreiche Leben Hubert Burdas. Vom Knirps zum Weltmann, vom Poeten zum Mäzen, vom „Schnigo“ zum siegreichen Skifahrer. Ein Bild sagt mehr als tausend Worte. Würde Hubert Burda sofort unterschreiben, der Mann der Bilder. Aber das gesprochene Wort – insbesondere das des verstorbenen Vaters – ist das Momentum. Und der Vater sagte nicht irgendetwas in den historischen Filmaufnahmen. Er sagte: „Mein Jüngster ist der geborene Verleger.“ Diese Worte gingen Hubert Burda von den Ohren direkt in die Augen. Nur für einen Moment, für ein Momentum. Und von da tief ins Herz. Fassung bewahren. Bestätigung. Dankbarkeit.

Ein weiteres Bild zeigt den kleinen Hubert an der Hand des Vaters beim Spaziergang. Zweites Momentum. Der Schriftsteller Peter Handke, Weggefährte und sehr guter Freund Hubert Burdas, schrieb einmal, „dass der Großvater mein einzig ‚Art Lehrer‘ war, wann immer er mich auf einen Weg mitnahm, ist mir dieser dann als Lehre geblieben.“ Wie wertvoll müssen die Spaziergänge für Hubert Burda mit dem lehrenden Vater gewesen sein? Wie leer die Gedanken an niemals stattgefundene Spaziergänge mit dem Großvater, der bereits lange vor Hubert Burdas Geburt starb? Ein Denkmal hat Hubert Burda dem Opa in seiner Offenburger Heimatstadt gesetzt. In Bronze gegossen, lebensgroß den humorvoll kreativen ‚Andres' der Althistorischen Narrenzunft darstellend, steht der Opa erinnernd in der Fußgängerzone. Er sieht Hubert Burda schon sehr ähnlich. Den Humor und die Kreativität hat der Enkel von ihm auf jeden Fall geerbt. Diese Fähigkeiten hat Hubert Burda auch gebraucht, als jüngster, kleinster, unter drei Brüdern und dem starken Vater. Durchkämpfen mit Humor und Kreativität.

Die Herren in den dunklen Anzügen vor der majestätischen Kordel geraten ins Schwitzen, denn sie wissen, ab jetzt kann es jeden treffen. Hubert Burda ist bekannt dafür, spontan Menschen auf die Bühne zu holen, um gemeinsam ein Liedchen zu trällern. Diesmal erwischt es den Jess Haberer. „Du bisch ja `n Offeburger Original, was singe mer zamme?" Aufatmen bei den anderen. Klar, das ‚Badner Lied', zur Sicherheit läuft der Text auf der Leinwand mit. Für die Zugezogenen. Für Jess Haberer kein Problem, ist er doch seit vielen Jahren Chef der Stadtkapelle. Dem Offenburger Traditions-Orchester, in welchem schon der Großvater musizierte.

Hubert Burda hat Spaß, genießt es, das sieht man ihm an. Er „schwätzt badisch". So wie die Zuhörer ihn lieben. Kein Satz erzeugt Langeweile, jeder zweite einen Lacher. Mit Leib und Seele macht er das. Und so kommt es dann auch, dass er plötzlich auf die Uhr schaut und anmerkt: „Wenn ich badisch red, denkt mei Seel ich hab Urlaub."

Als die Offenburger Althistorische Narrenzunft die Festzeltbühne betritt, kommt Hubert Burda ins Schwärmen. Vom Großvater. Und dem Urgroßvater. Als Hutmacher und Vogelzüchter kamen der Urgroßvater und dessen Bruder aus Böhmen nach Offenburg. „Kei Geld in de Tasch und nix verschdande." Als „böhmische Migranten ohne Background". Anfangs hat die ‚Althistorische' den Opa Franz nicht aufnehmen wollen, aber schon wenige Jahre später hat er fast das ganze Bühnenprogramm der Fasnachts-‚Redoute' bestritten, wurde schließlich ‚Andres'. „Aus dieser Kreativität entstand das, was heute Burda ist", sagt der erfolgreiche Verleger dann auch und zeigt mit Stolz auf den Medienpark. So humorvoll vorgetragen, so deutlich die Aussage zwischen den Zeilen. „Und als der Großvater Vater geworden ist, so ischer schnell in d´ Wirtschaft grennt un hett jedem ä Lyoner schpendiert." Ganz Hubert Burda beendet er seine Rede dann auch: „ In diesem Sinne – hoffentlich hänner Lyoner däbi."

Lyoner muss keiner dabei haben, für die Gäste gibt's „Fleischkäsweckle" satt, für die VIPs warten Shuttle-Busse zum Elternhaus. Der VIP-Bereich leert sich, die Busse füllen sich. Ob ich da jetzt auch mit darf, frage ich mich wieder. Ich sehe Frau Sojka, Herrn Burdas Offenburger Sekretärin, oder Herrn Albermann nicht, um zu fragen. Jess Haberer beendet meine Unentschlossenheit, packt mich am Ärmel, nimmt mich einfach mit. So geht das im Badischen, ist ja nicht München – am Eingang zur Schickeria.

Und schon bin ich drin. Im Hause Burda. Tiefe Ehrfurcht ergreift mich. Im Haus von Aenne und Senator Franz. Wer hier schon alles war: Andy Warhol, Max Schmeling, Peter Alexander, Golo

Mann, Wernher von Braun, Mireille Matthieu, Udo Jürgens. Und natürlich die Maria aus dem ‚Tatort'. Und jetzt ich. Jess Haberer packt mich wieder am Ärmel, keine Zeit für Träumerei. Kunst an den Wänden, Hubert Burda steht auf der Innentreppe, frägt, wer zum ersten Mal hier ist. Keine eingeschworene Gemeinschaft, Neue sind willkommen. Frau Sojka lächelt ihr bezauberndes Lächeln, ich darf also hier sein. Hubert Burda erzählt von der Angst der Eltern vor einem dritten Krieg. Bombensicher ist das Haus deshalb gebaut. „Ä Bomb hätte mer scho überlebt, aber schdaubig wäre mer gsinn…" So humorvoll, wie es im Festzelt aufgehört hat, geht es hier weiter. Hubert Burda begrüßt mich kurz und knapp mit Handschlag, alte Weggefährten warten auf ein Schwätzchen, ich bin der Neue. Ein Blick in den Garten, da draußen stand Andy Warhol mit seiner Polaroid, machte Fotos von den Burdas. Insgeheim der Wandlungsbeginn der BUNTE vom „Königsblättle" zum People-Magazin. Aber das wusste damals nur der junge visionäre Hubert Burda.

Als Hubert Burda später zu ihm und den daneben Sitzenden sagt: „des isch der wo läuft und so schön schreibt", weiß ich, dass das ein ganz wunderbares, spannendes Projekt geben wird. Leider kann ich ihm mein Geburtstagsgeschenk nun nicht persönlich überreichen, welches ich eigens von einem Archivar aufgetrieben habe. Denn als es Essen gab, habe ich das bis dahin bestens gehütete Präsent einfach beiseitegelegt. Gier frisst bekanntlich Hirn. Und dann war es plötzlich weg, eingesammelt von den Helfern, verpackt für den Hubschrauber. ‚Liebe zu München' von Wilhelm Hausenstein, der wie ich aus dem Schwarzwaldstädtchen Hornberg stammt. Herkunft verpflichtet. Ich betrete dessen große

Fußspuren. Als eines der letzten Werke Hausensteins überhaupt ist es just erschienen, als Hubert Burda als Student die Münchner Bühne betrat.

Weißwürste

Die Fasnacht, oder „d´ Fasnet", hat in Offenburg Einzug gehalten. Es ist ‚Schmutziger Donnerstag'. Auf dem Lindenplatz werden von der Althistorischen Narrenzunft und den Offenburger Hexen mit lustigen Reimen die Fasnachtskinder getauft und von der ‚Ranzengarde' Bohnensuppe aus dem großen Kessel verteilt. An all die vielen Narren, welche in Nachthemden frühmorgens erschienen sind. Seit vielen Jahrzehnten ist das so. Manche Narren kommen mit großen Tupperschüsseln, so kann man sich das Mittagessenkochen sparen. Und dabei sparen. Früher, ja früher, also in „der guten alten Zeit", ging es nach der Fasnachtstaufe ins Traditionswirtshaus. Aber die haben heute alle geschlossen. Also heute Morgen, am ‚Schmutzigen'.

Nicht geschlossen hat dafür der urige Gewölbekeller der Althistorischen Narrenzunft. Dorthin laden seit vielen Jahren die Zunft und Burda zum lustigen Zusammensein mit Büttenreden, Bier vom Fass und Schunkeln ein. Mit der Erweiterung von Burda ins Bayrische hat Hubert Burda eine weitere Tradition eingeführt: Weißwürste. Frische Weißwürste als Gruß aus München an die badische Heimat. Weißwürste als verbindendes Element.

Und weil in den Keller nur die VIPs passen, wird auch im Burda

Medienpark gefeiert. Während den Arbeitszeiten versteht sich. Gesellschaftsereignis des Jahres, das Armbändchen als Eintrittskarte hoch begehrte Ware bei den Offenburgern. Besonders bei den männlich Ledigen. Und denen, die es gerne wären. Denn der Medienpark heißt im Volksmund bekanntlich ja auch „Mädchenpark". Materialwert des Armbändchens: 1 Cent. Immaterieller Wert: unbezahlbar. Für die, die gesehen werden wollen. Und nochmal ordentlich „die Sau raus lassen wollen – vor dem Fasten". Die allerallererste Kindheitserinnerung vieler Offenburger: „mit dem Vater zur Fasnacht und mit der Mutter heim".

Meine Erinnerung an die Fasnacht sieht anders aus, damals als kleiner Bub in Hornberg. Als kleinster, jüngster mit zwei großen Brüdern. In Hornberg wird der ‚Hansele' versteckt, die Kinder müssen ihn suchen. Die Großen voraus, die Kleinen hinterher. Danach wurden (auch heute noch?) Brezeln in die kreischende Kindermenge geworfen. Klar, die Großen fangen, die Kleinen nicht. Vorbereitung auf das Leben. Aber einmal, ja einmal, da hat der kleine Elmar tatsächlich auch eine gefangen und schnell im Hexenbeutel versteckt. Weitere Vorbereitung auf das Leben: Der Beutel hatte ein Loch, die Brezel war verloren. Danke, Oma, für den unendlichen Trost. Niederlagen machen stark: Das Jahr darauf hatte ich zwei Brezeln.

Mittags Besuch bei meinem Bruder Helmut. Er war einige Jahre Küchenchef im Burda Medienpark. Und so kommt es, dass er stolz in sein Arbeitszimmer geht und einen Burda-Fasnetorden holt. Auf dem Orden drei Köpfe, auf den Köpfen Zylinder: der Opa, der Senator und der Enkelsohn Hubert. „100 Jahre Burda

Medien“ steht da auf dem Orden. Was würden der lustige Opa und der „Übervater“ denken, wenn sie sehen könnten, was der Jüngste aus der alten Druckmaschine in der Offenburger Gerberstraße, später im Hinterhof der ‚Metzgerei Burg‘, dort wo alles begann, gemacht hat?

„Und?“, frage ich badisch kurz meinen Bruder, meinend: „Erzähl mal von Herrn Burda, was hast du erlebt?“ „Ihn habe ich nicht oft getroffen, ich war ja für die Küche im Medienpark verantwortlich. Einmal im Schlössle, eine Mords-Schinderei, alles die Treppe hoch in die kleine Küche zu schaffen und dort zu kochen. Aber hinterher wurden wir in den Raum gerufen und es gab Applaus von den Gästen.“ Applaus, das Brot des Künstlers. Applaus hat es bestimmt auch am Sonntagabend gegeben. Bei der ‚Redoute‘. Da hatten ‚Andres‘ und ‚Veef‘ wieder ihr bestes über Offenburger Geschehnisse humorvoll kundgetan. So wie einst Opa Burda.

„Dr. Burda hat sich bei der Geburtstagsfeier eine Erkältung geholt, es wird etwas dauern mit den Spaziergängen“, ist die neueste Information.

Ehrenamt

Es ist März geworden. Gestern wurde der ‚Senator Ehrenamtspreis‘ verliehen. In Erinnerung an den Vater hat Hubert Burda diesen Preis vor vier Jahren initiiert. Soziales Engagement im Ehrenamt würdigt Hubert Burda damit. „Stille Helden“ sozusagen. Nicht in München, sondern in seiner Ortenauer Heimat. Wenn man so will, hat das Ehrenamt in Offenburg ja auch seine Wurzeln. Wie das denn?

Bei einer Bürgerwanderung mit Baden-Württembergs Ministerpräsident Kretschmann sagte dieser zu mir, also vom Sinn her: Ehrenamt ist ein Vermächtnis der Badischen Revolution, denn vorher konnten die Menschen keine selbstverantwortlichen, ehrenamtlichen Vereine gründen.

Man schrieb den 12. September 1847, als im Offenburger ‚Salmen' eine „Versammlung entschiedener Freunde der Verfassung" stattfand und die „13 Forderungen des Volkes in Baden" verlesen wurden. Geschrieben hat es der Struve, vorgelesen der Hecker. Das hat sich in ganz Deutschland rumgesprochen. Forderungen, wie sie heute noch in der Verfassung stehen. Pressefreiheit zum Beispiel. Am 19. März 1848 gab es dann eine zweite, ganz große Versammlung. Eine Demo würde man heute sagen. Vor dem schmucken Offenburger Rathaus. Zehntausend Menschen, „auch Weibsbilder", sollen es gewesen sein. Friedrich Hecker zögerte jedoch die Republik auszurufen, so hat Offenburg eine einmalige geschichtliche Stunde verpasst. Die Revolution sollte sich dann noch einige Zeit hinziehen. Aber einer muss ja mal den Anfang machen. Und ohne Pressefreiheit gäbe es ja auch kein Hubert Burda Media.

Wann genau das ‚Badner Lied' entstand ist nicht belegt. Vermutlich erst später, denn die Mannheimer Fabrik, die heutige BASF, wurde erst 1865 gegründet. Der Bau der Rastatter Festung begann allerdings schon 1842. Und schöne Mädchen gab es im

Schwarzwald schon immer. 1896 ist belegt, denn da standen die ersten drei Strophen in einem Heidelberger Pionierheft. In den 1930er-Jahren komponierte Emil Dörle daraus den Marsch ‚Hoch Badnerlied', wie ihn nicht nur die Burda-Betriebskapelle, Deutschlands wohl älteste Betriebskapelle, spielt.

Ob die Musikkapelle auch zur Verleihung des ‚Senator Ehrenamtspreis' gespielt hat, weiß ich nicht. Aber ich weiß, dass er an Herrn Schnepf verliehen wurde. Für sein Engagement zur Integration von Migrationskindern.

Fessenbach

Heute, am 11. Juni 2015, eröffnet Hubert Burda wieder eine Vernissage im Schlössle. Aber nicht irgendeine! ‚Der Senator und Fessenbach' heißt sie und ist ganz dem Vater gewidmet. „In Fessenbach verbringe ich die glücklichsten Stunden des Tages. Hier ist der Ort, an dem ich zu mir selbst finde." Das hat der Vater einmal über diesen Ort gesagt. Und weil die Ausstellung eine Hommage an den Vater ist, hat Hubert Burda eine ganz besondere Überraschung parat, die alle Anwesenden überrascht. Und freut. Alle drei Brüder sind gekommen, um den Vater zu ehren! Dieses Bild gab es schon viele Jahre nicht mehr. Hubert Burda, Frieder Burda, welcher in Baden-Baden das Kunstmuseum besitzt, und Franz Burda, genannt „Franz Junior". Der älteste sitzt im Rollstuhl, sein jüngster Bruder schiebt ihn.

Es ist ein schwül-warmer Tag.

Hubert Burda schüttelt Hände, wie bei der letzten Vernissage, Weggefährten vergangener Tage. Anschließend schreitet er zum Mikrofon. Das wird bestimmt auch wieder sehr amüsant! Ich stehe in der zweiten Reihe.

„Die Leute fragen mich, ob ich der berühmte Museumsmann aus Baden-Baden bin", witzelt Hubert Burda in Richtung seines Bruders Frieder. „Und dann habe ich hier im Geräteschuppen am Schlössle diese Kunstkammer gemacht!" Seinen ältesten Bruder „Franzl" grüßt er zusammen mit den Freunden des Offenburger Skiclubs – gemeinsam singen sie dem Bruder ein Bergmannslied. Die Stimmung ist sehr locker.

„Es ist eine große Freude, dass nach langer Zeit die drei Brüder wieder zusammen im Weinberg sind. Das war für uns alle ein besonderes Ereignis, wieder nach Fessenbach zu gehen und dem Vater unsere Verehrung zu zeigen. Denn, des isch klar, alle Menschen sind gleich. Aber der Franz hat immer gesagt: ‚Aber mein Vadder war `n anderer.' Und es ist keine Frage, dass wir drei unserem Vater unendlich viel verdanken. Und (und das *und* betonte Hubert Burda deutlich): der Mutter! Des därf mer net vergesse´. Man denkt, das ist so leicht umzusetzen. Des isch ein schwerer Schatten. Du hast zwar viele Vorteile. Geldmäßig. Aber psychologisch, mein Lieber, da musch mol gugge do. Was de Vadder für eine Natur war, was der alles bestimmt hat. Dass in diesem Schatten jemand wächst, auf das können wir drei stolz sein. Er war eine großartige Unternehmerfigur. Mit dieser Ausstellung wollen wir Dankbarkeit erweisen für das, was wir von ihm bekommen haben."

Während Hubert Burda das sagt, grollt es einmal kurz im schwülen Sommerhimmel, als ob der Vater sagen wollte: „Buben, ich hab `n Aug´ uff euch!" Ich stehe an der Tür, drinnen hat man das gar nicht mitbekommen.

Die Ausstellung zeigt das, was der Senator geliebt hat: die Weinberge, das Schlössle, Geselligkeit. Ihn als Winzer und Jägersmann, umgeben von großen Namen. Auf einer der Fotografien singt er inbrünstig zusammen mit der Boxerlegende Max Schmeling.

Das Wettergrollen hat gewirkt, es ist nicht mehr so schwül, genau richtig, um draußen auf den Bierbänken zu sitzen. Meine Hoffnung auf einen Spaziergang mit Hubert Burda hat mir Kari Albermann vorhin schon genommen: „Keine Zeit!" Ich vermute mal, alle hier würden gerne mit ihm spazieren gehen und mit ihm reden.

Es gibt Wurstsalat, wir trinken ‚Franzensberger', den Wein, den der Senator hier am Schlössle anbauen ließ, und, oh Wunder, seinen Namen trägt. Wir lauschen der Wiener Schramml-Musikkapelle. Plötzlich steht Hubert Burda auf, nimmt das Mikrofon: „Franz, für dich mach ich noch eine Gesangsnummer", und schon steht der Medienvisionär da vorne, vor den Bierbänken, und singt glückselig ins Mikrofon. Die Stimmung unter den Gästen ist ausgelassen. Auch Rüdiger Hurrle, treuer Generaldirektor des Senators, ist da. Ihn kenne ich durch die Musik.

Wenig später ist Herr Burda auch schon fort, lautlos, wie er gekommen ist.

Der Vater mit den Söhnen (von links nach rechts): Franz Junior, Frieder, Franz, Hubert Burda

Menzenschwand

Heute geht es aufwärts durch den Schwarzwald: Hausach, Hornberg, Triberg, Schönwald, Furtwangen. Schwarzwaldhöfe säumen den Weg. Je weiter der Weg, desto einsamer die Höfe. Andächtig die kleinen Kapellen, die vereinzelt neben den Höfen stehen. Je einsamer der Hof, desto häufiger eine dazugehörende Kapelle. Das Morgenlicht bricht sich in den Bäumen, wirft Schatten auf die Straße. Der Blick schweift in die Weiten des Schwarzwaldes, Frieden strahlt das Bild aus. Durch das offene Autofenster duftet es nach frischem Heu. Ein Duft aus Kindertagen. In der Ferne die zwei markanten Türme des Klosters in St. Märgen. Im Hintergrund baut sich der Feldberg auf. Majestätisch, stolz. Der höchste Berg im Schwarzwald, 1493 Meter ist er hoch. Oben drauf, gleichsam einer Krone, der Seebuckturm. Die Fünfzehnhundert-Meter-Marke ist somit geknackt. Schnee liegt keiner auf dem Feldberg. Wen wundert´s: Die Temperaturanzeige im Auto zeigt jetzt schon dreißig Grad an, es ist der 3. Juli 2015.

Hinterzarten. Ich will abkürzen, also abbiegen ins Dorf. Ursprünglich und schön. Heimat der Skilegende Georg Thoma, mein Vater schwärmte von ihm. Und nicht nur er. Das barocke Kirchtürmlein strahlt Schönheit aus. Meine geplante Abkürzung über Brudertal ist gesperrt: „Nur für Anwohner!“ Also: umdrehen! Ist ja auch gut so, sonst würden alle hier durchfahren. Schlechtes Gewissen macht sich breit.

Unter mir liegt wenig später der berühmte Titisee, winzig klein die Boote auf der blauen Fläche. Ein Funkeln und Glitzern geht von ihr aus. Gleich geht's links Richtung Schluchsee und anschließend nochmal rechts. Dann bin ich da, in Menzenschwand.

In Menzenschwand muss der Begriff der ‚heilen Welt' erfunden worden sein. Inmitten eines idyllischen Hochtals, am Südhang des Feldbergmassives. Ein früheres Gletschertal. Saftig grün ist das Tal, in welches wie von Künstlerhand Bauernhäuser gesetzt worden sind. Die Zeit steht still. Riesige graue Schieferdächer, tief heruntergezogen, Holzschindeln schützen die Wände vor Eis und Schnee. Und vermutlich auch vor Hitze. Hoffentlich, mittlerweile hat es zweiunddreißig Grad.

Wegen der Künstlerhände bin ich auch hier. Inmitten des urigen Dorfes stehen nämlich zwei ganz besondere historische Häuser: ‚Le Petit Salon' – einen so wohlklingenden Namen hätte ich nun in dem kleinen abgelegenen Schwarzwalddorf nicht gerade erwartet – und ein Geburtshaus. Dieses gibt dem Salon mit dem schmucken Türmlein auf dem Dach, an welchem eine goldene Uhr in der Sonne strahlt, seine Geschichte.

Die Künstler Winterhalter

Armselig, als sechstes von neun Kindern geboren, erblickte Franz Xaver Winterhalter 1805 hier in Menzenschwand das Licht der zunächst beschaulichen Welt. Drei Jahre später sollte sein kleiner Bruder Hermann Fidel folgen. Vater Winterhalter arbeitete als Bauer, Harzer und Uhrenträger, um die Kinder durchzubringen. Harte Arbeit. Sehr harte Arbeit. Aber immer noch nicht hart genug, denn nur fünf überlebten das Kindesalter.

Ich geb`s ja zu: Von den Malern Winterhalter habe ich bis letzte

Woche noch nie etwas gehört. ‚Winterhalter' kannte ich bisher nur als Aufschrift auf dem Mannschaftsbus des SC Freiburg.

Franz Xaver Winterhalter war im neunzehnten Jahrhundert der angesagteste Hofmaler der hohen Aristokratie. Kaum ein europäisches Königshaus, welches ihn nicht engagierte, um die kleinen Prinzessinen, Prinzen und natürlich deren schöne Mütter und Väter zu portraitieren. Denn das hat Winterhalter auf seine ihm eigene Weise sehr gut gemacht. Wer hätte das gedacht von einem kleinen Schwarzwaldbub aus dem Gletschertal am Feldberg?

Sein Lehrer erkannte in der Schule bereits früh das außergewöhnliche Zeichentalent des Buben, förderte ihn. Später kam der junge Franz Xaver auf die Klosterschule in St. Blasien, wo er auch Unterricht in Lithografie erhielt. Dort entdeckte ihn der Herr Seligmann, der spätere Baron von Eichthal. Ein reicher Mann, kaum einer zahlte mehr Steuern an das Haus Baden als er. Das hat nicht nur das Haus Baden gefreut, sondern auch den Vater Winterhalter. Denn, wer weiß: Vielleicht hätte Franz Xaver anstatt ein wohlhabender Maler zu werden auch Uhren tragen müssen und nur nach Feierabend, sofern es denn einen gab, zeichnen können. Aber durch Herrn Seligmann wurde aus der beschaulichen Welt die weite Welt.

Der Herr Seligmann, ein Kunstmäzen. So wie der Herr Burda heute, der großzügig den Winterhalter-Salon unterstützt. Mit offenem Auge, offenem Herzen und vor allem offenem Geldbeutel auch für junge, talentierte Nachwuchskünstler. Als promovierter Kunsthistoriker ist das für Herrn Burda nicht bloß

Öffentlichkeitsarbeit, sondern Leidenschaft. Leidenschaft für die Kunst und für Menschen, die Kunst lieben. Auch deshalb bin ich jetzt hier, im bezaubernden Menzenschwand. Denn heute ist die Eröffnung der neuen Winterhalter-Ausstellung im ‚Le Petit Salon'. Private Leihgaben sind in den Biedermeierzimmern des bezaubernden Salons ins rechte Licht gerückt, davor ist ein Festzelt aufgestellt. Es kann losgehen. Sobald Herr Burda auch da ist.

Nach der Ausbildung zum Maler und Lithograf wurde Franz Xaver vom Haus Baden als Zeichenlehrer für die Markgräfin engagiert. Er portraitierte alsbald die ganze Familie. Bis Italien rief. Und das konnte sich kein Künstler in der damaligen Zeit – und heute vermutlich auch nicht – entgehen lassen. Im Dolce Vita lernte Winterhalter die italienische Genremalerei, was sich nicht zu seinem Nachteil entwickeln sollte. Seine besondere Gabe wurde es, Gesichter schöner zu malen, als sie eigentlich waren. Hier eine Falte geglättet und dort ein Pickelchen entfernt. Der Ausdruck sanfter, die Haltung eleganter. Die neue Leichtigkeit. Das brachte den Portraitierten Sympathien und Franz Xaver nach Paris, wo ihm im berühmten ‚Salon de Paris' der Durchbruch gelang. Daher ja auch die Hommage mit ‚Le Petit Salon' in Menzenschwand. Nun war Franz Xaver Winterhalter, der Schwarzwälder Bauernbub, wirklich angesagt. Alle Königshäuser wollten ihn haben: Spanien, Belgien, ja auch Viktoria in England und die First Lady in St. Petersburg. Und natürlich auch die Elisabeth, die ‚Sisi' von Österreich. Welch Ehre! Das anmutige Bild der jungen österreichischen Kaiserin in ihrem weißen, langen Kleid kennt heute jeder. Nur den Winterhalter, den kennt man nicht. Xaver malte auch private, diskrete Bilder, zum Beispiel von der ‚Sisi'. Für das Arbeitszimmer vom Kaiser. Vor allem schuf er aber Portraits, die vielfach angefertigt wurden und so das Antlitz der Adligen an die Wände von Amtsstuben ihres Landes brachten. Natürlich mit dem notwendigen Schönheitsschliff der Problemzonen. Napoleon der Dritte ließ gar fünfhundert Exemplare seines Portraits anfertigen. Adlige Öffentlichkeitsarbeit mit Bildbearbeitungsprogramm sozusagen. Historisches Massenmedium. Wenn man so will, war der Franz Xaver der Vorfahre der BUNTE. Ist der Herr Burda womöglich auch deshalb hier? Oder gar wegen Mutter Aenne? Denn die Geschichte von dem Xaver hat noch eine weitere Geschichte!

Er malte die Aristokratie in der neuesten Mode, dem letzten Schrei. Die Kleider im Gegensatz zu den fein säuberlich ausgearbeiteten Gesichtern nur mit schnellen Pinselstrichen gemalt, aber die saßen perfekt. So konnten sich die Damen im Land immer informieren, wohin die Mode gehen wird, hatten Vorlagen zum Selberschneidern. Nur ohne Schnittmusterbogen. Wenn man so will, war der Franz Xaver auch der Vorfahre von ‚Burda Moden'. Franz Xaver hatte das effiziente Talent, sehr schnell zu skizzieren. Was den Aristokraten natürlich nicht unrecht war. Für alle Skeptiker ob der hohen Schaffenskraft sei noch gesagt, dass Franz Xaver im Atelier Hilfe hatte. Von seinem kleinen Bruder Hermann Fidel zum Beispiel, der dem Weg des großen Bruders folgte. Außerdem beschäftigte Xaver zahlreiche Assistenten, um die Menge an Bildern bewältigen zu können. Für alle Spekulanten sei deshalb sicherheitshalber auch noch gesagt: Was aussieht wie ein Franz Xaver, muss noch lange kein Franz Xaver sein!

Das Ende vom Franz Xaver ist traurig. Denn er war zur falschen

Zeit am falschen Ort. In Frankfurt. 1873. Und da ging gerade der Typhus um. Und da Typhus eine Seuche ist, hat man ihn sofort an Ort und Stelle begraben. Nix Überführung in die Heimat und so. Wer will schon die Seuche haben? So wurde der arme Xaver seiner letzten Ehre, in Heimatboden zu ruhen, beraubt. Gibt es etwas Schlimmeres?

Wie bekannt, weil unbekannt, beeinflusste Winterhalter nachfolgende Malerepochen nicht. Obwohl, wenn ich mir Claude Monets Damen in ihren luftig weißen Kleidern anschaue, da sehe ich schon einen Hauch von Schwarzwaldmalerei. Nur reduzierte der gute Claude das Kleid auf einen Augenblick des Lichtes.

Im ‚Le Petit Salon' hängt ein Selbstportrait, welches beide Brüder zeigt. Es ist, so meine ich, das einzige Winterhalterbild, auf welchem die Portraitierten lächeln, Zähnchen zeigen. Seine Adligen sind da zurückhaltender.

Das Badner Lied

Der Fahrer von Herrn Burda, der Boris Weggler, der arme Kerl, ist der Einzige, der Krawatte trägt an diesem heißen Sommernachmittag. Herr Burda trägt keine, so kenne ich ihn gar nicht. Braucht er auch nicht, Menzenschwand ist ja nicht Hamburg. Die Menschen freuen sich ihn zu sehen, halten ein Begrüßungsschwätzle mit ihm. Kaum angekommen, ist Herr Burda auch gleich in seinem Element. Den Kittel (badisch für Jacke) ausgezogen, begrüßt er mit einem „Du hocksch do na und Du hocksch do na“ seine Gäste. Er trägt ein kurzes Hemd, auf die Entfernung sieht es aus, als ob er die Ärmel hochgekrempelt hätte. Er ist einer von ihnen, den Menzenschwandern.

Der Vater erwarb in dem idyllischen Ort vor vielen Jahren ein Jagdhaus, Hubert Burda besucht dieses auch heute noch regelmäßig. Als Bub war Hubert Burda schon hier, bekam vom Vater Franz bestimmt viel Naturunterricht in Fauna und Flora. Vor allem war der junge Hubert, der „Schnigo“, wie der Vater ihn nannte, zum Skifahren hier. Hier an den Hängen des schneebedeckten Feldberges.

Die Trachtenkapelle Menzenschwand in ihren schmucken Uniformen mit gestickten kleinen Blüten auf den Westen der Männer und den Dirndln der Frauen „grüßen mit Musik“ und dem ‚Castadomarsch‘. Das hätte dem Vater auch gefallen. Auch Georg Thoma, die Ski-Nordic-Legende aus Hinterzarten, ist da.

Frau Kaiser, die Kuratorin des Winterhalter-Museums, dem ‚Le Petit Salon‘, heißt Herrn Burda dann auch charmant herzlich willkommen in „seiner alten Heimat“ und hofft, „dass er seine Zelte in Offenburg und München einmal abbrechen wird und ganz ins schöne Menzenschwand zieht“. Hubert Burda grinst. Mit seinem ganz eigenen Lächeln, so wie damals schon als „Schnigo“. Als Frau Kaiser Georg Thoma begrüßt, ruft Herr Burda laut „BRAVO!“

Wenig später wird es mucksmäuschenstill in dem rustikalen bodenständigen Festzelt, ruhig und gespannt sitzen die Gäste auf den Holzbänken. Denn jetzt geht Hubert Burda ans Rednerpult. Wer ihn kennt – und das sind hier alle – wissen: Gleich wird es sehr amüsant!

Recht sollten sie behalten: Ganz Hubert Burda beginnt er seine Rede in Anbetracht der heißen Temperaturen mit einem Späßchen, und, in seiner Heimat, auf badisch: „ Mo gugge, wie mer des rumgriege… Ich derf halt net so lang rede.“

Er erzählt, dass er sich kürzlich mit dem Erbprinzen von Baden, „wie heißt der nomol?“, unterhalten hat. Gelächter im Zelt. Sozusagen dem „König von Baden“. Dann grüßt Hubert Burda begeistert den „König Jörg vom Schwarzwald“, die Ski-Legende Georg Thoma meinend: „Ha, wenn i gwusst hätt, dass des dei Schweschder isch, dann hätt i gwisst, worum de so schnell davon läufsch!“ Das Zelt tobt. Hubert Burda grinst: „Nei nei…“ Er berichtet, dass Georg Thoma ihm einmal erzählt hat, warum dieser schneller als alle anderen im Ziel war: „I hab de Mamma verschbroche, dass i zum Esse daheim bin.“ So lieben sie ihn, ihren Hubert, immer einen Scherz auf den Lippen.

Hubert Burda erzählt weiter, dass er den Erbprinzen gefragt habe, ob sie auch das ‚Badner Lied‘ beim Karlsruher Stadtjubiläum gesungen haben. Darauf sagte laut Herrn Burda der Erbprinz: „Nei, des hemmer vergesse.“ „Soll ich des nachhole?“, habe er Seine Königliche Hoheit daraufhin gefragt. Insider haben vorsichtshalber den Text nochmal geübt, denn sie wissen, was jetzt kommt: Hubert Burda stimmt die badische Hymne an. Zum Hitzeschweiß kommt nun der Angstschweiß, wen Herr Burda dieses Mal als Sänger zu sich auf die Bühne holen wird. Publikumsjoker sozusagen. Glück gehabt: „Ihr dürfe sitzebliebe, aber ihr dürfe au uffschdehn." Das Zelt singt kräftig mit, Herr Burda dirigiert, singt und strahlt. Schade, nur die erste Strophe, die hübschen Bedienungen in ihren ebenso hübschen Dirndln hätten eine passende Kulisse für die Zeile „im Schwarzwald schöne Mädchen sind" abgegeben. Eine rhetorische Klammer zu Franz Xaver Winterhalters Bild der Kaiserin ‚Sisi' machend, gibt es folgende Geschichte: „Elisabeth habe sich überlegt, wie sie in Erinnerung bleiben könne. Dann isch se uff ‚Sisi' komme". Aber auch: „Wie kann ich in Menzenschwand in guter Erinnerung bleiben?" sagt Hubert Burda. „So wie St. Moritz das ‚Heidi-Dorf' wurde, kann Menzenschwand das ‚Sisi-Dorf' werden!" Und spaßig in breitem Amerikanisch weiter: „Where ist the ‚Sisi-Dorf'? Do gäbs in Menzenschwand kei Parkplatz mehr…" „Where is Sisi Elisabeth from Menzenschwand?" Die vielen Gäste im Zelt lachen herzhaft. Der Tourismusmanager schreibt vermutlich heimlich mit, Tipps von höchster Stelle.

„Ich kam heut Middag zuerschd nach Bernau und hab denkt: mei Gott isch des schön, die Hügel, … Das schönste Schwarzwaldtal überhaupt. Ich habe heute Mittag zu den Honoratioren gesagt: Ihr hänn ei Problem, ihr müsse in der Schönheit lebe – un dann komme die Touriste un schaffe nix, …" Hubert Burda grinst, um ernst fortzufahren: „Das Wichtigste ist: Die Schönheit immer wieder neu zu entdecken." Lehrstunde in Sachen Heimat, kurz und knapp im FOCUS-Stil. Hubert Burda kennt sich aus in „seiner alten Heimat" und fährt fort: „Wodurch wird das repräsentiert? Durch zwei Maler: Hans Thoma, der berühmte Schwarzwaldlandschaftsmaler und eben Franz Xaver Winterhalter. Über die Mutter sind beide ja auch miteinander verwandt gewesen." Hubert Burda schaut einen Besucher an und sagt: „Franz Xaver hätte in zwanzig Minuten auch dich gezeichnet", ganz Verleger, die Effizienz des Künstlers unterstreichend. Wieder lacht das ganze Zelt. Thoma verzauberte mit seinen Bildern, aber war ein „armer Scholle" gegen Winterhalter. Der Xaver war in Paris, hat viel Geld verdient, „Paris war das, was heute New York ist."

Herr Burda freut sich auch auf die kommende Winterhalter-Ausstellung im ‚Augustinermuseum' in Freiburg, auf die Deutschen Meisterschaften am Feldberg und den Feldbergfilm seines Freundes Rainer Mülbert: ‚Eine einzigartige Symphonie des Schwarzwaldes'.

Bodeschdändig

Herr Burda ist auch mit fünfundsiebzig Jahren noch sehr aktiv, der nächste Termin wartet schon. So verpasst er das wahrhaft leckere badische Schäufele mit Kartoffelsalat. Schlecht für Herrn Burda, gut für mich: Ich habe mir zwei Portionen davon geholt. Garnelen hätten ja auch nicht in den Schwarzwald gepasst.

Dafür passt Georg Thoma perfekt in den Schwarzwald. Zu ihm setze ich mich nun an den Tisch, will wissen, welche Erinnerungen er an die Burdas hat. Und, ich werde nicht enttäuscht, Herr Thoma ist ein toller Geschichtenerzähler. Das Haar schneeweiß, die Augen leuchten noch immer. Wie damals auf den Siegerfotos. „De Burda isch ja alpin gfahre und ich nordisch." Konkurrenten waren sie also keine, damals als junge Burschen. Höchstens bei den Mädchen. Man hat sich gegenseitig wahrgenommen, respektiert. Später haben sich die beiden dann aus den Augen verloren, „aber i hann immer in de Ergebnislischde gschaut – de Hubert hat ja immer gwonne!"

Die hübsche Bedienung im Dirndl kommt an den Tisch und frägt: „Jörgle, isch alles guad?" Kurze Zeit später stehen zwei Glas ‚Franzensberger' vor uns.

Der „Senator", wie auch Georg Thoma Hubert Burdas Vater nennt, habe später einmal zu ihm gesagt, er „soll doch mol in sei Hiesle nach Menzeschwand komme". 1960 war das. Georg Thoma frisch gebackener Olympiasieger, Sportler des Jahres. Ein Mann für die BUNTE. „Un do bin i dann au mol no zu em heim, nach Offeburg. Ins Männerbad. I hab denkt, do schwimmd mer. D´ Badhos hann i debei kett. Die habe aber net brucht." Georg Thoma grinst, während er mir das erzählt. Für Nicht-Insider: Im ‚Offenburger Männerbad', einem besseren Holzschuppen am Mühlbach, traf sich regelmäßig eine bunte Männerrunde, um sich in das frische Nass des Baches zu hängen. Nackig versteht sich. Dabei wurde manches Geschäft besprochen und anschließend Faustball gespielt.

„In Menzeschwand bin ich gschbrunge. Mit dem LKW vom SC Hinterzarte simmer komme. Der hot no n Holzvogaser kett. I hab in meiner Klass gwonne, in de Jugendklass. D´ Siegerehrung war im alde Gaschdhaus – do hab i no ned gwisst, was ald isch! Un `s hott gschneit und gschneit un uns eigschneit. D´ Handorgl hämmer debi kett und hänn gsunge.“ Und so blieb man eben über Nacht und ist am nächsten Tag heimgefahren. Das muss es sein, wenn man von der guten alten Zeit erzählt, denke ich. Georg Thoma schwärmt von Hans Thoma, dem Maler, und: „Vom Winterhalter hab i gar nix gwisst.“ Bewunderung ist zu spüren. Dafür, wie ein Maler aus Menzenschwand, „vom hinderschde Schwarzwälder Zipfele nur mit Volksschul so ebbs mache ka. Wenn des druff hesch, dann schaffsch es au.“

Spektakulär war die Aktion, als Hubert Burda Jahre später mit Willy Bogner und Fernsehteam im Gepäck bei Georg Thoma in Hinterzarten eingeflogen kam, um in Thomas Skimuseum über Heimat zu plaudern, Skifahrergeschichten auszutauschen, gemeinsam zu singen. Mit Handorgel, wie damals in der guten alten Zeit. „Hesch ä Gutedel?“ war dann auch Hubert Burdas wichtige Frage. Mit einem „mich freuts, dass der Hubert so bodeschdändig bliebe isch, wo er doch uff de ganze Welt unterwegs isch und so Sache hier underschdüdzt“, verabschiedet sich Georg Thoma von mir. Auch mit stolzen achtundziebzig Jahren ist er noch ein gefragter Gast, jeder will ein Schwätzchen mit ihm machen.

Nicht immer heile Welt

Dem Senator hat es in Menzenschwand so gut gefallen, dass er sich stark engagierte. Man sah ihn nicht nur entspannt durch den Ort gehen, sondern auch lebhaft teilhaben am Ortsgeschehen. So wollte er ein aufsehenerregendes Bad bauen, die passenden Hotels gleich mit. Aufschwung für Menzenschwand. Für die Promis würde er schon sorgen. St. Moritz im Schwarzwald, wenn man so will. Schlaue Bauern verkauften ihm auch gerne Grundstücke zu Preisen, die die Bauernrente, sagen wir mal, überflüssig machten. Nur, eine Baugenehmigung gaben sie dem armen Senator danach nicht. Ende der heilen Welt, der Senator war sauer. Stinksauer. Hat ja auch viel Geld gekostet. Von da an ward er für lange Zeit in Menzenschwand nicht mehr gesehen. Die unbebauten Wiesen hat es gefreut. Und freut es noch heute. Bis auf ein kleines Stück – dort steht heute ein modernes Radonbad.

Aber die Burdas haben verziehen. Famos die Geschichte, als sich Hubert Burda vor einigen Jahren berichten ließ, dass die GEZ die Hotels mit ihren Gebühren ganz schön schröpft. Für jeden Fernseher in jedem Zimmer müssen die nämlich viel Geld bezahlen, ob das Zimmer belegt ist oder nicht. Das ist nicht nur in Menzenschwand so. Ungerechtigkeit ist nix für die Burdas, deren Vorfahren einst als arme Schlucker im Schwarzwald ankamen, zunächst auf Ablehnung stießen und sich mit Kreativität durchsetzten. Kein Wunder also, dass Hubert Burda auch hier kreativ wurde. Er schickte einen Fotografen und einen Reporter nach Menzenschwand. Der Hirschenwirt solle einen Fernseher aus dem Haus werfen, der FOCUS berichtete über die Nöte der Schwarzwaldwirte. Gebracht hat`s nix, die GEZ ist nun mal so.

Freiburg

Gut ein halbes Jahr ist wieder vergangen, seit ich Herrn Burda das letzte Mal, damals in Menzenschwand, getroffen habe. Keine Zeit für Spaziergänge mit mir. Er ist auch mit nun schon sechsundsiebzig Jahren ein sehr beschäftigter Mann, nix Rente und so. Heute ist ein sonniger Spätwintertag im frühlingshaften Freiburg. Ich schaue mir im Augustinermuseum die Winterhalter-Ausstellung an. Eine imposante, temporäre Ergänzung zum ‚Le Petit Salon' in Menzenschwand. Manchmal hilft das Schicksal eben nach. Im alten Kreuzgang des ehemaligen Klosters, gleich bei der Cafeteria, werden Besucherstühle in Position gebracht, eine Leinwand aufgebaut, Musiker bringen ihre Instrumente in Stellung. Mitten drin: Thomas Hentschel, der Eventprofi, wenn es darum geht, für Herrn Burda Veranstaltungen zu organisieren. Umso unverwunderlicher ist es also, dass er mir erzählt, dass in Kürze Herr Dr. Burda kommt. Na, wenn das mal kein Schicksalszufall ist! Ein Anruf bei Kari Albermann, und ich stehe auch auf der Gästeliste. So schnell kann´s gehen im Leben.

1278 erhielten die Augustinereremiten mit diesem Kloster ein neues Zuhause mit prächtigem, gotischem Kreuzgang. Diesen Zweck hat das Gebäude heute nicht mehr. Es wurde modernisiert und zu einem der bedeutendsten Museen am Oberrhein umgebaut. Nun präsentiert es Kunst des Mittelalters bis zum Barock. Und eben auch Malerei und Sonderausstellungen, wie zur Zeit den Franz Xaver Winterhalter.

Wenig später füllt sich der Kreuzgang auch schon mit Gästen, und kurz darauf, pünktlich wie immer, ist Herr Burda auch schon da, schüttelt Hände, strahlt. Mit dabei: „Jörgle", die Skilegende Georg

Thoma. Wie schon im Sommer in Menzenschwand. Gleiches Winterhalter-Umfeld, anderer Anlass: Georg Thoma wird heute den von Seiner Königlichen Hoheit Bernhard Prinz von Baden und Herrn Dr. Burda gestifteten ‚Ehrenpreis Friedrich I. Großherzog von Baden' verliehen. „Für seine Verdienste als Sportler, Olympiasieger und Botschafter des Schwarzwaldes." Doch zuvor geht es auf einen Rundgang durch die Ausstellung. Dort treffe auch ich auf Herrn Burda. Er lächelt als er mich sieht und streckt mir die Hand zur Begrüßung hin: „Ich kenn Sie, wie heisch?", er hat den badischen Heimatkontext sofort parat, da wird die Begrüßung lockerer.

Herrn Burdas Rundgang beginnt im Obergeschoss, ‚Sisi' im Untergeschoss muss noch warten. Ganz oben hängt die italienische Genremalerei Winterhalters an den Wänden. Großformatig und großartig: ‚Il Dolce Farniente' – ‚das süße Leben' – wenn man so will. Hubert Burda verbrachte Studentenzeit in Rom. Ob es ein süßes Leben war (was man ja bei dieser Stadt vermuten möchte), weiß ich nicht. Ich weiß nur, dass diese Lebenszeit erfolgreich war: Hubert Burda schrieb in Rom seine Doktorarbeit über „Die Ruine in den Bildern Hubert Roberts" (in München bei Sedlmayer Kunsthistorik zu studieren war ja schon nicht schlecht, aber auf den römischen Originalspuren Hubert Roberts zu wandeln, im süßen Leben, das war natürlich noch besser). Wie dem auch sei, an der Wand hängt das süße Leben, auch nach hundertachtzig Jahren immer noch beeindruckend. Eine Gruppe gibt sich dem harmonischen Müßiggang hin (ohne Handys), im Hintergrund arkadische Landschaft, der Vesuv sowie Säulen, die an Gemälde Hubert Roberts erinnern könnten. Wer weiß, vielleicht inspirierte sich Franz Xaver ja auch an Robert, wollte den Ruinen aber Leben einhauchen? Daneben das zweite, noch wichtigere italienische Genrebild des Schwarzwaldgenies: ‚Der Decamerone'. Damit gelang Winterhalter endgültig der Durchbruch in Paris. War auf dem ersten Bild noch eine Fischerfamilie zu sehen, so sind im zweiten Bild Menschen hohen Standes gruppiert, idealisierte Welt auf einem Landgut, im Bildmittelpunkt ist Florenz zu erkennen. Tja, und diese Menschen erzählen sich Geschichten. Malerei und Geschichten. Das ist es, was Herrn Burda fasziniert.

Herrn Burdas Zeit drängt, es zieht ihn weiter. Ich bleibe noch ein wenig stehen und erzähle einfach mal weiter: Wie gesagt, ab da hatte es Winterhalter geschafft, hatte einen riesigen Erfolg. Und was passiert, wenn man Erfolg hat? Man hat auch Neider. Einige Kunstkritiker mochten ihn dann nicht mehr. Egal, dem Adel hat es gefallen, die Auftragsbücher waren von da an voll.

Was mir bei dem Bild sonst noch einfällt? Nicht als Kunststudent, aber als Kunstabiturient stand ich an ähnlicher Stelle in Florenz wie der Winterhalter, mit Blick auf Brunelleschis Domkuppel, die allen Skeptikern zum Trotz noch heute steht. Mein Offenburger Kunsterzieher und begnadeter Künstler Dieter Schäfer stand neben mir. Er lehrte mich Michelangelo zu sehen. Wie dieser seinen David erst in Originalgröße modellierte, dann in einer Badewanne versenkte, Zentimeter um Zentimeter Wasser abließ und so die sich langsam ergebende Figur größer, viel größer, aber im Maßstab aus dem ungemein teuren Marmor meißelte. Nur ein Versuch. Nur eine Chance an dem wertvollen Stein. Er musste nur genau hinschauen. Nix 3D-Drucker und so. Aber das ist eine ganz andere Geschichte. So wie das süße Leben nach den Unterrichtseinheiten. Damals, als Herr Schäfer schon schlief.

Der Weg im Augustinermuseum führt nach unten, Hubert Burda bewundert den Blick vom Obergeschoss, hinunter in die helle Skulpturenhalle, dem ehemaligen Kirchenschiff, in welcher die Münsterskulpturen, die Propheten, stehen. Meisterwerke der mittelalterlichen Bildhauerkunst. Es sind die Originale, am Münster stehen Kopien in der Fassade. Hoch oben. Hier im Museum gehen sie zum einen nicht so schnell kaputt (saurer Regen und so) und zum anderen sehen die Besucher sie so auch viel besser. Ganz hinten in dieser sakralen Halle steht eine Orgel, faszinierender Barock. Ursprünglich stand diese in der Klosterkirche Gengenbach. In Gengenbach ist übrigens Hubert Burdas großer Bruder Frieder geboren, der in Baden-Baden sein Kunstmuseum errichten ließ. Karlsruhe. Baden-Baden. Offenburg. Straßburg. Freiburg. Basel. Colmar. Menzenschwand.

Der Oberrhein: „Das Tal der Bilder."

Im Untergeschoss dann wieder Franz Xaver Winterhalter. Alles, was Rang und Namen in den europäischen Adelshäusern hatte, hängt da lebensgroß an der Wand. Sehr beeindruckend. Natürlich auch ‚Sisi', die österreichische Kaiserin, jung und schön. Mit zauberhaftem Kleid, Aenne Burda hätte ihre wahre Freude daran gehabt. Hubert Burda sichtlich auch. Winterhalters ‚Sisi' hat übrigens eine interessante Wiederbelebung erfahren und Winterhalter damit in eine Galerie mit so ziemlich allen großen Meistern – von Rembrandt über Delacroix und van Gogh bis zum berühmten

Che-Guevara-Foto – erhoben. Allerdings mit Entenschnabel und Donald-Duck-Gesicht. Ja, das gibt's. Auf der ‚Duckomenta'. Was als grotesker Spaß und „Künstlerprotest" zur ‚Documenta' ins Leben gerufen wurde, ist heute zum Kult avanciert, lange Schlangen vor der Museumskasse inklusive: Die bekannten Kunstwerke werden nachgemalt und mit Donald-Duck-Antlitz versehen. Interessant, wie gesagt. Auf diese Weise werden die jungen Kassenschlangensteher an die großen Meister und an die Kunst herangeführt. So wie der Stefan Strumbel mit seinen schrillen Kuckucksuhren an die Heimat herangeführt hat. Sisi wird es verkraften, der Mona Lisa ging es ja auch so. Mona Lisa trägt jetzt auch Entenschnabel. Lächelnd versteht sich.

Jörgle

Wehmut. Alle sitzen auf den Stühlen im Kreuzgang, die Preisverleihung ist in vollem Gange. Auf der Leinwand ist das Olympia-Siegerehrungsbild des jungen Georg Thoma, dem Jörgle, „the boy from the Black Forest", zu sehen. Ergänzend dazu die Stimme aus dem Volksempfänger. Es ist nicht irgendeine Siegerehrung. Nein, die Goldmedaille bekommt der Georg Thoma da gerade überreicht auf dem Schwarz-Weiß-Bild. In Squaw Valley im weiten Amerika. Auch nach über fünfundfünfzig Jahren ein berührender Moment. Für alle. Jörgles Eltern zu Hause hatten es seinerzeit gar nicht mitbekommen – denn die saßen beim Abendbrot, und das alte Radio war schon lange kaputt. Sie würden es ja noch früh genug erfahren. Morgen, in der Zeitung. So hörten sie nicht, was Südwestfunkreporter Gerd Mehl da sagte: „So, ihr lieben Hinterzartner, jetzt setzt euch erst mal." „Der Jörgle hat die Goldene!" ging es dann auch rasch im Dorf um. Gold! Vor Tormod Knutsen, vor Nikolai Gusakov. Vor Ristola, Koschkin, Larsen und wie sie alle hießen. Als der Adlerwirt einen Buben zum Hof der Familie Thoma schickte, gab´s dort nur die Antwort: „Ihr spinnet jo!"

Ja, und jetzt steht er da vorne. Aus dem wieselflinken Schwarzwälder Lausbuben ist ein reifer Mann geworden, die Augen aber immer noch schelmisch: „Mi Vadder hot gsagt, wenn du mol wo bisch un net weisch, was sage, dann sagsch erschmol Dankschee. I hann jo scho viele Preise un Pokale griegt. Ich hab daheim so ä große Holzkischd, do kommt alles nei..." Das Publikum lacht herzhaft. Schwarzwälder Humor. „De Vadder hot do immer vom Großherzog von Bade vozählt. I hann net gwisst, was er meint. Aber jetz hann i do jo so ä Urkund." Er meint damit natürlich die kalligrafisch stilvolle Urkunde aus dem Hause Baden, die er eben erhalten hat. Als bei der Siegerehrung 1960 nicht die deutsche Nationalhymne gespielt wurde, hat Thoma gedacht: „Himmel, Dunnder, Wedder. Die hän sich doch vozählt." Will sagen, er glaubte, doch nicht Erster zu sein, weil Beethovens Neunte ‚Freude schöner Götterfunken' und nicht die deutsche Nationalhymne aus den Lautsprechern klang (wegen des deutsch-deutschen Teams). „Do, wo ich herkomm, do hot mer des net gschbielt!" Da, wo er herkommt, gab es bei seinem allerersten Sieg auch keine Goldmedaille, sondern „ä Wurschbrod". Schwarzwälder Bodenständigkeit. Das war es dann auch, was Hubert Burda in seiner Rede dankend in Richtung Georg Thoma auf den Punkt brachte: „Was mir an dir am beschde gfällt: Du bisch uffm Bode bliebe!"

Grund zum Abheben hätte er genug gehabt, er, der er „für uns Jugendliche etwas Gewaltiges war, der einfach marschiert ist und nicht aufgehört hat. Und der neue Generationen beeinflusste, die seinen Ruhm fortführen." Der freundschaftliche Stolz schwingt mit, als Hubert Burda dies sagt. „Ich war `n junger Kerle und du der Star!" Anerkennung.

Hubert Burda erzählt vom Skifahren am Feldberg, dem „Mythos Schwarzwald". Wie er als junger Bursch die Piste studiert hat, Wurzeln aus dem Weg räumte.

Man sieht es Herrn Burda an, er könnte ins Schwärmen kommen, in Erinnerungen schwelgen. Schon als Bub lernte er das Skifahren, sich absetzen von den größeren Brüdern. Einsamkeit am Hang, Durchbeißen. „Weg von der Mutter fahren." Und „immer der Schnellste sein". Mit dem Skibus des Offenburger Skiclubs ging es zunächst nach Schönwald, an den Rohrhardsberg, später an die Hänge des Feldberges. Gemeinschaft, Kameradschaft. Am Hang Konkurrenz: Hubert Burda hatte ein Abonnement als Offenburger Vereinsmeister. Klar, Unternehmersohn zu sein hat ja auch Vorteile. Skifahren üben in den Schweizer Bergen zum Beispiel. Später die Schwarzwaldmeisterschaften am Feldberg.

In Richtung der geladenen Menzenschwander sagt Hubert Burda: „Mache kei Blödsinn mit dere schöne Wies. Ich hab angeordnet, dass die net bebaut wird." Kurze Zeit später ist Herr Burda auch schon wieder verschwunden, der nächste Termin wartet.

Ich bin beim letzten Häppchen und Gutedel, als plötzlich mein Handy klingelt und mir Herr Albermann erzählt, Herr Dr. Burda will bald mit den Spaziergängen beginnen.

Im Schwarzwald. In Menzenschwand.

Hubert Burda, der „Schnigo", als Rennskifahrer

Morgenspaziergang

„Was hocksch do hinte so allein – komm, hock Dich zu uns." Und schon sitze ich im ‚Waldeck', in Menzenschwand, am Stammtisch. Rustikal. Bodenständig. Geerdet. Ich will mich vor dem Spaziergang mit Herrn Burda schlauer machen. Rechts neben mir der Bürgermeister im Ruhestand, links neben mir die Wirtin Frau Kapferer, und mir gegenüber der Wirt sowie „Brosi", Bertold Baur, um genau zu sein. Schneeweiß das Haar, schneeweiß der Schnurrbart. So schnell geht das in Menzenschwand, und man ist mittendrin im Dorfgeschehen. Ich bin auch ein Schwarzwälder, so verstehe ich auch, was sie sagen. Das ist es wohl, was dem Senator in Menzenschwand so gefallen hat, warum er hier ein Jagdhaus kaufte (neben dem Jagdwild natürlich): das Menschliche, das Bodenständige, das Ehrliche. Ist er doch als kleiner Bub, als bettelarmes Pflegekind, auf einem Bauernhof aufgewachsen, weil bei den Eltern kein Platz war und es zu Hause nichts zu essen gab. Amtssprache am Stammtisch ist „du", es wird ein gemütlicher Abend werden. Urgemütlich. An der Wand Jagdtrophäen, gleich neben der Kuckucksuhr. Ja, und der „Brosi" ist nicht irgendjemand, er ist nahezu derselbe Jahrgang wie Hubert Burda. Und deshalb ist es auch kein Wunder, dass „Brosi" früher mit Hubert Burda, dem „Schnigo", auf der Piste war. Warum ich das weiß? Das ist schnell erzählt: Wenn in Menzenschwand, am Stammtisch, jemand erzählt, dass er aus Offenburg kommt, dann ist das Thema schnell bei den Burdas. Denn die sind beliebt in Menzenschwand. Immer noch. Nach all den Jahren, in welchen der Senator hier häufig unterwegs war, mit Pudel Blacky spazieren ging, am Stammtisch saß. Gesungen und sein Viertel getrunken hat. Oder auch zwei. Wenngleich Hubert Burda nicht mehr so oft hier ist wie es sein Vater war, so hinterlässt auch er jedes

Mal einen bleibenden Eindruck und Respekt vor seinem Schaffen: „De Hubschrauber hän mir ghört, und ä Weile schbäder isch de Hubert mit´m Rucksack uffm Buckel zu de Tür reinkomme. Er hat uns zu sich gwunke. Am Ofetisch simmer ghockt", erzählt Brosi. „Kei Märche", streut er immer wieder in seine Erzählung ein. Seine Augen leuchten voller Stolz. Es sei ein langer lustiger Abend gewesen damals. So wie heute.

Auf dem Zimmer steht eine Flasche Rotwein als Begrüßungsgeschenk, auf dem Etikett ist geschrieben: „Es sind die Begegnungen mit Menschen, die das Leben lebenswert machen."

Trotz lustiger Nacht bin ich früh wach. Der Ur-Instinkt. In der Ferne erhellt sich der Frühmorgenhimmel über den bewaldeten und im Dunkel liegenden Bergrücken. Zartrosa, ein Hauch rötlich, dazu Himmelblau. Ein feinzarter Nebel liegt über dem kleinen Bach, der unaufhörlich durch den Ort plätschert, Wasser des Lebens. Die Landschaft vor mir liegt noch im Schlaf, in einem Grau aus Grüntönen, dazwischen das kalte Weiß des schwindenden Winters. Vereinzelte Lichter leuchten schon in den weit verstreuten Häusern. Die ersten Vögel zwitschern. Mein sichtbarer Atem zerfließt in der kaltfrischen Morgenluft. Die obersten Baumwipfel werden vom Licht erfasst, sie beginnen zu leuchten. Mehr und mehr der Baumwipfel kommen hinzu. Die Sonne färbt langsam, ganz langsam das eben noch farblose Bild ein. Warm. Es wird zusehends orange, orangegrün, gelbgrün. Das kalte Blauweiß der Schneefelder zwischen den Bäumen erhält Streifen, schöne Streifen, wunderschöne Streifen. Orangewarme Streifen. Farbkontrast zum Blauweiß. Die dunkle geschwungene

Schattensilhouette der Nacht sinkt langsam, ganz langsam, tiefer in den Ort, das Warm gewinnt. Die Bäume werfen lange Schatten, spielen mit dem Schnee.

Eine Melodie geht mir durch den Kopf. Modest Mussorgski. ‚Bilder einer Ausstellung'. ‚Promenade'. Die Symphoniefassung von Ravel. Es ist, als wäre er hier an dieser Stelle gesessen, als ihm die Töne durch den Kopf gingen. Vermutlich wären diese einfach so gekommen – er hätte nur das Bild, Naturbild, betrachten müssen: Die Sonne beginnt im nahen Wald mit ihrer Mystik. Symphonie des Lebens.

Hubert Burda würde vermutlich, nicht nur wegen Ehefrau Maria Furtwängler, die Fassung der Berliner Symphoniker bevorzugen. Ich liebe die Fassung von Emerson Lake & Palmer, ‚Pictures at an Exhibition'. Keith Emerson an den Synthesizern, ein Wegbereiter der digitalen Musik, so wie der Herr Burda der digitalen Medien. Ich nehme das Smartphone, Internet, Amazon, Download und schon spielt mir die digitale Revolution das Werk ins Ohr. Wunderschön, die Natur malt weiter an den Bildern der Ausstellung. Vielleicht ist Menzenschwand deswegen auch ein „Ort wie aus dem Bilderbuch." Wer weiß. Das ‚Waldeck' durchzieht sich derweil mit dem Duft frischen Kaffees.

Morgenspaziergang. Ein heller Nebelschleier liegt über dem Ort. Hauchfein. Mystisch zeichnen sich die stolzen Dachumrisse der alten Menzenschwander Höfe darin ab. Der jeweilige Unterbau verschwimmt sanft im Bodennebel. Die alten Holzschindeln schützen nun die Bewohner vor der Kälte. Geschichtsträchtige

Höfe. Was die schon gesehen haben, was diese erzählen könnten! Aber sie schweigen. Ein einsames warmes Licht im kleinen Fensterchen. Große Schneehaufen liegen unter dem Dachvorsprung, die Sonne der Vortage hat ganze Arbeit geleistet, das weite Dach selbst ist schneefrei. Sonnenseite. Ein selbstgemaltes Schild warnt vor den Dachlawinen: „Uffbasse!" Das Türmlein der Kapelle reckt sich sehnsuchtsvoll gen Himmel. Ein Hund bellt. Über dem Nebelschleier leuchtet der ferne Waldrand im Morgenlicht.

Mich zieht es in Richtung des Wasserfalles, denn dort hat die Sonne die Erde bereits erreicht. Der Skihang strahlt bereits im Morgenlicht. Geheimnisvoll die wurzeligen Äste an knorrigen Baumstämmen entlang des Baches, eingehüllt im Zaubernebel. Eine Allee der Natur.

Ort der Stille. Ort der Kreativität.

Die Mittagssonne lässt den Schnee dampfen, ich kann zusehen, wie er dahinschmilzt. Auf der Straße beginnen die Buben Fußball zu spielen. Heile Welt. In Offenburg war die Welt für den kleinen Hubert Burda nicht so heil. Klassenneid. Die Nachbarsbuben grenzten ihn aus, den Bub aus besserem Hause, ließen ihn nicht mitspielen. So kam der jüngste der drei Burda Buben, „the lone wolf" zum Skifahren, zum Tennis, zum Boxen. Durchboxen.

Bergsehnsucht

Sternenhimmel. Sternenmeer. Dazwischen Dunkelheit. Stille. Unendliche Stille. Herzklopfen. Unendlich viele Sterne. Abenteuer. Bergsehnsucht. Sehnsucht nach der Ur-Stille. Unter meinen Füßen knistert der Schnee. Monoton, Schritt für Schritt. Oh Langsamkeit! Der Schnee sammelt das Leuchten der Sterne und lässt uns in dem Dunkel einen Weg erahnen. Denn ich bin nicht allein. Melanie Manns, ein Menzenschwander „Maidle", wie der Senator gesagt hätte, begleitet mich. Wir haben eben unser Auto in das Feldbergparkhaus gestellt und sparen uns die Diskussion, ob das Gebäude gut auf den Fastgipfel passt. Wir sind auf dem Weg nach oben. Auf den Ganzgipfel des Feldberges. Den Sonnenaufgang erleben, Frau Manns passt auf, dass ich in der Dunkelheit nicht verloren gehe. Ich bin ja keine Zwanzig mehr. Der Rest der Welt schläft noch. Wie kann er nur? Es ist so unglaublich! Schritt für Schritt kommen wir langsam unserem Höhenziel näher. Bergsehnsucht. Gipfelsehnsucht. Freiheitssehnsucht. Ur-Licht-Sehnsucht. Im zarten Licht erkenne ich eine Loipenspur.

Ein einsamer Flieger zerschneidet blinkend das Funkelmeer der Sterne, erzeugt Sehnsucht nach der Ferne. Wurzeln und Flügel.

„Die Heimat im Herzen, hinaus in die Welt."

Ein kurzes Waldstück, das Auge sammelt das allerletzte Licht, wir bleiben auf dem richtigen Weg. Keiner sagt etwas. Noch eine lange Rechtskurve, tiefe kalte Atemzüge, dann sind wir oben. Fast. Am Seebuck. Wie ein Mahnmal zeichnet der alte Fernsehturm eine dunkle Schablone in den helleren Hintergrund. Den Respekt vor der Natur fordernd! Was eben noch ein tiefschwarzer Himmel, bestickt mit glitzernden, klaren Diamanten war, ist nun, da wir in die Richtung gehen, in welcher die Sonne aufgehen wird, schon als ein helles Blau zu erkennen, schwebend auf einem Hauch eines zartorangenen Streifens, darunter tiefes Blau. Wie ein Leuchtturm ohne Feuer steht er da, der alte Fernsehturm. Es ist unglaublich. Obwohl noch Nacht, ist es doch schon irgendwie hell.

Der Volksmund sagt: Schwarz und Weiß. Die Impressionisten meinten: In der Natur gibt es kein Schwarz und kein Weiß. Beim Nachthimmel kam ich noch ins Zweifeln. Bei dem Schnee vor mir nun definitiv nicht mehr. Der ist nicht weiß. Der ist hellhellblauweiß, hellblausilberweiß, silbersilberweiß, hellblaurosaweiß. Grandiosweiß! Dazwischen, zur Sonne abgewandt, dunkeldunkelblau, dunkelviolettblau, dunkelgraublau, dunkelsilberblau. Die Impressionisten sagten: Ein Schatten ist nicht grau, da ist immer ein Blau mit drin. Recht hatten sie. Ein Silberorangeweiß gesellt sich hinzu. Der warmorangene Streifen am Horizont wird breiter, leuchtender. Wir stehen vor dem Abhang, steil geht es hinunter, da unten liegt versteckt und unsichtbar der Feldsee. Da ruht er seit Jahrtausenden. Zumindest jetzt ruht er, wenn die Menschen ihn ruhen lassen. Das Mahnmal zeigt Wirkung, wir gehen nicht ganz nach vorne, zu hoch die Gefahr, dass wir auf einer Schneenase stehen und abstürzen könnten.

Hinter uns der alte Fernsehturm, zartrosa, verschleiernd, verfärbt sich dahinter der Himmel. Verfärbt auch den Schnee in zartzartrosa. Zur Sonne hin sind die Bergrücken zu erkennen, vereinzelte Lichter, fahrende Lichter, schweigende Lichter. Je weiter weg die Bergrücken, desto zarter deren Dunkel, dazwischen Schneefelder.

Der Streifen aus Orange bekommt einen Verlauf an unendlichen Orangetönen, darüber weites Himmelblau. Vereinzelte leuchtende Wolkenfetzen. Im Himmel ist schon Tag. Kein Stern ist mehr zu sehen.

Und dann ist er da, der Moment. Der Moment, in welchem sich zu den Bildern einer Ausstellung noch Freude schöner Götterfunken mischt. Wilhelm Furtwängler am Dirigentenpult. Von Pianissimo zu Fortissimo. Am Rande des Dunkelblaues erscheint langsam, ganz langsam, aber kräftiger und kräftiger werdend, das Rund der Sonne. Zarathustra. Oben heißfeurig gelb, darunter glühorange. Umgeben von einem feinen Feuerring. Oh Macht! Oh Energie! Tochter aus Elysium! Mein Körper saugt sie förmlich auf. Herzherzklopfen. Glücksglücksgefühl. Kraftkraftquelle.

Freiheit. Weite!

Gefestigt für die Ewigkeit steht das Bismarck-Denkmal hier oben auf dem Feldberg. Im Sonnenglanz. Heroisch. Pyramidenhaft, nur schlanker. Und nicht so hoch. Stein auf Stein. Massiv, unpoliert, männlich. Schnee liegt in den Ritzen. Im ‚Goldenen Schnitt' eingegossen die Büste des Fürsten. Gepflegt sein typischer Schnautzer. Ein Denkmal für die Heimat. „Alle Menschen werden Brüder" war aber nicht so das Ding seiner Zeit. Jede Generation hat seine eigene Art der Verehrung.

Hubert Burdas Generation setzte sich ein Denkmal, indem diese die Welt digital vernetzte. Und massive Steine, die unmenschliche deutsch-deutsche Mauer einrissen. Aus „Teilung" wieder

„Einheit“ machte. Mit dabei auch ein Badner, ein Hornberger, um genau zu sein. Wolfgang Schäuble. Tüftler am Einheitsvertrag.

Einige der anderen Gipfelstürmer machen Selfies mit glühender Sonne im Rücken. „Sozialkapital“ nennt man das: Nicht das Erlebnis ist wichtig, sondern anderen sofort mitzuteilen, dass man mittendrin ist. Je mehr Freunden, was auch immer das sind, das dann gefällt, desto höher das Sozialkapital. Ganz einfach. Blöd nur, dass man selbst das Erlebnis dadurch verpasst. Blöd auch nur, dass die anderen das Sekunden später schon wieder vergessen haben. War das die Vision der digitalen Revolution von Herrn Burda? Muss ich ihn mal fragen.

Der Blick geht auf den Hang gegenüber dem Seebuck, nach Menzenschwand, an die Grafenmatt. Dort ist der kleine Hubert Burda dem großen Bruder davongefahren. Hat es ihm gezeigt. Durchbeißen, durchsetzen, absetzen. Ich kenn das, ich war immer der „Bubi“ und der große Bruder der „Langi“.

Hubert Burda war cleverer als wir heute, als er jungbübisch den schneebedeckten Kandel, gleich um die Ecke, zu Fuß erklommen hat. Er hatte für die Abfahrt seine Ski auf den Rücken geschnallt. Wir nicht, wir müssen den Feldberg wieder hinunterlaufen. Kürzester Weg. Auf der Skipiste. Sieht ja niemand. Die schlafen alle noch. Wie können die nur? Das Herzogenhorn strahlt im jungfräulichen Morgenlicht, kein Baum stört die elegante Schneekuppe. Beim Blick zurück, nach oben, zwei große Flächen: das Grandiosweiß des Skihanges trifft auf Himmelblaublau. Schon bald wird das Weiß mit rasenden Farbtupfern übersäht sein.

Feldberg-Geist

Skifahren hat am Feldberg Tradition. Eine lange Tradition. Die längste in Deutschland. Und in Mitteleuropa. Sogar vor den Alpen. Seit 125 Jahren. Erfunden haben das Skifahren allerdings die Norweger. Klar, dort gibt's auch mehr Schnee. 1891 kam dann aber der französische Diplomat Robert Pilet in den Schwarzwald und machte etwas, was für die Menschen bis dahin keinen Sinn machte: im Schnee auf den wilden Feldberg zu gehen. Wozu auch? Und das auf komischen Holzbrettern. Vorne hochgebogen. Die ums tägliche Überleben kämpfenden Bauern dachten nur: Der spinnt! Nicht aber Fritz Breuer und Carl Thoma der Zweite. Die machten es ihm nach und gründeten sogar den Skiclub Todtnau. Dann spinnen die halt auch. Ist ja immer so: Wenn man etwas aus der Reihe macht, dann denken die anderen „der spinnt!" Beim Singen mit der Hüfte wackeln wie Elvis Presley. Oder auf den Berg klettern wie Reinhold Messner zum Beispiel. Oder dem ‚Spiegel' Paroli bieten und FOCUS gründen.

1920 der erste Skifilm ‚Das Wunder des Schneeschuhs' von Sepp Allgeier und Arnold Franck. 1951 der erste Skilift am ‚Seebuck', 1952 zog Menzenschwand nach und baute einen Lift an der ‚Grafenmatt'. Der kam dem heranwachsenden Hubert Burda wie gelegen. Und dann gab es ja noch den Hinterzartner Hirtenbuben und Postboten Georg Thoma. Ach, übrigens: Die Skiclubgründer entstammten dem Todtnauer Buchclub. Philosophie und Sport gehören nun mal zusammen. „Mens sana in corpore sano – ein gesunder Geist in einem gesunden Körper", würde Hubert Burda sagen. Und als Verleger ist Hubert Burda bestimmt auch stolz, dass Breuer die damaligen Massenmedien nutze, um das Skifahren im Schwarzwald bekannt zu machen. Ach, nochmal übrigens:

Ernst Köpfer aus Bernau hatte als 12-jähriger Bub die Idee, eine Skimanufaktur zu gründen. Die erste in Mitteleuropa. Das war 1890. Der Schwarzwald brachte also nicht nur berühmte Maler und Sportler zur Welt. Von wegen „Hinterwäldler“, wie manch einer von den Schwarzwäldern denkt!

Es lebe der „Feldberg-Geist“.

Sürag

Am nächsten Tag: Zahllose Ski und Skistöcke stecken im Schneehaufen oder lehnen an der dunklen Hauswand neben der Türe. Meterhoher Schnee kleidet das spitze Dach des kleinen Vorbaus ein, als ob es den Eingang vor noch mehr Schnee schützen will. Dunkle Holzschindeln zeugen auch hier von einem stolzen Alter. Die Architektur an sich ist unspektakulär, eher funktionell. Massiver Unterbau und zwei Stockwerke oben drauf. An der Hauswand steht in Weiß auf einem dunklen Holz geschrieben: „Gasthaus. Emmendinger Hütte. 1294 m.ü.d.M.“ Eingetreten begrüßen mich ein Paar Ski aus den Anfängen dieser Sportart. Geschaffen aus Holz, vorne gebogen, Lederriemen. Fertig. Über Kreuz an die Wand gehängt. Für die Nachwelt der Skipioniere. Darunter eine alte Nähmaschine. Über eine Holztreppe geht es nach oben. In einer Ecke hängt ein Gong, ein Erinnerungsstück zur Eröffnung der Emmendinger Hütte am 11. Januar 1953. Vermutlich der Zapfenstreichgong. In Holz gefasstes, geriffeltes Türglas, jetzt bin ich im Gastraum. Holztäfelung an den Wänden und an der Decke. Ringsum geht eine alte Holzbank, abgewetzt, sie hat schon unendliche Wintertage und Winterabende erlebt. Große Holztische. Was die erzählen könnten! An den Wänden hängen historische Schwarz-Weiß-Aufnahmen. In der Ecke ein Kruzifix und eine alte Wanduhr. Die Pendel stehen still, so wie hier die Zeit still steht. Die gute alte Zeit. Damals wie heute: „Erbsensuppe". Ich bin auf den Spuren Hubert Burdas. Als der Rohrhardsberg in Schönwald zu klein wurde, zog es ihn und seine Freunde vom Offenburger Skiclub an den Feldberg. Kameradschaft in der Emmendiger Hütte, eiserner Wettkampf am Hang. Der Grafenmatt-Lift, direkt neben der Hütte, war erst kurze Zeit zuvor eröffnet worden.

Auf der Theke im Heute liegt ein bunter Ausdruck, eingefasst in Folie: „Like us on Facebook". Im Kontrast dazu, über der Holztheke, ein Radio. Aber nicht irgendeines. Die nächste Generation, gleich nach dem Volksempfänger und Max Grundigs ‚Heinzelmann', vermute ich. ‚Phillips Philetta'. Nur die ‚Sürag' fehlt.

Mit der Idee der ‚Sürag' begann der steile Aufstieg der Burdas. Eine Radiozeitschrift – erweitert um Beiträge und Geschichten. 1926 hatte der Senator im Studentenzimmer die Blitzidee, schon am 1. Januar 1927 ging die Zeitschrift an den Start. Mit 3000 Exemplaren. Alles von Hand gesetzt, vier Tage dauerte das, dann drucken, heften, versenden. Arbeit Tag und Nacht. Aber das Cleverste daran war die Idee des Abos. Der Erfolg gab ihm Recht: Bereits 1935 war Franz Burda Millionär. Investierte groß in einen Druckereineubau und vor allem in die neueste Rotations-Tiefdruckpresse: noch mehr Exemplare in noch weniger Zeit in noch besserer Qualität. Dazu brauchte es Mut. Aber: „Längst war ihm da klar, dass dem Bild die Zukunft gehörte." 1941 haben ihm die

Nazis die Zeitung verboten. Dafür druckte er dann deren Landkarten und Feldpost. Nach dem Krieg wurde aus der ‚Sürag' die ‚Bild und Funk'. So kam Hubert Burda auch zu einer kurzen Karriere als Cover-Boy: Als fast zwölfjähriger Knirps zierte er das Titelblatt, wurde Glücksbote und durfte den Gewinner des Radio-Toto-Gewinnspieles ziehen. Mit Krawatte, versteht sich. Zu gewinnen gab es ein Motorrad. Schon stressig, so ein Job als Verlegersohn: morgens Fotostudio, mittags Skihang.

Bei meinem Fußweg zurück nach Menzenschwand treffe ich auf technischorangefarbene Schneekanonen. Über diesen schweben hochmoderne stahlfuturistischblaue Sesselliftkabinen. Im Hintergrund duckt sich ein stolzer alter Schwarzwaldhof bescheiden in das Weiß, das Dach tief heruntergezogen. Meterhoher Schnee scheint es noch tiefer zu drücken. High-Tech und High-Touch.

„Fünf Mark hat mir der Senator ind Hand druckd, als ich ihm des Tor an seinem Häusle uffgmacht hab. Ich bin hald grad do gschande und hab gwisst wie `s uffgeht. Des war ä huffe Geld für mich als Bub."

Clemens Bechert ist das, der mir diese Geschichte wenig später erzählt, ein Menzenschwander Bub, jetzt Hüttenwirt. Ich sitze in dem alten, geduckten Hof, in der ‚Menzenschwander Hütte', der Wirt hat sich zu mir gesetzt, ich bin der einzige Gast in diesem abseits der basswummenden Partyzelte gelegenen Ehrlichschwarzwaldgasthaus. Schneeweißes, langes, gewelltes Haar, ein schneeweißer Bart, Marke Harley-Davidson-Biker, eine Weste, gefüttert mit Lammfell. Im markanten Gesicht Augen, die für sich schon lange Geschichten erzählen. „Ein Original", denke ich sofort. Ich habe da ja Übung, diskret habe ich erzählt, dass ich aus Offenburg bin, und schon ging es los mit den Burdas. „An seinem Häusle vorbei hämmer die Rinder uffd Wiese triebe, gwunke hat er. Ä netter Mann." Auf Skikameraden Hubert Burdas angesprochen meint er nur: „Früher hänn die Schilehrer viel gsoffe, do lebe heut nimme viel." Schwarzwälder Direktheit. Selbst ist er Jahrgang 1954, den jungen Hubert Burda hat er nicht erlebt. In der Ecke brummelt gemütlich der grüne Kachelofen, Holzverkleidung auch hier in der guten Stube, vor mir Bratwürste mit Kartoffelsalat. Und Zwiebelsoße, versteht sich. Skifahrer in High-Tech-Kleidung betreten den High-Touch-Raum.

Hubert Burda auf der Titelseite der „Bild und Funk"

Hubert Burda als Chefredakteur der BUNTE mit dem damaligen US-Präsident Ronald Reagan

Badische Kirschblüte

Herr Burda liebt die Kirschblüte. Warm strahlt die Abendsonne das Schlössle an, die tief stehende Sonne reflektiert hell in den Fensterchen des ehemaligen Palais des Kunstmalers Lothar von Seebach. Einem leider recht unbekannten Impressionisten, der das Schlössle einst bewohnte. Lange, bevor der Senator es erwarb. Nur wenige Schritte abwärts von hier steht auch das Geburtshaus des Malers. Wer einmal länger hier verweilt und das Licht in der Natur betrachtet, der weiß, warum Lothar von Seebach Impressionist geworden ist. Und warum der Senator dieses Schlössle unbedingt haben wollte (auch wenn es seinem Finanzchef Rüdiger Hurrle damals angst und bange ob der Kosten wurde). Und warum auch Hubert Burda hier oben malte, als Kontrast zum hektischen Alltag. Die Muße. High-Touch.

Wo noch vor wenigen Wochen eine eisige Schneeschicht den Rasen bedeckte und sich ein nasses Grau über die Bäume legte, strahlen nun die Farben des Lebens. Es ist Frühling. Das Frühlingslicht ist so, wie es in Gedichten steht.

„Die legendäre Kirschbaumblüte ist dem Regen zum Opfer gefallen." Nein, nicht in Fessenbach. In Washington. Auch nicht 2016, sondern 1983. Ich blättere gerade in einer alten BUNTE. Auf dem Titelbild der amerikanische Präsident Ronald Reagan. Und auf Seite 3 dann nochmal der Ronald Reagan. Aber dieses Mal zusammen mit Hubert Burda. BUNTE-Chefredakteur ist Hubert Burda seinerzeit, als ihn der amerikanische Präsident da empfängt, am 26. April 1983. „Die Heimat im Herzen, hinaus in die Welt." „Die Fessenbacher Kirschblüte im Herzen, hinaus in die Welt", hätte es wohl noch treffender auf den Punkt gebracht, da Herr Burda als ersten Eindruck in Washington die heimischen Kirschblüten vermisst hat. Aber Herr Burda war ja nicht wegen der Kirschblüte in Washington. Sondern wegen der deutsch-amerikanischen Beziehungen. Die waren seinerzeit etwas angespannt. Hubert Burda kam als Botschafter der Freundschaft: „Wir von BUNTE aber sehen unsere Aufgabe nicht darin, Konflikte zu verschärfen. Im Gegenteil." Das schrieb Herr Burda dem Herrn Reagan – und schon hatte er einen Termin im Weißen Haus. Hat bis dato sonst niemand geschafft, so ein Einzelinterview als deutscher Journalist. Der Ronald hatte ja viel um die Ohren damals. So wie der Herr Burda auch heute noch. Deswegen bin ich auch heute wieder ohne Herrn Burda in Fessenbach.

„Die starken Hände und die guten Herzen der fleißigen deutschen Vorfahren" lobte Reagan im Gespräch. 1983 war es genau 300 Jahre her, als die ersten Deutschen in Amerika eintrafen. Bestimmt auch einige arme Offenburger. Oder Bauern aus dem nahen Nordrach, die mittels Losverfahren (weil der Bruder den Hof geerbt hatte) nach Amerika auswandern mussten, das erste Stück auf den mächtigen Kinzigtäler Flößen bis Willstätt und Kehl, dann weiter auf den riesigen Rheinflößen, und schließlich auf den Segelschiffen über das Weltmeer. Ins gelobte, fremde, weit entfernte Land. Ahnend, dass sie ihre Heimat nie mehr wiedersehen würden. Aber das ist eine ganz andere Geschichte.

Es ging allerdings nicht nur um die deutsch-amerikanische Freundschaft in Washington. Es ging vor allem um Abrüstung, 1983 herrschte der ‚Kalte Krieg'. Säbelrasseln. Journalist Burda bohrt freundlich aber bestimmt mit Fragen und erhält Antworten vom Präsidenten: „Maßnahmen, uns selber, unsere Familien und Länder vor der Verwüstung zu schützen, sollten Ansporn genug zur Abrüstung sein und uns einen Großteil unserer Angst nehmen." Sechs Jahre später fiel die deutsch-deutsche Mauer. Wer weiß, vielleicht haben bohrende Fragen ja auch Einflüsse auf Denk- und Entscheidungsprozesse in amerikanischen Präsidentenhirnen.

Ohren spitzen, jetzt kommt´s, Visionär Hubert Burda frägt den Präsidenten dann noch Folgendes (zur Erinnerung, wir schreiben das Jahr 1983): „Bei der Einführung der Dampfmaschine fürchteten viele um ihre Arbeitsplätze. Heutzutage macht die sogenannte elektronische Revolution viele Arbeitsplätze überflüssig. Was muss getan werden, diesen Trend in eine positive Entwicklung umzukehren?" Reagans Antwort spielt jetzt keine Rolle. Und was Hubert Burda daraus gemacht hat, der Urenkel armer Einwanderer, das wissen wir ja: „Die digitale Revolution." Es ist so selbstverständlich geworden.

Vater Franz, der Senator, war mächtig stolz auf seinen Hubert, damals 1983. In seiner Entscheidung bestätigt, dem Jüngsten „seine BUNTE" übergeben zu haben! Heute wäre er das sowieso. Und Großvater Burda erst recht, der so sanft lächeln konnte wie sein Enkel heute.

Warum ich eine alte BUNTE-Ausgabe überhaupt lese? Und warum gerade diese? Ich habe nur diese eine. Und die hat mir der Konrad Schilli kürzlich gegeben. Voller Stolz. Denn Hubert Burda hat auch über die heimatlichen Kinzigtäler Flößer in eben dieser BUNTE schreiben lassen. Über Konrad Schilli aus Schwaibach bei Gengenbach, der diese fast vergessene Tradition mit einem Flößermuseum wiederbelebt hat, denn „seine Großmutter hat ihm immer wieder diese Geschichte aus der guten alten Zeit erzählt. So ausführlich und so plastisch, dass er schließlich davon träumte. Diesen Traum vom bunten Leben eines Flößers, vom Abenteuer aus vergangenen Jahrhunderten, von schwerer Arbeit gestandener Mannsbilder, aber auch von feuchtfröhlichen Floßfahrten ab Schiltach, beinahe 100 Kilometer die Kinzig hinunter, bis zur Rheinmündung bei Kehl." So schließt sich manchmal eben der Kreis zu Ronald Reagan. Und den Kirschblüten. 1389 fuhren die ersten Flöße abwärts. Gestör an Gestör, mit Weiden flexibel verbunden, um die Flusswindungen zu bezwingen. Nix Kinzigbegradigung wie heute und so. Bis zu sechshundert Meter lang waren die Flöße. Das muss man sich mal vorstellen! Lebensader Kinzig. Holz für Straßburg und Amsterdam. Masten für die holländischen Segelschiffe. Als Oblast Kobaltblau für das Delfter Porzellan. Auswanderer für Amerika. Bis auch die Kinzigtalbahn 1886 bis Schiltach fertiggestellt und an die Schwarzwaldbahn angeschlossen wurde (als die Kinzig, so wie zuvor der Rhein, nach Gottfried Tullas Plänen begradigt wurde und so vor Überschwemmungen sicherer Platz für die Bahngleise entstanden war). Danach waren die Flößer arbeitslos, wurden Gastarbeiter in Siebenbürgen (heute ist das andersrum).

Ich mache noch Fotos von der badischen Blüte und lasse diese Herrn Burda in München zukommen, geht ganz schnell dank digitaler Revolution. Nur das mit dem Duftübertragen klappt noch nicht.

Opa Lemminger

Der übernächste Morgen, wieder am Schlössle. Es ist still. So unendlich still. Die allerersten Sonnenstrahlen fallen auf Offenburg. Das Schlössle selbst und die Weinberge davor liegen noch im morgendlichen Schatten. Ebenso der Gedenkpavillon. Bald wird die Sonne ihn erreicht haben. Es ist Sonntag. Auch deswegen ist es so still. Von der Stadt dringt kein Geräusch nach oben. Die Stadt schläft noch, die Natur erwacht. Ganz langsam.

In die Stille gesellen sich erste Geräusche. Hauchfeine Geräusche. Das Summen der Bienen, vereinzelt auch Hummeln. Frühling! Die Sonne hat mittlerweile auch die blühenden Bäume des Gedenkgartens erreicht. Das Summen beruhigt. Es ist monoton, fast schon buddistisch. Innere Ruhe. Und das Wissen und der Respekt vor der Schöpfung: Mache ich den Bienen nichts, dann machen die Bienen auch mir nichts.

Der Hubert Burda Media Tower strahlt im reinen Morgenlicht. Einige Dachfenster der Stadt reflektieren die Sonne. Ein Glitzern und Funkeln geht von diesen Fenstern aus. Der Klang der fernen Kirchenglocken mischt sich in das Summen. Die Verbindung der Schöpfung auf Erden zum endlosen Himmel. „Wie schön muss es erst im Himmel sein, wenn er von hier unten schon so wunderschön aussieht“ (diesen Satz habe ich mal irgendwo gelesen, so wunderbare Sätze fallen mir nicht selbst ein). Die Kirschbäume: blütenweiß und rein. Wie in Hebels Versen. Einige Blüten in voller Kraft, einige entschlüpfen, gleichsam einem Kokon, den kleinen frischgrünen Blättern. Voll Zartheit und Eleganz, nicht weniger als vollkommen. Daneben die noch winterschlafenden Apfelbäumchen. Wie ein Gerippe strecken diese ihre nackten

Äste gen Himmel, weg vom Stamm, an manchen Ästen noch verdorrte, schrumpelige Altäpfel. Kontrast des Lebens. Und es ist dieser Duft, der Duft des Frühlings, der Duft der Kindheit. Die Blüten. Nur ein Hauch, denn es sind ja nicht viele Bäume. Düfte speichert das Gehirn besonders. Besonders die der Kindheit. Der Duft des frischen Grases, der Duft von Heu. Der Duft der Tannen. Der Duft des Apfels.

Ganz besonders muss für den fünfjährigen Hubert Burda und seine Brüder der Duft des Apfels gewesen sein, wenn sich diesem Zimt, Zucker und Brotteig beimischten. Seltene Momente. Damals in Oberharmersbach, im ‚Sürag-Haus', welches der Vater bereits 1937 als Erholungsheim für seine Mitarbeiter erworben hatte. Schutzsuchend vor den Fliegerangriffen über Offenburg verharrten die Burda-Buben dort mit ihrer Mutter. Denn es war Krieg. Mutter Aenne sammelte bei umliegenden Bauern, was sie bekommen konnte. Hubert Burda weiß auch, was Hunger ist.

Ein tragisches Opfer dieser Fliegerangriffe wurde Hubert Burdas Großvater Franz Lemminger, Aennes Vater. Lokführer war er. Stolz und aufrecht, im weißen flatternden Hemd, auf seiner großen schwarzen Dampflokomotive stehend, winkend den Offenburger Bahngraben durchfahrend. Die mächtigen Lokomotiven waren beliebte Ziele der Kampfflieger. Eine leichte Beute. Arme Beute. Hilflose Beute. Traurige Aenne, trauriger Hubert. Aber es war auch eine glückliche Zeit für die Burda-Buben so nah an der Seite der Mutter, im Haus in Oberharmersbach. Als Aenne Burda wenige Jahre später zur erfolgreichen Modeheft-Verlegerin wurde, machte die Mutter sich rar.

Schwarzwaldanker

Hier am Schlössle erfuhr Aenne Burda 1986, stolze sechsundsiebzig Jahre alt, so wie Hubert Burda heute, dass für sie das Tor nach Russland offen stand, ‚Burda Moden' der Inbegriff für Zeitschrift in Russland werden sollte. Und sie die „Königin der Kleider".

Eine sehr traurige Königin, denn es war der 30. September 1986. Aenne und ihre Söhne waren in Fessenbach zusammengekommen, um den Tod des geliebten Mannes und Vaters, des Senators, zu beweinen. Des Mannes, der an diesem Ort, auch 76-jährig, begann, sein großes Lebenswerk niederzuschreiben. Er liebte sein Schlössle. Fand Entspannung in der Natur und Ideen bei seinen Spaziergängen durch die Reben. Wie der Vater, so der Sohne.

Mitte der 1970er Jahre hat Hubert Burda nach der Trennung von seiner ersten Frau Christa (heute Christa Maar) zunächst im ‚Langen Franz', die Folgejahre im Fessenbacher Schlössle gewohnt. Gemeinsam mit seiner neuen Lebensgefährtin „Mucki" Kristina Göhner, die ihn von seinen „Herzproblemen" – wie er selbst in ‚Die BUNTE-Story' schreibt – erlöst hat. Ich vermute in doppeltem Sinne. Der Redakteursdruck und die Liebe. Die neue Liebe an diesem malerischen Ort der Schöpfung gegen die Einsamkeit des Geschiedenen, Stress und Verantwortung als Chefredakteur in der BUNTE-Redaktion. Viele Jahre lang.

Gleiche Herkunft. Gleicher Schulweg. Gleiche Sprache. Da, wo man gespielt hat, ist Heimat – die beiden kannten sich schon lange. Schwarzwaldanker nach der kurzen Münchner Ehe mit Christa. Die Herkunft als verbindendes Element der Liebe, der gemeinsamen Spaziergänge durch die Weinberge, das ‚Hohe

Horn'. Das gemeinsame Tennisspiel, das Skifahren. Die gemeinsamen Papa-Wochenenden mit Felix in München. Frohsinn, wenn „Muckis“ Familie und ‚Oma Klötzke‘ ins Schlössle kamen. Sogar Aenne gefiel die Beziehung, waren die Göhners doch angesehene Offenburger Geschäftsleute, das stolze Elternhaus in Sichtweite zur Schanzstraße (und vor allem war ihr Jüngster daheim in Offenburg und nicht in München). 309 Mark Miete und 30 Mark Nebenkosten bezahlte „Mucki“ Göhner übrigens an die Burdas für ihre Wohnung im Schlössle (als Hubert einzog, nicht mehr). Gute badische Seele war Haushälterin Rosa, die den beiden schon sagte, wo ‚der Barthel den Moschd holt‘, wenn ihr mal was nicht gepasst hat. Mit dem Umzug der BUNTE nach München und dem Tod des Vaters, des Senators, endete diese glückliche zehnjährige Zeit in der Heimat.

Lebenswerk

„Maidle – so wie du azoge bisch, schaffsch du bschdimmd bei meinre Frau.“ Der Senator war das, der diese Worte sagte. Zu Gudrun, heute im besten Alter, damals „blutjunge zwanzig Jahre“. Als Redakteurin frisch zu Burda gekommen, oder besser gesagt zu ‚Burda Moden'. Zur Frau vom Senator eben. Die blutjunge Gudrun hatte ihr schickes, körperbetontes, schwarz-weißes Kleidchen an, als sie mit dem Senator gemeinsam den Fahrstuhl, hoch oben im Burda-Hochhaus, bestieg. Denn ganz oben war die Kantine. „Die war zwar etwas teurer, aber es gab schon Tischdecken, und ich fand die Aussicht toll.“ Ja, und nach dem Essen stand sie dann wartend am Fahrstuhl, als dieser „breitschultrige Mann“ sich dazu gesellte, sie von oben bis unten musterte und mit ihr dann in den Fahrstuhl stieg. „Ich dachte, das war der Hausmeister, ich war ja ganz frisch beim Moden-Verlag und hatte den Franz Burda noch nie gesehen", sagt Gudrun lächend zu mir. Wäre Gudrun damals allerdings ein Mann gewesen, so wäre sie einen Kopf kürzer aus dem Fahrstuhl geflogen. Und zwar noch ganz oben. Denn für die Mitarbeiter gab es einen Paternoster. Der Fahrstuhl gehörte dem Franz. Aenne hatte übrigens auch einen Fahrstuhl in ihrem Moden-Verlag. Und in ihm duldete die Königin der Kleider keine zweite Königin neben ihr. Und für nur ein Stockwerk war sowieso die Treppe zu nehmen. Für die Mitarbeiter.

Über Gudrun kannte ich auch „Mutter Müsch", wie wir Marianne Müsch immer genannt haben. Frau Müsch wurde von Aenne Burda bereits in den Fünfzigern aus dem fernen Hamburg nach Offenburg zu ‚Burda Moden' geholt. Erfindung des Headhunting, wenn man so will. Und das, „obwohl die Autobahn bei Baden-Baden noch endete", wie mir Frau Müsch einmal auf einer der langen Autofahrten zur Handarbeitsmesse nach Köln erzahlte. Nach ihrer Pensionierung als ‚Verena'-Chefredakteurin konnte sie es nicht lassen und hat von da an mit mir Strickhefte für ‚Lana Grossa' produziert. Deswegen fuhren wir jährlich ja auch zusammen auf die Handarbeitsmesse. Ja, und auf der Fahrt war sie dann immer so redselig: „Einmal habe ich auf einem Faschingsball mit Hubert getanzt. Ich glaube, er war da so siebzehn und ich ein wenig älter und recht hübsch anzuschauen. Da ist die Aenne aber blitzschnell dazwischen: ‚Müschen – der Bub bekommt mal ä gscheide Frau', hat sie da unmissverständlich gesagt." Als Müschen im Verlag zu stark wurde, lag morgens ein Zettel auf ihrem

Schreibtisch, „dass sie nicht mehr kommen braucht.“ Keine zweite Königin eben. Da hat die Müschen einfach in Baden-Baden den ‚Klambt-Verlag‘ stark gemacht. Mit ‚Ingrid‘, auch ein Strickheft. Aenne gab nach, holte sie zurück. Hat Marianne selbst erzählt. Tränen steigen mir in die Augen, als ich an „Mutter Müsch“ denke, war sie doch über zehn Jahre die „Omi“ meiner damaligen Werbeagentur. Bei ihr habe auch ich die harte Aenne-Burda-Schule gelernt. Früh morgens an den Schreibtisch gesessen und erst aufgestanden, wenn das Tageswerk vollbracht und gut war. Danke Mutter Müsch. Nach vierunddreißig Heften war Schluss. „Wenn ich in dem Alter noch so fit bin, dann bin ich glücklich“, habe ich zu meinen Mitarbeitern gesagt, als Marianne Müsch zufrieden mein Büro verlies. Zwei Tage später lag sie leblos neben ihrer Badewanne. Ein Leben für die Arbeit, ein Leben für Aenne Burda. „Sie hat es immer gerne gemacht.“ Lebenswerk.

Mein Blick hoch oben am Schlössle geht in die Ferne.

„Wenn das Auge in der Nähe schweigen kann, der Körper durch Bewegung entspannt und abgelenkt wird, kann der Geist aufnehmen und auch abgeben. Der Blick in die Weite regt zum Nachdenken und Schweigen an.“

Der Satz könnte von Hubert Burda stammen. Tut er aber nicht. Er ist von seiner Mutter, der Aenne. Hätte ich jetzt nicht vermutet, stand sie doch für direkte, explosive Worte. Sagt man. Ihr ist nichts hinzuzufügen. Der Himmel verfärbt sich über den nahen Elsassbergen, wie geschaffen für Caspar David Friedrichs Leinwand.

Hubert Burda als Tänzer auf einem Faschingsball

Im weißen Kleid: Aenne Burda, Irene Baer, Marianne Müsch

Schicksalsberg

Eine Woche später. Ich bin wieder in Fessenbach, behalte für Herrn Burda die Kirschblüte im Auge. Der Verleger will zur Blüte nach Fessenbach kommen, mit mir spazieren gehen und erzählen. Hat Herr Albermann zu mir gesagt.

Von den Obstbäumen geht mein Blick nach oben zu den Wäldern. Von wegen schwarzer Schwarzwald. Zwischen den dunklen Tannen leuchten die Baumkronen der Laubbäume in einem frischen Primavera-Grün, wie es schöner nicht sein kann. Als ob ein Maler behutsam helle Tupfer in den Wald gesetzt hätte. Der Wald, dort beginnt „das Reich der Bubenabenteuer und Geheimnisse", wie Wilhelm Hausenstein sagen würde. Ein Ort, an dem Mythen und Sagen entstanden. Und wer weiß, auch noch heute entstehen, bei den Buben, die für einen Moment die ‚Playstation' weggelegt haben. Ich habe soeben beschlossen, auf das ‚Hohe Horn', den Hausberg von Offenburg, zu wandern, auf den Spuren Hubert Burdas, der vor Jahren den ‚Hohe-Horn-Kreis' initiiert hat. Bergsehnsucht, auf, hinauf! „Wenn wir erklimmen…" sang Hubert Burda dann auch mit seinen Skiclubkameraden um Dieter Roth, letzten Sommer, bei der Ausstellungseröffnung für seinen Vater im Schlössle.

Mein Spaziergang geht zunächst durch die Weinberge, an den knorrigen Stämmchen zeigen sich die ersten Knospen. Ort der Inspiration. War die Weinpresse Vorbild für die Druckpresse? Der Senator ließ die Obstbäume beim Schlössle rausreißen, pflanzte Reben. Lebenstraum Winzer, gleich nach Orchesterdirigent. „In Nordlage", wie Hubert Burda seinerzeit kritisierte und auch heute noch mit einem Schmunzeln sagt. Dennoch, der

‚Franzensberger' war ein Exportschlager bei des Senators Reisen um die Welt. Die Stadt und das Elsass liegen in gleißendem Licht. Auch hier: Das Rebvorland ist überzogen von weißen, zartgrünen, grünen und dunkelgrünen runden Pinselstupsern, von Meisterhand in die Natur gesetzt. Frühjahrsblüte, wohin das Auge schaut. Die Laubbäume am Waldrand recken ihr junggrünes Federkleid gegen den azurblauen Himmel. Kann ein Grün grüner sein? Zarte Eichenblätter. So eine Eiche kann bis zu tausend Jahre alt werden – wenn man sie lässt. Daneben Buchen. Efeu rankt sich am Baumstamm empor, kleidet den Stamm gänzlich ein. Ob Hubert Burda als Bub am Waldrand Hütten aus Zweigen, Blättern und Moos gebaut hat, Räuber und Gendarm spielend, weiß ich nicht. Aber ich weiß, dass Ausflüge mit dem ersten Auto, einem VW Käfer, zum ‚Schuckshof'-Parkplatz gingen. Unterm Arm: ein Kofferradio. Sensationell! Musik für unterwegs. Elvis immer mit dabei – so wie die besten Freunde. Ob das Opa Franz Burda geahnt hat, als er den ersten Detektor-Apparat, später Volksempfänger, erwarb? Franz der Zweite war sich da sicher. Seine Idee der Rundfunkzeitschrift hat ihn schließlich und bekannterweise binnen kurzer Zeit vom Karussellbremser zum Millionär gemacht. Nicht zuletzt auch dank seines Gespürs für neue Techniken. Wie der Vater, so der Sohne. Das Leben als Unternehmen.

Eintauchen in den tiefen Wald. An kleinsten Tannenbäumchen wachsen aus den winzigen Ästchen filigrane Knöspchen. Die ersten Heidelbeersträucher, bald wird das Blau das Grün überdecken. Lichtstreifen durchschneiden den Wald, werfen Schattenspiele auf den Weg. Auf dem Weg ein Käfer. Links: blühende Märzenbecher. Ein junger Zweig entspringt dem mächtigen Baumstamm.

Ein kleiner Weg, meine Oma hätte diesen „Trampelpfad“ genannt, führt in Serpentinen den Berg hinauf. Junger Farn, die Spitzen noch eingerollt, gleichsam einem Bischofsstab. Der Weg aufgewühlt durch Mountainbikes. High-Tech im High-Touch. Ahornblätter leuchten im Gegenlicht. Am Boden Zapfen. Fichtenzapfen, Tannenzapfen zerfallen stehend am Ast. Knorrige Wurzeln überziehen den Trampelpfad. Mit Moos überwachsene Felsbrocken. Unberührte Natur möchte man sagen, aber der Mensch hat schon immer eingegriffen. Dicke Kieferrinde am Stamm. Ein mächtiger Baumstumpf – wie alt der Baum gewesen sein mag? Was der für Geschichten erzählen könnte, was der schon alles gesehen hat, bevor man ihn fällte! Himbeersträucher, noch ohne gesunde Früchte. Im Sommer wird der Schöpfer mit den Beeren für den Aufstieg belohnen. Grashalme, ganz bestimmte, wie heißen die doch gleich?

Ein Haselnussbusch. Ein Grundstock von Fingerhut, würdig-violett, wenn er bald erblühen wird. Ein Steinbrunnen, dessen Quellwasser schon seit Jahrzehnten Bergstürmer erfrischt. Endspurt. Eine kleine Vogelfeder liegt auf dem Weg. Eine Kehre, aufwärts, dann rechts. Und da steht er, auf 546 Metern Höhe, selbst noch weitere zwanzig Meter hoch, der Hohe-Horn-Turm. Vier Stockwerke hat er, der Stahlturm vom ‚Müller.‘ Wie ein Fachwerkturm aus Stahl, nur ohne Mauerwerk dazwischen. Eine Hommage an die Fachwerkheimat? Was ist dessen Geschichte, was ist Hubert Burdas Geschichte zu dem Turm? Und was hat es mit dem ‚Hohe-Horn-Kreis‘ auf sich, in welchem Hubert Burda Entscheidungsträger um sich versammelte?

Die Aussicht raubt den Atem: Weit geht der Blick in das Elsass und zurück zu den Weinbergen, die Dörfer schmiegen sich Schutz suchend zwischen die Bergrücken. Links der Schwarzwald, gekrönt vom dreihöckrigen Brandenkopf mit dem markanten Fernsehturm und dem kleinen, fast unscheinbaren Aussichtsturm. Und natürlich Windrädern. Geradeaus die Berge bei Friesenheim. Schicksalsberg für Burda. Dort zerschellte 1996 der Burda-Düsenjet im Landeanflug, vier Menschen verloren ihr Leben. Zwanzig Jahre ist das nun schon her. Wie die Zeit vergeht. Schnelllebige Zeit. Hier oben ist alles langsam. Still stehen die Bilder vor mir.

Was für die meisten nur ein Aussichtsturm ist, ist für andere ein ganz besonderer Ort. Für die Offenburger St.-Georgs-Pfadfinder von Jess Haberer zum Beispiel. Seit über fünfzig Jahren ist er deren Vorsitzender, tausende Kinder hat er seither auf den richtigen Pfad gebracht. Denn die Pfadfinder legen ganz oben, auf dem Berg, auf dem Turm, ihr Pfadfinderversprechen ab. Eine sehr emotionale Sache. Den Respekt vor der Natur zu bewahren zum Beispiel, für Mitmenschen da zu sein, Werte im Herzen tragen. „Oben auf dem Berg ist das Gefühl ein ganz anderes, um Freiheit zu spüren. Da zittern selbst Erwachsene, wenn sie dir beim Versprechen die Hand geben", meint der Jess Haberer.

Die Sonne ist untergegangen, ich sitze nun im ‚Schuckshof', einer Weinstube oberhalb des Schlössle, der Wurstsalat steht vor mir. „Maidle, kauf dir ebbs scheens. Für drunter", ist dann auch die Trinkgeldgeschichte vom Senator, welche mir der Wirt, der Renner Klaus, noch erzählt.

Das historische ‚Europahaus" aus der Kaiserzeit, 1973 abgerissen

Die im Zweiten Weltkrieg zerbombte ‚Knabenschule', heute: ‚Georg-Monsch-Schule'

Die Welt des Buben Hubert

Es ist der 28. April 2016. Heute bin ich „auf Abruf" für Herrn Burda, denn Herr Burda ist heute in Offenburg. „Mal schauen, ob wir ne Chance auf einen Spaziergang haben", hat Kari Albermann gesagt. Klar, Hubert Burdas Terminkalender ist randvoll. Wie immer. Zur Erinnerung: Er ist 76 Jahre alt, eigentlich schon seit Jahren im Ruhestand. Zumindest, wenn er einer der über zehntausend Angestellten des Burda-Konzerns wäre. Ist er aber nicht, er ist das Familienoberhaupt, und deswegen läuft das Rad der Verantwortung ununterbrochen weiter. Morgen feiert sein Bruder Frieder seinen achtzigsten Geburtstag. Wie die Zeit vergeht.

Ich sitze über den Dächern von Offenburg, im ‚Schöllmanns'. Großstädtischer Akzent in der Kleinstadt. Es ist zwar nicht so hoch wie im Hubert Burda Media Tower, ganz oben, da fehlen noch zehn Stockwerke, dafür aber unmittelbar über den Dächern der Altstadt. Von hier oben sieht man auch über die betagten Dächer hinweg wunderbar zum Schlössle nach Fessenbach, zu den Weinbergen und zum Hohe-Horn-Turm, gleichsam einer Krone auf dem Offenburger Hausberg, hinüber.

Sehr lange steht dieser moderne, mit rechten Winkeln gebaute Sichtbetonbau (vorbei die Zeit der ziervollen Barock-Schnörkel) mit dem ‚Schöllmanns' auf der Dachterrasse noch nicht, etwas mehr als zehn Jahre, austauschbar, das neue Gesicht der Städte, unten drin ein Modegeschäft einer internationalen Kette. Immerhin hängt im Treppenhaus ein großes historisches Foto des stolzen, schmuckvollen Kaufhauses der Kaiserzeit, des ‚Europahauses', welches ursprünglich hier stand. Immerhin.

Vor diesem Betonbau mit dem ‚Schöllmanns' und nach dem kaiserlichen Kaufhaus stand hier auch schon eine bauliche Nachkriegssünde, für ‚Keilbach Moden'. Als diese Nachkriegssünde abgebrochen war, hatte Offenburg einen wunderschönen, großen Marktplatz, bald schon Freudenstadt Konkurrenz machend. Viele Bürger wollten den Freiraum erhalten, half nichts, eine zu gute, kaufkräftige Lage für einen großen Marktplatz. Ja, und ganz früher, da standen auf dem Marktplatz sogar noch weitere Häuser, wunderschön, mit Fachwerk, aber alt. Da waren die 1960er erbarmungslos. Außerdem das „Spritzenhaus", sprich Feuerwehrhaus. Im ‚Europahaus' arbeitete ein Offenburger Original, der Engelbert Kasper. Als Kustos. So sagte man früher zu einem, na, Kurator. Denn im ‚Europahaus' stellten regelmäßig bekannte Künstler ihre Werke aus, und außerdem kauften die Offenburger beim Kasper Eintrittskarten für alles Mögliche. Neben dem ‚Europahaus' stand noch etwas: das genauso prächtige Kaufhaus ‚Levi'. Das zauberhafte Haus hat der Herr Levi dann aber sehr günstig verkaufen müssen. Nicht wollen. Er war Jude.

Neben Sichtbeton beherrschen weite Glasfronten das moderne, großstädtische Gebäude. Gut so, so kann man vom ‚Schöllmanns' aus auf die Altstadt blicken: rechter Hand beim Blick hinaus das barocke Rathaus von 1741. Auf dem Rathausdach das Türmchen mit dem melodiösen Glockenspiel, dem Carillon, zum Greifen nahe (das melodiöse Glockenspiel mit fünfundzwanzig Bronzeglöckchen kam aber erst 1989 in den Dachreiter, ‚Alle Vöglein sind schon da' spielt es gerade – eine Hommage an den böhmischen Vogelzüchter?). Eine große Uhr ziert die barocke Fassade zusätzlich, auf der Dachspitze die sandsteinerne Figur des ‚König

Offo', die Legende sagt, dass er die Stadt gegründet haben soll. Und nochmal obendrauf, auf des Offos Krone (golden strahlt diese in der Sonne), sitzt gerade ein Storch, majestätisch putzt er sein Gefieder. Gegenüber, markant, das ‚Salzhaus', dreistöckig, plus Dachgeschoss, zartgelb mit grau gefassten Sprossenfenstern, Arkaden und Ecken, die griechische, klassische Säulen andeuten (die Flanierarkaden sind heute verbaut, erweiterten Geschäftsräumen gewichen, auch in den 1980ern gab es noch Bausünden). Mächtig das Satteldach, das größte Haus an der Hauptstraße. Könnte man glauben. Denn es ist nicht ein Haus, sondern vier Häuser, die Giebel eigentlich zur Hauptstraße gewandt, der Klassizismus gab den Gebäuden eine gemeinsame Fassade (mit Spaziergang-Arkaden, wie gesagt). Das ‚Salzhaus' als mächtiges Spiegelbild zum Rathaus gegenüber. Salz das Element der Macht. Damals (heute das Kilo für 19 Cent beim Discounter). Der Herr Billet, der Salzhändler, baute sich denn auch sein Schlössle an den Ortsrand, umgeben von einem großen Park nach adligem Vorbild.

Quer angebaut dazu die Spitalkapelle, das Glockentürmchen streckt sich sehnsuchtsvoll dem Himmel entgegen. Bereits um das Jahr 1300 kümmerten sich dort Mönche um Hilfsbedürftige und Alte (ein mittelalterliches Altersheim, wenn man so will), es wurde eine Stiftung, ‚St. Andreas' , das ist der mit dem X-Kreuz auf dem Rücken. Wer im Alter keine Erben hatte, sicherte sich einen Platz, die Stiftung sicherte sich das Vermögen und die Ländereien. Die Rebberge. Deshalb war es auch ein sehr gutes Altersteil, denn im Keller lagerte Wein. Viel Wein. Jahrhundertealte Tradition. In großen hölzernen Fässern. Damit verdient die Stiftung auch heute noch Geld, auch wenn der Wein jetzt ‚Schloss Ortenberg' heißt.

Châteaus verkaufen sich nun mal besser als Hospize. Die Kapelle und das Salzhaus sind im neuen Jahrtausend durch ein modernes plakatives Rot mit integrierten Glasfronten des ‚BürgerBüro' verbunden. Davor der ‚Fischmarkt' mit dem ‚Löwenbrunnen' von 1599, eingerahmt durch Fachwerk und dem Gasthaus ‚Andres' (zu Hubert Burdas Jugend war in dem ‚Andres' eine Metzgerei, später eine Bäckerei) und der ‚Hirschapotheke', wunderschöne Architektur, Treppengiebel, künstlerische Fresken. Diese zeigen die Alchimisten.

Ein Marktstand. Menschen, die ein Schwätzle halten.

Kunstvoll auch die weiteren Fassaden entlang der Hauptstraße. Ein Haus fällt wegen der ornamentalen Sgraffitoarbeit besonders auf (das ist nicht gemalt, sondern schwarzer Grund wurde mit Weiß überdeckt und anschließend das Ornament herausgekratzt – ähnlich wie bei den Bildern, die im Kindergarten mit Wachsstiften gemacht werden), und nicht nur, weil es die anderen überragt: das ‚Haus Battiany', das Haus des reichen Kaufmannes. In der Stadtmusik hat er den Kontrabass gespielt. Aus Ungarn stammten die Vorfahren (nur so am Rande bemerkt). Am Ende der Häuserzeile das ‚Café Dreher', früher ‚Beck´sches Haus', auch ein Kaufmann, auch sehr hoch und stolz das Dach. Vom Balkon des ‚Beck´schen Hauses' werfen die Offenburger Hexen am Fasnachtsdienstag die Schwarzwürste in die jubelnde und „gizzig gizzig" schreiende Kindermenge. Bis vor Kurzem leuchtete an der Fassade noch ein nostalgisches Leuchttransparent, ein Wegweiser: ‚Kino Dreikönige'. Das Kino ist Geschichte, so wie das Leuchttransparent. Über die Dächer hinweg: noch ein sehnsuchtsvolles Glockentürmchen, das des Franziskanerklosters, seit 1823 Mädchen-Schule (ob der pubertierende Hubert Burda, wie viele viele andere, auch um das Mädchengymnasium herumgelungert ist?). Auch die markanten Doppeltürme der Dreifaltigkeitskirche, hinter dem Bahngraben, sind in der nahen Ferne zu erkennen.

Vor der Kirche, nicht zu erkennen, die ‚Georg-Monsch-Schule', die ehemalige ‚Knabenschule', Hubert Burdas Grundschule. Von seiner Lehrerin Serafin Krauth lernte er im zerbombten Haus die Liebe zur Heimat kennen, sie ließ ihn die Bombenlöcher vergessen. Und sie erzählte von den alten Offenburgern, wie etwa seinem Großvater, dem stets lebenslustigen Druckereibesitzer, und dem Kaffee ‚Glück' (wie viel Taschengeld der kleine Hubert wohl ins ‚Stiefvaterkiosk' vor der Schule gebracht hat, um Mohrenköpfe, pardon Schokoküsse, zu kaufen, ist nicht überliefert).

Wiederrum dahinter, das Türmchen des ‚Schiller-Gymnasiums', Hubert Burdas Gymnasium. Ein Klassenkamerad war übrigens der in Offenburg geborene Jürgen Todenhöfer, welcher ab 1987 viele Jahre lang neben Hubert Burda im Vorstand saß. Der Herr Todenhöfer hat mir einmal eine Geschichte aus der gemeinsamen Schulzeit erzählt. Und die geht so: „Der Hubert und ich haben uns geprügelt. Bis der Hubert eine blutige Nase hatte", Jürgen Todenhöfer grinst. „Der Hubert ist in den Waschraum, die blutige Nase versorgen, während ich mich als Sieger habe feiern lassen." Jetzt grinst er noch mehr. „In der nächsten Schulstunde ist dann aber mein Auge zugeschwollen, da war plötzlich Hubert der Sieger." Jetzt muss er lachen. So wie Hubert Burda damals vermutlich auch. Never give up!

Einen Abschluss findet mein Blick über die Dächer und Reben durch die sanfte Silhouette der Hornisgrinde im Hintergrund, dem höchsten Berg des nördlichen Schwarzwaldes, ein Fernsehturm obendrauf. Dorthin, auf die Schwarzwaldhochstraße, ist der Senator mit seinen Buben gerne gefahren. Naturkundeunterricht lange vor der Gründung des ‚Nationalpark Schwarzwald'.

Zu Beginn der nächsten Häuserzeile entlang der Hauptstraße, seit rund hundert Jahren, das ‚Kaechelen'-Haus, Erker zieren die Ecken. Gegenüber vom ‚Beck´schen Haus' eines der schönsten Gebäude: die ‚Einhorn'-Apotheke, majestätisch das Einhorn am Dachgiebel. Barock. Die Legende sagt, Einhörner entgiften mit ihrem Horn vergiftetes Wasser. Deswegen ist es ja auch das Fabelwesen der Apotheker. Eine Apotheke ist nicht mehr in dem Haus. Weiter hinten, am Ende der Häuserzeile, noch ein besonderes Haus. Besonders, nicht wegen der Architektur, sondern wegen dem „Olli". Dem Olli Grimm, dem ‚Sport-Grimm', welcher eigentlich ja Franz Otto Grimm hieß. Ein „Mordskerle", wie sein langjähriger Freund, der Senator, ihn nannte. Nachdem Olli im zarten Alter von vierundfünfzig Jahren doch noch Vater wurde. Olli hat halb Offenburg das Skifahren beigebracht, so auch Hubert Burda (legendär: „Leut, in Schönwald schneit´s").

Am Ende der Hauptstraße, der münsterartige Turm der evangelischen Stadtkirche, geplant von Jakob Friedrich Eisenlohr (früh verstorben, danach hat das Bauwerk noch zwei Baumeister verschlungen. Wie der Ursprungsentwurf wohl ausgesehen haben mag, nachdem jeder Bauherr seine eigene Handschrift eingebracht hat?)

Das Allerwichtigste aber steht vis-a-vis: ein unscheinbarer Hinterhofbau hinter der ‚Metzgerei Burg'. Dort eröffnete der Großvater, Franz Burda der Erste, 1916, also vor genau hundert Jahren, eine Druckerei. Dort begann die Geschichte der ‚Sürag'. Dort begann der Erfolg der Burdas.

Bald ist das Gebäude Geschichte, der Bau soll abgerissen werden für ein Einkaufszentrum, schnelllebige Zeit. Abgerissen – und vergessen? – so wie die ‚Raffinerie- und Runkelrüben-Zuckerfabrik' von Siegmund Friedrich Klose. Von wem? Und wo, bitte schön, soll diese Fabrik gestanden haben? Fakt ist, dass er 1836 Offenburgs ersten großen wirtschaftlichen Aufschwung und eine Bevölkerungszunahme auslöste. Schnelllebige Zeit, vergessliche Zeit. Wer war Levi? Wer war Battiany? Wer Billet? Wo waren doch gleich die weltweit führenden Offenburger Emailliefabriken (Offenburg war Reklamehauptstadt, der ‚Dold' zum Beispiel, schon vergessen?), die Spinnerei, die Weberei, das Eisenbahn-Ausbesserungswerk? (die Eisenbahn, die Offenburgs Bedeutung ganz enorm steigerte).

Wird man in einhundertfünfzig Jahren sagen: Wo war doch gleich dieses Hochhaus, wie hieß der Mann doch gleich, der es baute? Der, der Papier (was war das doch gleich?) mit Druckerschwärze (was war das doch gleich?), später mit Farbe bedruckte, von der heilen Königswelt berichtete, dessen Sohn Nachrichten auf den Punkt brachte, ein Medien-Imperium schuf und die Welt digitaler machte? Wer war eigentlich Carl Isenmann, dessen Denkmal in der Offenburger ‚Lange Straße' steht? Denk-Mal!

Geht man vom Denkmal die Bahnlinie entlang Richtung Kinzigtal, gelangt man an die Philosophenbrücke, ein prägender Ort für Hubert Burda. Der ‚Philosophen-Club'!

Die Hauptstraße hat noch eine interessante Geschichte: Bei Bauarbeiten in den 1980ern fiel ein Bagger in ein Loch. Ein großes Loch. Zutage kamen riesige Gewölbekeller, Zeitzeugen des Mittelalters. Die gesamte mittelalterliche Stadt war einst mit Gewölbekellern und Gängen durchzogen (oder unterzogen), um jederzeit Fluchtmöglichkeiten zu besitzen. Nach der Zerstörung des mächtigen Kaufhauses, welches einst in der Mitte der Hauptstraße thronte, entstand nach dem Stadtbrand 1689 ein repräsentativer Platz. Die Erbauer des Kriegerdenkmals zu Ehren der Gefallenen des Deutsch-Französischen Krieges 1870 auf selbigem Platz wussten noch ob der Gewölbekeller, denn im historischen Gewölbe steht das Fundament des heroischen Denkmales, welches heute nahezu unscheinbar auf der Hauptstraße steht. Danach Vergessen. Weiße Ecken auf dem schicken Pflaster zeugen heute wieder davon, wo das Kaufhaus mit der Zunftstube einst stand, die Hauptstraße teilte. Apropos Stadtbrand. Das klingt nach „vergessen den Herd abzuschalten". Dabei hatten die Franzosen 1689 in der Folge des Erbfolgekrieges die Stadt komplett in Schutt und Asche gelegt. Aus der Tragödie wuchs und erblühte in den folgenden Jahrzehnten die bauliche Schönheit aus Barock, Klassizismus, Biedermeier und Jugendstil. Und Beton.

In der Hauptstraße baute Franz Burda 1935 auch die erste große eigene Druckerei. Wird sie das Einkaufszentrum überleben?

Bereits 1638 entstand die Legende der Heiligen Ursula, welche die Feinde in die Flucht schlug, als sie geisterhaft auf der Offenburger Stadtmauer erschien (es soll jedoch Oberst von Schauenburg gewesen sein, der im Nachthemd auf die Stadtmauer eilte, um den Feind zu vertreiben). Wie dem auch sei, der Senator stiftete die hohe Ursula-Säule, die nun auf der Hauptstraße vor dem ‚Hotel Sonne' steht (vorangegangen war eine heftige Diskussion mit dem Wirt Karl Otto Schimpf ob des Standortes).

Der Blick aus dem rückseitigen Großfenster des ‚Schöllmanns' eröffnet den besagten Marktplatz, umgeben von historischen Bauten. Ein Bau davon, in der Kornstraße, ist geschichtsträchtig: Dort arbeitete Opa Franz der Erste zunächst als angestellter Drucker beim Herrn Reiff, alteingesessener Druckereibesitzer, Herausgeber von ‚Der Ortenauer', der Tageszeitung, die schon über Napoleon berichtete und noch heute als ‚Offenburger Tageblatt' in Familienbesitz ist. Heute wird in dem Gebäude nicht mehr gedruckt, der Peter Reiff baute auf der grünen Wiese. Offenburg hat eine sehr lange Tradition des Druckens, klar, wegen der Nähe zu Straßburg. Bereits 1496 druckte Kilian Fischer in Offenburg ein Buch über die Fastenpredigten des Bischof von Liccio – nur wenige Jahre nach der Erfindung des Buchdruckes. Selbst eine Papiermühle gab es damals bereits in Offenburg.

Hinter der ehemaligen Reiff-Druckerei, ist das ‚Aenne-Burda-Stift' im ‚Vinzentiushaus' beheimatet, einem historischen Patrizierhaus, ein Alterswohnheim, es trägt den Namen der „Königin der Kleider", der Stifterin. In dem Haus verbrachte Oma Lemminger, Aennes Mutter, Huberts Großmutter, ihren Lebensabend.

Rechts im Hintergrund die historische Heilig-Kreuz-Kirche. Sie alleine füllt ein Buch mit Erzählungen der Familie Burda. Ehrenvolle, glückliche, traurige, künstlerische (einfach mal an das Deckengemälde schauen, ob etwas auffällt). Die Heilig-Kreuz-Kirche war schon auf dem Merian-Stich von 1643 zu sehen (zumindest die Vorgängerkirche).

In der Mitte meines Bildes aus dem ‚Schöllmanns' ragt seit den 1950ern der Schornsteinturm der beim Bau Aufsehen erregenden Burda-Druckerei in den Himmel (seinerzeit das Modernste, was das Land an Druckereien zu bieten hatte, heute die „alte Druckerei" genannt). Sie folgte der Druckerei in der Hauptstraße.

Ganz links ist der Hubert Burda Media Tower von hier oben aus zu sehen, vor der Sanierung schlicht das „Hochhaus" genannt. Zukunftsweisend ist seit der teuren Sanierung das futuristische, illuminierte Dach des Offenburger Wahrzeichens (Hubert Burda hätte das sanierungsbedürftige Wahrzeichen ja auch abreißen lassen können). Man sagt, der Senator habe das Hochhaus nicht höher bauen lassen als die Heilig-Kreuz-Kirche. Früher leuchtete auf dem Dach des Hochhauses mächtig der Schriftzug BURDA in meterhohen blauen Lettern, heute steht „HUBERT BURDA MEDIA" eher bescheiden auf der Fassade. Dennoch groß genug, dass jeder sofort sieht, dass der jüngste der drei Brüder „des großen BURDA" die Zügel fest in den Händen hält. Und dass aus der einfachen, kleinen, kalten, dunklen Hinterhof-Druckerei ein großes, globales Medienunternehmen geworden ist.

Eine riesige, silberne Kugel fällt zur rechten Seite noch ins Auge, die Gaskugel des Gaswerkes. Dort, in der Gaswerkstraße, beginnt die Geschichte von Hubert Burdas Mutter Aenne Burda, welche dort als Lokführertochter Anna Lemminger auf die Welt kam.

Kurz und gut: Der Rundumblick aus den modernen Fensterreihen fällt auf ein einmaliges Altstadt-Ambiente. Dieses Ambiente an Häusern und Gassen war die Offenburger Welt des Buben Hubert Burda.

Pater Bruno

Die Fahrstuhltür des ‚Schöllmanns' öffnet sich, und wer steht da in der Tür? Der Jess Haberer. Er hat ja Zeit, der Schulrektor im Ruhestand. Könnte man glauben. Aber dem ist nicht so, ist er doch Chef der Offenburger Stadtkapelle und der Konradin-Pfadfinder. Im Stadtrat sitzt er auch, schon lange, die Stadt liegt ihm am Herzen. Und außerdem organisiert er gerade ein Konzert. Und eine Stadtepartnerschaftsreise nach Pietra Ligure in Italien. Und Enkelkinder hat er auch noch (seine Frau hat ein Foto von ihm auf dem Tisch, damit sie ihn wiedererkennt, wenn er ab und an zu Hause ist). Er kommt zu mir an den Tisch. Ganz in seiner Rolle als langjähriger Stadtkapellenchef erzählt er, dass Hubert Burda, die Musik im Blut, schon auch mal spontan auf die Bühne kommt, den Taktstock fordert, die Stadtkapelle übernimmt und das ‚Badner Lied' anstimmt (ich glaube, außer Herrn Burda darf das niemand). Bei der Weinfesteröffnung zum Beispiel. Liegt es am Opa, welcher mit seiner Oboe in der Offenburger Stadtkapelle als Einwanderersohn Aufnahme fand, oder daran, dass die Stadtkapelle für die Mutter immer wieder gerne ihr Lieblingslied, das ‚Ännchen von Tharau', spielte (weil Anna das Ännchen so liebte, nannte sie sich ja auch Aenne), dass sich Hubert Burda zur Offenburger Stadtmusik hingezogen fühlt? (der Jess Haberer gehörte dann auch zu den wenigen, die Aenne Burda im höchsten Lebensalter noch auf ein Gespräch in ihrer Villa empfing).

Ich horche Jess Haberer über Stadtgschichtle aus, spontan sagt er: „Jetzt kommsch einfach mit zu meine Eltern heim, die könne noch ebbs erzähle vom alde Offeburg." Beide sind sie über neunzig Jahre alt und wohnen in der Schlossergasse, das Haus steht auf der alten Stadtmauer. Seit Generationen. Unterwegs, am ‚Café Gmeiner' im ‚Spitalspeicher', lerne ich gleich noch etwas über Stadtgeschichte dazu. Denn dort, wo heute das Café ist, war früher auch einmal das „Spritzenhaus". Als Ersatz für das abgerissene am Marktplatz.

Mutter Haberer freut sich, die Augen wach, der Körper gezeichnet von Arbeit, drei Kinder hat sie großgezogen. „De Vadder isch bockig, hat jetzt kei Luschd zum Schwätze", sagt Jess Haberer nachdem er auch ihn in die gute Stube holen wollte (wenn man auf die hundert Lebensjahre zugeht, dann darf man auch mal bockig sein). Schade. Schutzpolizist war er. Mit der Polizeimannschaft gegen die Männerbadmannschaft von „Kaiser Franz" Faustball gespielt. „Ä ganz Vorruckter, nei Begeischderter, net ä Vorruckter, war der alte Herr", wie Frau Haberer den Senator, den „Kaiser Franz" nennt. Zu gerne hätte ich Schutzpolizist Haberer gefragt, ob er Lausbub Hubert Burda auch mal am Schlitzohr ziehen musste. In den Nachkriegsjahren gab es eine Fantasieuniform und eine Schnellschulung, weiß Jess Haberer ob des Vaters, und dann ist er Streife gelaufen. Am Brikettlager auch schon mal das ein oder andere Brikett unter die Fantasieuniform stibitzt. Damit die Kinder zu Hause nicht frieren (aber das ist verjährt).

Unter dem Haus große, alte Gewölbekeller aus dem Mittelalter: „De Opa hett im Winter Eismoggl uf de Kronewies gschlage (da wo heute das Burda-Imperium steht) un in de alte Keller gschleppt." Mit Eishaken. Im Sommer hat er dann das Eis aus dem kalten Keller verkauft. „Mit dem Geld auf der alten Mauer das heutige neue Haus gebaut", erzählt sie noch voller Stolz. Unmittelbar auf der historischen Stadtmauer befindet sich auch der Balkon der Haberers („was wir hier an Gemüse anbauen konnten haben wir gegessen, wir haben ja sonst nichts gehabt"). Vom Balkon aus haben sie das Burda-Hochhaus wachsen und Familie Burda einträchtig, sonntags, in die Heilig-Kreuz-Kirche gehen sehen. Aenne, Franz und die Buben. „Später ist der alte Herr oft alleine im Park spazieren gewesen, Aenne hatte dann ja keine Zeit mehr." Frau Haberer kommt ins Schwärmen: „Um die zehn Gschäftle hat es hier in den Gassen noch gegeben. Der ‚Höfler', Sauerkraut hat er verkauft. Der ‚Danner', Viecher hat er in der Schlossergass´ no ghabt, sie gschlachtet un des Fleisch in sinnem Lädele verkauft. Der ‚Bittmann' mit seinem Milchlädele, mit der verbeulten Milchkanne Milch holen gegangen. Der ‚Bäcker Hirt' und der ‚Bäcker Benz'. Der Eisenwarenhändler ‚Göhner' in der Hauptschdros´. Un alle hän se glebt." Und natürlich das Haus vom Seifenmacher ‚Kammerer', der Sohn Peter ist Hubert Burdas Jugendfreund. Der ‚Philosophenclub'. Die Philosophenbrücke.

„Weisch was", sagt Jess Haberer plötzlich, „mir rufe die Erika im ‚Vinzentiushaus' an, die war viele Jahre in der Heilig-Kreuz-Kirche Archivarin. Die weiß noch viel!" Gesagt getan, kurz darauf treffen wir Erika Striebich auch schon. Sie hat in der Heilig-Kreuz-Kirche im Chor gesungen, so manche Burda-Feier in der Kirche umrahmt: „immer nette Leut". Über siebzig Jahre lang hat sie da gesungen, das muss man sich mal vorstellen. Auf jeden Fall sitzt die betagte, aber erstaunlich jugendlich aussehende Dame uns nun gegenüber. Neben mir sitzt der Jess, denn der ist mitgegangen (er ist wunderfitzig, will auch Gschichtle hören). Sie erzählt vom ‚Stiefvaterkiosk', von der Mädchen- und der Bubenschule, vom Volksbad und vom Stegermattbad. Vom ‚Café Moser' und von der ‚Prinzenhalle'. „Die Kirch´ war beschädigt durch ä Bomb´, da hat der Burda viel mitgholfe." (Deswegen ja auch der Burda-Turm am Kirchendeckengemälde! Jede Zeit hat ihre Art, den Kirchenmäzen zu verewigen. In Haslach hat kein Geringerer als Matthias Gundelach den Mäzen Graf Fürstenberg verewigt, im Altarbild, gleich unter der Madonna. Da war der Senator dann doch etwas bescheidener.)

Jeden Morgen hat sie in den Kriegsjahren Seelenämter gesungen, nachts oft im sicheren Keller gesessen, daheim in der Küfergasse. Sie erzählt vom Schausteller ‚Eichhorn', alle Jahrmärkte hat er bestückt, ein „ganz Spezieller" (ob das der Chef vom Karussellbremser Franz war?) „Nach dem Krieg" kam der Jahrmarkt auf den Marktplatz. In der Lange Straße war die ‚Pestalozzi-Schule'. Vor Messner Ranck hatten alle Angst: Während des Gottesdienstes ist er durch die Reihen gegangen und hat die Kinder an den Ohren gezogen. Von dem Regensburger Musiker Fassbender erzählt sie, „ein wunderbarer Musiker“, am Klavier und an der Orgel. Erika Striebich schließt die Augen, sieht die alten Bilder wieder vor sich: „Der Sepp Lindner ist mit seinen Schülern in der Schlossergasse auf den Stühlen gesessen und hat gemalt.“ Ab und an war sie auch Kindergärtnerin in der Kittelgasse, wenn zu viele Kinder da waren.

Hubert Burda hatte Erstkommunion in der Heilig-Kreuz-Kirche, „mer hett scho gwusst, des isch ä Burda, do hat mer Reschpekt kett. Aber der war sehr gut erzogen.“ Ihre Stimme wird trauriger, für Senator Franz hat sie das Seelenamt gesungen.

Und dann war da noch dieser Pater Bruno: ein „Ziehsohn“ vom Senator, Pater wurde er erst später (auf dem zweiten Bildungsweg, wenn man so will). Viel Energie hat der Franz in den Bruno gesteckt, und dann das. Kündigt und wird Pater! (Wie Senator Franz das genau kommentiert hat, kann ich hier nicht sagen, nur so viel: Es war sehr direkt. Die Retourkutsche gab es dann übrigens bei der Primiz, da hat der Festredner die Direktheit des Senators zitiert; Aenne kam es zu Ohren, sie war nicht amused). Bis in den Vatikan hat es Pater Bruno geschafft! Aber: Aenne ließ sich später nicht lumpen, hat für kirchliche Konzerte gespendet. Klar, dafür saß sie dann in der ersten Reihe.

Erst vor kurzem, 2015, ist Pater Bruno gestorben, fast hundert Jahre alt. Die Offenburger Welt ist klein: Pater Bruno war der Onkel von Monika Haberer (der Frau vom Jess). Deshalb weiß ich das auch.

Künstler

In einer dieser Offenburger Altstadtgassen stand früher das urige ‚Molerhiesle' von Emil Brischle, genannt Emilio. Dort verbrachte der Gymnasiast Hubert Burda unzählige Stunden. Denn der Emilio war Maler. Nicht irgendein Maler. Nein, er war ein alter, weitgereister Künstler, konnte von Berlin, Rom und Paris erzählen. Vom Klassizismus ebenso wie von Picasso. Den jungen, sehr wissbegierigen Leuten die Welt außerhalb von Offenburg erklären. Und die Kunst. Die interessierte den jungen Hubert besonders. Emilio war ein wichtiger Lehrmeister für Hubert Burda. Der Duft der weiten Welt, der Duft von Ölfarben (nicht Druckerschwärze), der Duft von Nusslikör (den gab es vom Altmeister zu fortgeschrittener Stunde). Raum für Philosophie. Zugegeben, ein schiefer Raum, ein Künstlerhäuschen eben. „Lebendiger Zufall, kreative Unordnung" beschreibt es Hubert Burda. Und ein Überlebenskünstler war er. Immer seiner Sache treu und deswegen nicht wirklich wohlhabend. Aber für die Künstler gab es ja den Burda. Der hatte ein Herz und kaufte regelmäßig Bilder (nicht nur vom Emilio). Nach einer Lehre als Glasmaler bei Eduard Stritt zog es Brischle an die Berliner Akademie, danach München, Künstlerhochburg, Bohéme. Und weiter nach Paris, avantgardistische Bildersprache. Dennoch blieb Brischle dem naturalistischen Vorbild treu, Otto Laible und Hans Thoma beeindruckten ihn mehr. So malte er denn Landschaften, aber auch Gebäude. Die Gebäude der wohlhabenden Offenburger.

So kommt es, dass heute, bei der Eröffnung einer Ausstellung im Fessenbacher Schlössle zu Emilios Ehren, auch Gemälde zu sehen sind, die die Lederfabrik Walz zeigen. Oder das Haus der Tonolis (das waren die mit der Senffabrik in Steinach). Und natürlich die neue Druckerei vom Burda Franz auf der Kronenwiese. Den Mäzen integriert, mit Hut stehend neben seinem Automobil, vor dem großen modernen Gebäude.

Schade, Hubert Burda konnte zur Vernissage nicht kommen, das wird heute nichts mit neuen badischen Schwankerln in der Eröffnungsrede (ich habe mir sagen lassen, er kommt zur Finissage). Das Gedränge bei der Vernissage ist groß. Emilio Brischle ist auch heute noch ein Begriff unter den Offenburgern (zumindest bei den älteren). Bereits 1964 ehrte Hubert Burda seinen Kunstvater Brischle anlässlich einer Ausstellung im Salzhaus; Emilio war da bereits neunundsiebzig Jahre alt. Hubert Burda vierundzwanzig.

War Emilio Brischle ein verkanntes Genie? Erfand er doch den fokussierenden Blick: Schärfe, den Fokus, in der Bildmitte. Wie beim tatsächlichen Fixieren mit dem Auge, Dinge auf den Punkt bringen. Als junger Maler hat er sich aber nicht so richtig getraut, das zu publizieren, und als Altmeister war es zu spät. An der Wand das Gemälde ‚Blick ins Kinzigtal', mit dem fokussierenden Blick auf Ortenberg. Damit hat er den vom Senator gestifteten ‚Ortenauer Kulturpreis' gewonnen. Späte Anerkennung, vier Jahre später ist er gestorben, vor genau fünfzig Jahren also.

Mit Brischle machte sich der fünfzehnjährige Hubert Burda auf nach München, mit des Vaters Auto und Chauffeur. Zusammen schauten sie eine Picasso-Ausstellung an. Unterricht in moderner Kunst. Auch Werner Kunkel, Huberts Mallehrer, soll dabei gewesen sein. So entstand auch Hubert Burdas erster Artikel in der BUNTE. Noch inkognito, Ghostwriter sozusagen. Hubert Burda schrieb darüber, wie junge Menschen moderne Kunst sehen. Dem Vater hat es gefallen, Lob von höchster Stelle (nehme ich mal an, sonst hätte er es ja nicht gedruckt, teuer in Farbe). Zu gerne wäre Hubert Burda damals Maler geworden, wurde er doch von Aenne Burdas Künstlerfreund Hans Kuhn als Genie gehandelt. Mit einem Hang zur Moderne.

Architekturakzente

„Leben und Denken mit Bildern" steht auf dem großformatigen Bildband. Eine Retrospektive über ein außergewöhnliches Werk. Man könnte glauben, dass der Band von Hubert Burda handelt. Tut er aber nicht. Und auch nicht von Emilio Brischle, dem „Offenburger Chronist". Ich habe eine Idee.

Die Fahrstuhltüre öffnet sich und ein junger Mann schiebt einen greisen Mann in einem Rollstuhl sitzend heraus. Mit einem „Tschüss Opa, meldsch dich dann" übergibt er ihn mir. Ehrfurcht ergreift mich. Denn dies ist nicht irgendjemand, der da im Rollstuhl sitzt. Es ist mein ehemaliger Kunsterzieher, welcher mir die Künste von Florenz nähergebracht hat.

„Ich bin über den Teppich im eigenen Wohnzimmer gestolpert. Oberschenkelhalsbruch." Er teilt das Schicksal vieler alter Menschen. Mit seinen fast neunzig Jahren kann er bestimmt viel über die Zeit der Jugendjahre Hubert Burdas erzählen. Über die Kunst, die Künstler (auch den Emilio) und die Stadt. Hat er doch wie kaum ein anderer (Emilio ausgenommen) die Stadt in seinen

Werken dokumentiert. Ein Naturtalent. Dieter Schäfer. Mit sechs Jahren kam er 1933 nach Offenburg. Sein Vater hat 1939 in Zell Weierbach „ein Häusle baut, hinten dran die Reben". Direkter Nachbar wurde später Hermann Sprauer, schon damals bekannter Offenburger Künstler, Grafiker und nicht nur Hubert Burdas Kunsterzieher. Sprauer baute sich ein kleines Häuschen, innen das Notwendigste, dafür war das Haus aber mit einem großen, blühenden Garten umgeben. Die Architektur spiegelte die Italiensehnsucht wieder. Eine richtige Künstleridylle. Sprauer konnte wegen der Entfernung zur Straße nicht an das Wassernetz angeschlossen werden, so verlängerten die Schäfers kurzerhand die eigene Wasserleitung bis zum Hermann. So einfach ging das damals. Zusammen saßen die beiden dann im Garten und haben gemalt und Farbschnitte gemacht. Expressionismus unbekannt, dafür hatten die Machthaber der Diktatur gesorgt. Mit den Weinbergen hinter dem Haus eine perfekte Kreativoase. Mit Fünfzehn malte Dieter Schäfer schon zauberhafte Bilder (so wie der junge Hubert Burda auch). Zeichenlehrer der Sepp Linder (so wie er auch Hubert Burda lehrte, über zehn Jahre später). Und Sepp Linder hatte dem begabten Schäfer sogar einen Zeichenkasten geschenkt. Und Ölfarben (das war bei Hubert Burda nicht nötig). Mit sechzehn Jahren war erst einmal Schluss mit Malen für Schäfer. Flakhelfer, später Artillerie („des sin die wo mit Pferd′ die Kanone′ ziehe"). Und: Kriegsgefangenschaft in Frankreich.

Nach dem Krieg, zurück in der Heimat, malen in Sprauers Garten. Die Farbenpracht der Schöpfung als Kontrast zum Erlebten. Studium an der Karlsruher Kunstakademie, Schäfer wurde Schüler von Otto Laible. Die Reben hinter dem Haus dann auch inspirierendes Element, es entstand ein achtteiliger Zyklus: ‚Der Wein'. Dieter Schäfers Examensarbeit. Faszinierend. „Die Arbeit der Weinbauern beobachtet." Wir sind in Dieter Schäfers Atelier, oder vielmehr Lager, angekommen. Ein Raum, der Kunstliebhabern die Freude in die Augen treibt. Überall stehen, fein säuberlich gestapelt, gerahmte Gemälde, Zeichnungen und vor allem Holzschnitte, warten auf die nächste Ausstellung. Zum Siebzigsten ehrte ihn die Stadt für sein umfassendes Werk, eine Zeitdokumentation über die Stadt, die Reben, die Eisenbahn, die Industrie. Dieter Schäfer hat die Stadt als lebendiges Gebilde festgehalten.

Ende der Sechziger-Jahre: Konsum und Massenmedien werden sein künstlerisches Thema. Antiklassische Arbeitsweise. Übermalte Nitrofrottage. Zeitungsausschnitte, Katalogseiten, Fotos, Bilder, handgeschriebener Text, Symbole, Farbe. Kombinatorik, ganz nach Max Ernst: „zufälliges oder provoziertes Zusammentreffen von zwei oder mehr wesensfremden Realitäten und der Funke Poesie, welcher bei der Annäherung dieser Realitäten überspringt". Als Aktivierung des Unbewussten.

Nach der Heirat zog es Dieter Schäfer in die Oststadt. Hildastraße, Friedenstraße. Unzählige Holzschnitte, die Oststadt dokumentiert. Gründerzeitarchitektur. Jugendstil. Besitzbürgertum. „Der Stolz auf ihr Lebenswerk fand seinen Ausdruck in reichem Dekor; zum Beispiel in Steinmetz-, Stuck-, Kunstschmiede- und Glasarbeiten. Man bediente sich historischer Stilformen wie Neoklassizismus, Neobarock, Neogotik, Neoromantik und so weiter." Aber man erfand auch eigene Schmuckformen. Künstler gab es genügend: Simmler, Börner, Moroder,

Vittali, Schell, Geck, Valentin, Henselmann. Henselmann baute neben der Gaststätte ‚Laubenlinde' (dort, wo Opa Burda wohnte) ein vierstöckiges neobarockes Wohnhaus. Die Werkstatt war im Hinterhof. Später war dies Sepp Linders Werkstatt (ob dort Enkel Hubert beim Sepp das Malen gelernt hat?).

Im Heute setzt Hubert Burda die Offenburger Architekturakzente der Stadt. Mit dem spektakulären Medienpark zum Beispiel.

Ich will wissen, ob Herr Schäfer auch Kontakte zu den Burdas hatte. Und: Ich werde enttäuscht. Die gab es nicht (das liegt vermutlich daran, dass der Senator den brotlosen Künstlern Werke abkaufte, aber Schäfer war ja verdienender Kunsterzieher am Gymnasium). Beim Blick auf seinen Holzschnitt des Schillerplatzes werde ich dann doch noch fündig: „Der Belzel Hansel, ein Schulkamerad, war ein Flieger in der Burda-Staffel und hat mir Luftfotos vom Schillerplatz gemacht." Zusammenhalten in der badischen Kleinstadt. Und so konnte Dieter Schäfer, statt einem Hundertachtzig-Grad-Blickwinkel, einen Rundumblick von oben gekonnt in einen Holzschnitt umsetzen. Schade eigentlich, dass er den Senator nicht kannte, nie in der ‚Franzenstube' saß, sehe ich doch wundervolle Bilder der Reblandschaften und eine Bleistiftzeichnung des Schlössles. Dafür hat ihn später Hubert Burda geehrt: Im ‚Hohe-Horn-Kreis' präsentierte Schäfer seine Bilder. Mit Stolz sagt Herr Schäfer das.

Ich schiebe meinen Kunstlehrer wieder in den Fahrstuhl, fahre mit ihm nach oben und bringe ihn in seine Wohnung. Dort wartet seine Frau. Auch im Rollstuhl. Auch Oberschenkelhalsbruch.

Zwei Wochen später bin ich noch einmal in der Galerie im Schlössle, die Bilder von Emilio in Ruhe anschauen. Heute ist das Gedränge nicht so groß. Da kann ich besser schauen. So ist der Rahmen besser, denn Stille zeichnet viele der Bilder Emilio Brischles aus: die Zirkuszeltatmosphäre, der Morgennebel am Großen Deich, Landschaften.

Ein Besucher fällt besonders auf, denn er trägt ein außergewöhnliches Gewand, in der Hand eine Trompete, auf dem Kopf ein Hut mit langer Feder: „der Schlosstrompeter von Ortenberg", wie er ganz stolz sagt. Der Charly. Als junger Bursch saß er einst in der Burda-Betriebskapelle neben dem Solotrompeter Näger. Als dieser einmal einen schlechten Tag hatte, fragte der Senator den Herrn Näger, wer denn da neben ihm sitzen würde. Und so kam der talentierte Charly zu seiner Trompeterkarriere in der Burdakapelle. Die Arbeitskarriere bei Burda, in der Retusche, begann jedoch schon früher. Aber dass er ein Instrument spielte, war „Einstellungskriterium", wie mir Charly mit einem Lachen erzählt. Sprach`s und nahm seine Trompete, um den Besuchern ‚Blue Berry Hills' vorzuspielen. Zugegeben, ein paar schräge Töne waren dabei, der ‚Franzensberger' hat bereits geschmeckt. „Des Schdück hat de Hubert uff sinnere Trompet mol für de Saarländische Rundfunk gschbielt", erzählt er mir danach.

Noch ein Besucher ist interessant, ich bekomme ein Gespräch mit, wie ein älterer Herr den Umstehenden erzählt, wie er einst mit Hubert Burda nach Durbach in die Wirtschaft, „zu der Rosl", gewandert ist und es dort ganz schön lustig wurde. Ich glaube, wer etwas von den Burdas erfahren möchte, der muss nur ins

Schlössle zu den Ausstellungen: Da trifft man nicht nur viele Kunstliebhaber, sondern auch altverdiente Burdaianer und Weggefährten.

Zur Finissage konnte Herr Burda leider nicht kommen.

Hubert Burda mit Kamerad Peter Kammerer vom „Philosophenclub" zu Hause beim Maler Emilio Brischle

Hubert Burda, musikalisch wie der Großvater, an der Trompete

Großvater Franz Burda mit seiner Oboe, Zeichnung von Fritz Dresch

Althistorische Narrenzunft

Urgroßvater Wenzel Burda kam mit seinem Bruder Martin in den 1860er-Jahren auf der Wanderschaft von ihrem Geburtsort Deutsch-Brod über Wien und den Schwarzwald nach Offenburg. Noch bevor die Schwarzwaldbahn ab 1873 Offenburg mit Donaueschingen verband (das Jahr, in welchem Franz Burda der Erste in Offenburg geboren wurde). Wenzel Hutmacher, Martin Vogelzüchter. „Der eine hatte mit Mode zu tun, der andere war in der Unterhaltungsindustrie", fasst Hubert Burda das zusammen. Gerademal sechzehn beziehungsweise vierzehn Jahre waren die beiden alt, als sie sich auf den Weg machten. Die Heimat im ostböhmischen Dubi verließen, ihr Glück in der Ferne suchend. Glück ersetzten sie durch Fleiß und Kreativität. Kreativität als Schlüssel zur Gesellschaft.

Und so ist die Geschichte der Burdas auch eine Geschichte der Offenburger Althistorischen Narrenzunft. Bereits 1483 wird von der Herrenfasnacht in Offenburg berichtet. Daraus entwickelte sich die Bürgerfasnacht und später der Carnevalsverein, welcher 1926 in ‚Althistorische Narrenzunft' umbenannt wurde. Maskenzüge bestimmten einst die Bürgerfasnacht. Bis diese in den badischen Revolutionsjahren verboten wurden. Die Fasnacht fand fortan im Saal statt, es wurde ein buntes Programm geboten. So entstand die ‚Redoute'. Die etablierten Drucker Reiff und Geck waren allgegenwärtig, und so kam es dann auch, dass Wenzels Sohn Franz, Hubert Burdas Großvater, der als Schweizerdegen beim Reiff arbeitete, auch auf der Bühne landete. Als Musiker und Spaßmacher. Zunächst nur für ein Stück, in den folgenden Jahren nahezu den ganzen Abend bestreitend. Sozialer Aufstieg durch Kreativität. Vater Wenzel war da bereits gestorben.

Dennoch hielt es Franz der Erste nicht in Offenburg, er zog nach Phillipsburg, wo er Arbeit als Drucker beim Herrn Pröttel fand (Herr Pröttel starb recht früh, Franz heiratete die Witwe Josefine, Franz der Zweite, der Senator, wurde 1903 geboren). Zurück aus dieser Phillipsburger Zeit, findet sich der Großvater dann 1912 auf einem Foto als Offenburger ‚Andres' wieder. Die Rolle des ‚Andres', der zusammen mit der weiblichen ‚Veef' amüsant Offenburger Geschichten erzählt (das ist bis heute so), war ihm auf den Leib geschrieben. Der Erste Weltkrieg und die Nachkriegsjahre setzten der Narretei zwar zu, aber bereits 1921 sitzt der „Buchdruckereibesitzer Franz Burda" wieder im Elferrat (und weil die Fasnacht ja nur kurz ist, sieht man Opa Franz auch in der Biedermeierfamilie zur Herbstmesse).

Wie der Vater, so der Sohne. Das musste so kommen, wurde Franz der Zweite, der spätere Senator, doch an einem Fasnachtsdienstag geboren! Als 1935 in Offenburg ein großes Narrentreffen stattfand, war Franz der Zweite Mitglied in der Festkommission. Und, wie sollte es anders sein: im Vergnügungsausschuss. Zum Narrentreffen wurde auch die wohl älteste Offenburger Fasnachtsfigur, die ‚Ranzengarde', wieder aktiviert und aus Mitgliedern des ‚Gesangvereins Badenia' rekrutiert. Jahre später sah man Franz den Zweiten, zusammen mit Sohn Hubert, regelmäßig bei den Kellerabenden der Althistorischen glückselig singend und schunkelnd. Hubert Burda hatte aus München Weißwürste mitgebracht. Auch als Neu-Münchner ist er im Herzen Badner. Die Narrenzunft als Herkunftsort. Und so war es eine Frage der Zeit, dass der Opa, in Bronze gegossen, in der Steinstraße steht. Das war Hubert Burda seinem Großvater schuldig.

Das macht mich natürlich noch neugieriger, und so kommt es, dass ich im Wohnzimmer von Carmen Schober sitze. Keine andere hat länger die ‚Veef' als Partnerin des ‚Andres' verkörpert wie Frau Schober (zusammen mit Hubert Burger als ‚Andres'). So zeigt sie mir auch stolz ein Schreiben, welches ihr Hubert Burda einst geschickt und persönlich unterschrieben hat, da steht:

„Liebe Carmen, lieber Hubert, ihr habt über 25 Jahre gemeinsam Veef und Andres verwirklicht, das hat noch kein Paar vor Euch gemeistert. Wenn ich Euch gesehen habe, habe ich immer an meinen Großvater gedacht, dessen Witz und Einfallsreichtum noch Generationen nachher gerühmt wurden. So habt ihr ein Stück Offenburger Zeitgeschichte mitgeschrieben, auf das ihr stolz sein könnt. Mit einem kräftigen `Schelle-schelle Sechser´ Euer Hubert Burda."

Frau Schober hat einen Stapel an Fotos vorbereitet, die Bilder liegen auf dem Tisch („ich bin extra gestern mit dem Fahrrad nach Schutterwald zum Hubert Burger gefahren", sagt sie). Ein Bild zeigt sie mir auf dem Smartphone. Das hat ihre Tochter noch schnell fotografiert und geschickt, denn es zeigt eine Lampe. Jetzt würde Hubert Burda feuchte Augen bekommen, denn das ist nicht irgendeine Lampe. Vor der digitalen Revolution und noch vor dem Bedrucken von Papier mit Farbe wurde in Offenburg eine Kunst ganz besonders beherrscht: die Glasmalerei. Zum Beispiel vom Karl Vollmer. Wunderschön ist die Lampe. Aber das Allerbeste daran ist das Motiv: Es zeigt Opa Burda als ‚Andres'. Lebensfroh lächelnd auf Glas gebannt für die Ewigkeit (Druckfarbe verbleicht, Digitales kann irgendwann nicht mehr gelesen werden). Als ob sie meine Gedanken lesen kann, kommt ganz schnell: „Aber die Lamp gibt mei Tochter net her!" Denn für die Schobers ist die Althistorische Narrenzunft ein Heiligtum. Kein Wunder also, dass Carmen Schober schon mit fünf Jahren im ‚Hansele'-Häs mit den Eltern unterwegs war. Der Vater Säckelmeister, die Mutter Souffleuse, die Tante ‚Veef'. Ja und der Großvater hat damals die ‚Ranzengarde' wieder ins Leben gerufen. Der Großvater war übrigens der Herr Kasper, der Kurator aus dem ‚Europahaus'. Eine Alt-Offenburger Familie sozusagen. „Ich will ämol Veef werde", war der kleinen Carmen schon als Kind klar.

„Der Opa Burda hat den Andres schon sehr gut verkörpert", weiß sie aus Familienerzählungen zu berichten und zeigt mir das Foto in der Chronik, welches den Opa Burda als ‚Andres' mit Bierkrug in der Hand zeigt. Mit Respekt macht sie das. „Des kann net jeder. Da muss man gut reden können, sich auf Situationen einstellen können. Ein gutes Zwiegespräch mit dem Partner führen können, besonders, wenn dieser mal den Text vergessen hat oder ebbs überschbringt." Auf den Punkt gebracht: „Do bruchsch Mutterwitz." Und weiter: „Un du musch immer ä offenes Ohr habe, wenn du in der Wirtschaft hocksch, ich kann an drei Tisch gleichzeitig zuhöre. Irgendwann hänn die Leut bei mir agrufe und gsagt, sie wüsste do ebbs!"

„Einmal hat uns Herr Burda nach München eingeladen, wir durften bei dem Umzug zur Eröffnung des Oktoberfestes mitlaufen. Und danach ging es zusammen in ein Festzelt. Vorher waren wir in der badischen Stube in der Arabellastraße. Ich durfte an seiner rechten Seite sitzen." Carmen Schober muss lachen. „Da fällt mir was ein: Es gab Buffet und Herr Burda stand neben mir, wollte mir Obatzter auf den Teller machen. Das ess´ ich net, hab ich zu ihm gesagt. Dann wollte er mir Weißwürste auf den Teller legen, und ich hab wieder gemeint, das ess´ ich net!" Darauf Herr Burda: „Maidle, was isch denn überhaupt?" Und Frau Schober: „Badisch!" Da mussten beide lachen. Überhaupt: Zu lachen gab es viel, besonders am ‚Schmutzigen', wenn Andres und Veef im Keller vor den Gästen aufgetreten sind. Vorher immer die Frage bei den Anwesenden: „Kommt Herr Burda oder kommt er nicht?" („die Gäste waren scho richtig luschtig druff bis er gekomme isch – was alles nei geht, wenns nix koscht" – badischer Humor). „Meistens ist er gekommen, Weißwürste hat er mitgebracht." Die Fotos belegen es, stilecht mit Zylinder auf dem Kopf, die Ordenskette um den Hals.

Frau Schober zeigt mir ein altes, vergilbtes Originalmanuskript, getippt mit der guten alten Schreibmaschine, geschrieben zu Hubert Burdas neununddreißigstem Geburtstag, vorgetragen von Veef und Andres:

V: Ha der Hubert wird doch hitt 39. Und der letzte Dreier will er noch emol geherig feire, do dezu gratuliere mir ihm recht herzlich und wünsche ihm alles Gute.

A: Weisch was er emol gsagt hett: Trau keinem über vierzig.

V: Lieber Hubert, des wirsch halt nit vermeide könne, die Zitt kummt, ob des willsch oder nit, wo dir dann au nimme traue kannsch.

Und weiter im Text:

V: Meinsch er denkt nimme gern an selle Zitt, wo er us der Buchbinderei als Blöckle mitgnumme hett, und uf em Schulhof in der Zehnerpaus sinne Kamerade verkauft hett für 50 Pfennig des Stück. S war halt dort schu e gschäftstüchtiger Kerle.

A: Und dass er so jung und flott ussieht, do tut er au ebbis defür. Er spielt Tennis, macht Waldlauf, Golf un au andre Arte von Sport.

V: Nu bim Tanze musch dich noch e bissele me bewege, weisch, do kann mer au abnehme debie. Ich zeig der nochher emol wie des machsch, und d´Händ us de Hosetasch debie, oder hesch Angschd, wenn de eine hebsch, dass du se nimme loswirsch?

A: Diäte macht er au, Entschuldigung, ich mein natürlich Diät, nur hert er meistens mitte drinne widder uff.

V: S´Musikalisch hett er von sinnem Großvater, denn er blost ganz gern emol uf der Trompet.

Ja und so kam es, dass Hubert Burda nicht nur mit ‚Veef' getanzt hat, sondern auch auf der Trompete spielte.

„Mehr weiß ich leider net", sagt Frau Schober, „aber rufe Se doch mol de Junker Horst an, der kennt den Hubert besser. Der war ja au im ‚Hohe-Horn-Kreis' mit dem Hubert."

Der Hohe-Horn-Kreis

Einundneunzig Jahre alt ist der Horst Junker. Zwar braucht er einen Stock zum Gehen, aber der Geist ist in absoluter Bestform. Horst Junker war über lange, lange Zeit Zunftmeister bei der Althistorischen Narrenzunft. Hat viele Jahre bei den Bürgermeistern dafür gekämpft, im ‚Ritterhaus' einen Gewölbekeller für die ‚Althistorische' zu bekommen. Bei Oberbürgermeister Grüber ging es dann ganz schnell. Zumindest die Genehmigung, den Keller herzurichten war jedoch noch harte Arbeit. Die sich gelohnt hat, das sieht man bis heute. Ein großer Verdienst!

Doch zuvor hat er seinen Freund, den Herrn Ruckenbrod, auf die Burdas angesetzt, zwecks finanzieller Hilfe und so, denn der Herr Ruckenbrod war ein Mann für alle Fälle bei den Burdas. Dieser meinte, dass der Senator sowie Franz Junior, der älteste Sohn, bei den Hexen sehr engagiert seien (und seinerzeit herrschte noch großer Konkurrenzkampf zwischen den Offenburger Hexen und der Althistorischen), aber er würde mal Hubert ansprechen.

Dieser war sofort begeistert und unterstützte das Anliegen. Der Beginn einer großen Freundschaft und der Beginn der Weißwurst-Ära im Narrenkeller: „Und ich bring dann noch Weißwürscht zu eurer Bohnesupp´ mit un´ die Burda-Kapell´. Dann mache mer Gaudi", hat Hubert Burda gesagt, erzählt mir Horst Junker freudig. Und bei der Einweihungsfeier meinte Hubert Burda zu Herrn Junker: „Den Doktor kannsch weglassen, ich bin der Hubert."

„Ja, die Freundschaft begann mit dem Narrenkeller, Ende der Siebziger", meint Horst Junker. „Als ich später das Buch zur

Offenburger Narrenchronik gemacht habe, da hat mich der Hubert sehr unterstützt. Die ganze Repro wurde bei Burda gemacht. Tagelang bin ich daneben gesessen." Mit Stolz zeigt er mir das Buch. Ein Gedankenblitz bei Horst Junker, beim Reden kommen weitere Erinnerungen: „Der Fischer Lui (Offenburger Baulöwe mit Herz für die Stadt) hat übrigens auch kräftig was gegeben für den Keller", und weiter: „Aber sag dem Hubert net wie viel."

Als Hubert Burda zu jener Zeit Franz Beckenbauer, den Fußballweltmeister, ins Hochhaus einlud, war auch der Junker Horst dabei. „Das ist der Beckenbauer der Offenburger Fasnacht", hat Herr Burda zu dem Fußballstar gesagt. Der Stolz bei Herrn Junker ist noch immer zu spüren. Stolz kann Herr Junker auch auf sein Berufsleben sein: die Vorfahren Einwanderer, sein Vater und er haben ein sehr gut gehendes Zimmerei-Unternehmen geschaffen, viele Leute beschäftigt.

Und so kam es, dass Hubert Burda Freund und Unternehmer Horst Junker ansprach, er wolle auch als Neu-Münchner für seine Heimatstadt Gutes tun. Im konkreten Fall war der beliebte Aussichtsturm des Schwarzwaldvereines auf dem Hohen Horn sehr marode und musste abgerissen werden. Das Hohe Horn, Offenburger Hausberg, ohne Aussichtsturm? Unvorstellbar. Und schon gar nicht für einen Mann mit Bergsehnsucht wie Hubert Burda. Hubert Burda wollte jedoch nicht, dass der Name Burda im Vordergrund steht, Horst Junker solle doch Offenburger Unternehmer zu einer Veranstaltung einladen, um einen Förderkreis zu gründen. Gesagt, getan, und schon bald erstrahlte auf dem Hohen Horn ein neuer Turm! (Der Fischer Lui hat den Beton für das Fundament mitgebracht.) Die Bevölkerung war so begeistert, auch ob des großen Volksfestes zur Eröffnung, dass Herr Burda anregte, man könne sich doch regelmäßig treffen. In der ‚Franzenstube‘ am Fuße des Hohen Horns, Wein war ja genügend da für eine gesellige Runde. Und so war der ‚Hohe-Horn-Kreis‘ entstanden. Den Horst ernannte er zum Moderator und war glücklich, dass dieser zu jeder Veranstaltung selbst geschriebene alemannische Mundartgedichte mitbrachte und vortrug (man sagt, es war jedes Mal ein lustiger Abend, „aber der Hubert hat sich nie ä Blöß gäbe, der het sich nie danebebenomme“). Mit einem Leuchten in den Augen erzählt Herr Junker mir all dies. Zu tun gab es genug im erlauchten Unternehmerkreis: Der Brandeckturm und die Orgel in der Weingartenkapelle mussten schließlich auch noch saniert werden. Mit feuchten Augen meint Horst Junker: „Nette Zeiten, schöne Erinnerungen.“

Der Italiener

Gleiche Stadt, anderer Opa! Auch ein Einwanderer. Auch eine Erfolgsgeschichte! Keine falsche Bescheidenheit: ‚Gusto Mauro‘ – ‚Mauro´s Geschmack‘ heißt das Eis, welches Mauro Zampolli, der Enkel des italienischen Einwanderers, eigens für die Deutsche Meisterschaft der Eismacher 2014 geschaffen hat. Man muss nur an sich glauben, so wie sein Opa schon an sich glaubte, als dieser als einer der ersten überhaupt ein Eiscafé in Deutschland eröffnete. Als Erster zwischen Mannheim und Basel (Glaube alleine reicht nicht, Können gehört auch dazu). In Offenburg, 1938 war das. Vierter ist der Mauro geworden, bei den Meisterschaften in der Hauptstadt. Immerhin. Und so kam es dann auch, dass eines Tages Hubert Burda in der Eisdiele stand, um Mauro zu gratulieren. Die Eismacher Zampolli und die Burdas, die verbindet seit jeher Geschichten. Begonnen hat alles mit einem kleinen Geschäft in der Steinstraße, wie mir Silvano Zampolli, der Sohn des Einwanderes, erzählt, wenige Jahre vor Hubert Burda geboren. Offenburg ist mittlerweile für die italienische Familie zur zweiten Heimat geworden.

„Schoko, Nuss, Vanille, Karamell, die Nüsse selbst geröstet und gemahlen, den Karamell selbst von Hand hergestellt, das war schon Arbeit." Viel mehr gab es noch nicht, „Erdbeere und Himbeere nur zur Saison". Außerdem hat man auch nur wenig Platz gehabt, nix große Kühltheke wie heute. „Als wir Pflaumeneis gemacht haben, wurden wir ausgelacht." Durchsetzen mit Ideen. Später ging es dann mit der Eisdiele in die Hauptstraße 11, „Wand an Wand mit der Burda-Druckerei" (in der Hauptstraße fand bekanntlich die erste große Expansion, der erste große Druckereineubau der Burdas statt). Und da entstand sie auch, die Legende, die keine Legende ist, da sie wahr ist und gerne immer wieder erzählt wird: „Mit Klopfzeichen bestellten die Burdas ihr Eis bei uns", erzählt Silvano Zampolli mit italienischem Charme. „Einmal klopfen hieß Schokolade, zweimal klopfen Zitrone, dreimal klopfen mit Sahne." Manchmal stand der Senator auch an der Theke auf einen feinen italienischen Espresso und ein Schwätzchen mit dem Vater, aber kaum war er da, wurde er auch schon wieder gesucht." Wenn mal nichts zu tun war (seltene Momente) spielte Silvano mit dem Buben Hubert und dessen Freund Peter Kammerer im Hof Fußball. „Der Hubert war immer ein freundlicher, lustiger Typ." Im Winter traf man sich auch schon mal beim Skifahren. Am Rohrhardsberg, dem heimlichen Offenburger Hausberg im damals fernen Schonach. Silvano Zampolli muss lachen und erzählt: „Einmal waren wir an Fasnet dort in einer Hütte zur Übernachtung, außerdem waren Gäste aus Mannheim da, die sich schon abends um zehn über die lustigen Offenburger beschwert haben. Um zwölf wurde es dem Hüttenwirt zu dumm. Er hat sie rausgeworfen." Nicht die lustigen Offenburger. Die nörgelnden Mannheimer. „Schneebälle haben wir denen nachgeworfen. Des war scho luschdig." Silvano Zampollis Augen grinsen mit, als wäre es gestern gewesen.

Aus einem Dorf in den italienischen Dolomiten stammend fand der Opa seinen Weg über Venedig, Verona und Padua nach Offenburg. Brachte italienisches Lebensgefühl mit, seine Trattoria wurde zum Treffpunkt. So wie auch Silvanos Eiswägele auf den zahlreichen Festen im Garten der Burdas in der Schanzstraße. Die prominenten Damen gaben sich gegenseitig Ratschläge: „Sie dürfen das nicht essen, das hat zu viele Kalorien." „Lass mich in Ruhe, ich will noch ne Kugel." Der Senator saß mit Max Schmeling am Tisch, hat Silvano herbeigerufen: „Des isch ä Italiener", stolz zum Schmeling sagend. Zampolli kontert, schwärmt von Primo Carnera, der italienische Boxer-Star der damaligen Zeit. Schmeling hat`s gefallen. Aenne war da geschäftstüchtiger, hat ihm italienische Modehefte mitgebracht, zum Übersetzen. Trendscouting nennt man das heute wohl.

Überhaupt, früher kamen dank Burda viele Promis ins Eiscafé. Zumindest in der Zeit, als diese noch mit dem Zug anreisten. Mit

Stolz erzählt Silvano Zampolli auch, dass die Maria Furtwängler mit den Kindern auch schon da war. „Aber der Hubert hat`s ja immer eilig."

Und da war es, das verbindende Element der Offenburger Einwanderer: die Althistorische Narrenzunft. Ranzengardist ist der Silvano Zampolli. Schon lange. Im Narrenkeller stets auf die Burdas getroffen, Spaß gehabt. Wie einst die Opas.

Großvater Franz Burda in seiner Paraderolle als Offenburger ‚Andres'

Der Senator mit Hans Kuhn (links) und Werner Kunkel (rechts) vor dem ersten ‚Helios'-Relief

Der Sonnengott

Heute ist Herr Burda mit mir spazieren! Zugegeben, nicht ganz alleine. Offenburgs Oberbürgermeisterin Edith Schreiner ist noch mit dabei. Und einige Burda-Manager. Und auch sonst noch einige weitere. Und um ganz ehrlich zu sein, wir plaudern auch nicht beim Spazierengehen, sondern ich gehe nur hinterher. Wir spazieren auf der Kronenwiese am Altstadtrand. Auf der Wiese, wo einst das Zirkuszelt stand, der junge Franz Burda das Karussell bremste und später die modernste Druckerei Deutschlands in den Nachkriegsjahren baute. Einen neuen Zeitabschnitt in der „Westfassade Offenburgs", wie Hubert Burda das Gebiet direkt an der Kinzig nennt, läutete Franz Burda damals ein. Mit dem „vermutlich komfortabelsten Schornstein Deutschlands", wie die Zeitungen 1953 schrieben. Der Krieg erst einige Jahre vorbei, die Menschen arm, und der Burda baute eine riesige Druckerei auf die grüne Wiese. Denn er hatte Visionen. Und Mut.

Heute, am 2. Juni 2016, beginnt wieder ein neuer Zeitabschnitt an der Westfassade. Deswegen sind auch alle hier. Aus dem alten Burda-Verwaltungsgebäude ist das ‚Helios-Gebäude', pardon, ‚Helios-Building' geworden, heute ist feierliche Einweihung. Die alten Druckhallen abgerissen, nur der prägnante Turm und das markante Verwaltungsgebäude stehen noch. Frisch saniert versteht sich. Umgeben nun von einer modernen, zweckmäßigen Architektur, dem neuen ‚Ärzte- und Dienstleistungszentrum'. Fortschritt. Dort wo einst die kleine Poststelle war und „Rocco" der Italiener („mite seine kleine rote Fiate fünfehundert") im Burda-Pförtnerhäuschen saß, ist nun die neue Zeit angebrochen. Apropos Poststelle, muss ich erzählen: Franz Burda baute seinerzeit an seine moderne Druckerei außerdem einen kleinen Raum an, rückwändig zur Pforte, und schenkte somit der Bundespost eine neue Filiale. Offenburgs ‚Poststelle 3'. So weit so gut. Die Presse machte aus der Mücke einen Elefanten, und so kam es, dass Herrn Burda Bettelbriefe aus ganz Deutschland erreichten, deren Absender von ihm auch ein neues, modernes Postgebäude haben wollten, da die Gemeinde ja so arm sei. Eine Schulverwaltung teilte mit, „dass sie im dunkelsten Winkel Deutschlands und in der ärmsten Gegend liege; eine Ausbildung der Kinder sei kaum möglich infolge Mangels an Lehrmitteln. Wenn Herr Dr. Burda und so weiter…, dann würde er sich sicher freuen, dieser armen Schule einen – Schmalfilmapparat stiften zu dürfen…" (was der Senator auf die irgendwann nicht mehr gezählten Briefe geantwortet hat, ist nicht überliefert).

Abgerissen ist auch die markante Fußgängerbrücke, hoch über der Straße in die Stadt, welche den einen Burda-Komplex mit dem anderen verband und ab den Sechzigern Offenburgs Stadteinfahrt mitbestimmte. Die neue Druckerei mit dem komfortablen Schornsteinturm war ja nach knapp zehn Jahren auch schon wieder zu klein, so bauten die Burdas über die Zufahrtstraße hinweg 1964 ein neues Wahrzeichen, das „Hochhaus", und alsbald daneben eine noch größere Druckerei, die Brücke verband. Unter der Straße ein Versorgungstunnel.

Hubert Burda und der ihm folgende Tross betreten die ‚Bäckerei Armbruster', welche nun am Ort der Poststelle und der Pforte ein schickes Backbistro eröffnet und dabei die Wurzeln dieses Ortes nicht vergessen hat. Als Deko stehen Schneiderpuppen und historische Nähmaschinen in dem Bistro. In den Tischen sind Schnittmusterbögen eingelassen. Eine Hommage an Aenne Burda. Hubert Burda gefällt es, er flirtet mit den Verkäuferinnen, probiert badischen Flammenkuchen. Kurzentschlossen setzt er sich zu einem Arbeiter an den Tisch dazu, der gerade zu Mittag isst, und plaudert ein wenig mit diesem. Wie der Vater so der Sohne. Wenn man mit den Menschen redet, dann kann man sie verstehen.

Mir fällt da spontan eine nette Geschichte ein, die mir ein ehemaliger Mitarbeiter Hubert Burdas einmal erzählt hat. Dieser war mit Hubert Burda in Berlin. Morgens saß Hubert Burda nicht am Frühstückstisch. Verschlafen? Hubert Burda? Unmöglich! Ein Anruf im Zimmer. Nichts! Klopfen an der Tür. Nichts! Geht es ihm gut? Ist was passiert? In dem Moment kommt Hubert Burda zum Hotelportal herein – er war bereits mit der U-Bahn unterwegs, in der frühen Morgen-Rush-Hour. Die Menschen beobachten. So ist er halt, der Herr Burda. Marktforschung at it´s best.

Die Gäste machen Fotos. Hubert Burda ist beliebt, die Menschen freut es ihn zu treffen. Oder zumindest zu sehen. Ein Mann des Volkes. Für einen Moment. Zwischen den Terminen der Weltmedien (heute Nachmittag muss Herr Burda schon wieder in Berlin sein).

„Ich bin gern hier. Auf historischem Boden“, so die Begrüßung der Gäste im Foyer des ‚Helios-Building‘ durch Hubert Burda. Und auf die ihm eigene Art: „Wer kann badisch? Ich geb´ euch Nachhilf´!“ Eine berechtigte Frage, kommen die Manager und viele Mitarbeiter mittlerweile von weit her.

„Hättsch?", „Kenntsch?", „Därfsch?", „Sotsch!" (Hättest du? Könntest du? Darfst du? Du solltest!). „Me bruchsch net!" (Mehr brauchst du nicht – im Badischen ist das „du" schnell offizielle Amtssprache). „Wenn i gschäftlich red, dann hochdeutsch, wenn ichs gmütlich hab, dann schwätz i badisch", die einfache Erklärung Hubert Burdas.

Ich sag das jetzt nicht gerne, aber ich muss das sagen: Sein Gang ist schwerer als sonst, und auch die gescheiten Augen etwas müder. Ich glaube, man sollte ihn an sein Versprechen an seinem fünfundsiebzigsten Geburtstag erinnern, da sagte Hubert Burda: „Ich fang jetzt erst um Neune an und hör um Siebene scho uff zu schaffe!"

Zur Burda-Betriebskapelle auf der Empore blickend: „Ich freu mich, dass ihr do sin! Was hier schon musiziert worden ist. Musizieren hat in diesem Raum große Tradition. Der Vater hat hier Matineen abgehalten. Anneliese Rothenberger und so. Schubert-Lieder." Wahrlich ein kultureller Ort!

Und ein kunstvoller Ort: an der Wand ein großes Mosaik, Blau beherrscht die Farbharmonie. ‚Helios', den griechischen Sonnengott darstellend, auf dem Streitwagen stehend, Pegasus-Pferde eingespannt, vorantreibend. „Des hat den Vadder mehr interessiert als alles andre." Und schmunzelnd weiter: „Er, der Sonnengott!" Die Zügel fest in der Hand. Unter dem Mosaik befindet sich übrigens ein Gipsrelief des gleichen Themas, ebenfalls geschaffen von Künstlerfreunden der Eltern, von Hans Kuhn und Werner Kunkel. „Das war eine große Diskussion", meint Hubert Burda weiter. Er wollte das ursprüngliche klassische Gipsrelief erhalten, Franz der Dritte, genannt Franz Junior, Hubert Burdas größter Bruder, „wollte es halt modern haben." Und so kam eben in den Sechzigern das Mosaik über das wunderbare Relief. „Ihr könne ja abschdimme, obs wieder runter soll", in Richtung seiner Manager mit einem Grinsen.

„Wie viel Geld de Burda (den Vater meinend) vodient hat, weiß i net. Des Geld hat er ja sofort wieder inveschdiert. Die Leut hänn sich scho gfrogt, ob der hier Geld druckt." Der Lacher ist auf Hubert Burdas Seite. Und Hubert Burda spielt damit auf die Tatsache an, dass es immer wieder Gerüchte gab, dass der Burda pleite sei. Aber immer dann hat der Senator ein besonders schönes Fest gefeiert. „Nach jedem fertigen Stockwerk hat er ein Feuerwerk gemacht!"

Später soll der Senator dann zugegeben haben, dass er finanziell wirklich nicht so rosig dagestanden habe. Aber er wollte halt schon immer ganz vorne mit dabei sein. Tiefdruckweltmeister sein. Ist ihm ja auch gelungen. „Fantasie war seine Stärke, seine Maxime. Gepaart mit Optimismus, Lebensbejahung und dem Naturinstinkt, das Richtige zu tun. Und so wie er schon in die Druckerei des Vaters, dort beim Metzger Burg, immer glücklich und frohen Herzens in den Eingang gegangen ist, so tat er es auch hier", stand damals in der Mitarbeiterzeitschrift. Er wollte, dass die Menschen sehen, dass es kein Industriegebäude ist, sondern ein kulturelles Gebäude. Die Drucker als Handwerker der Kunst. Deshalb ließ er die beiden Schornsteinrohre auch modern umbauen. So erhielt Offenburg mit dem Turm ein fast fünfzig Meter hohes Wahrzeichen (heute leuchtet dort „Heimat loves you" in Neonlettern. Hoch oben. Klar vom Strumbel. Dem Senator hätte das bestimmt gefallen, zur Eröffnung spielte seine Betriebskapelle schließlich „Oh Schwarzwald! Oh Heimat!" von Heimatkomponist Carl Isenmann, geboren in Gengenbach, gewirkt in Offenburg – sein Denkmal in der Lange Straße verwildert bald.)

Best printers in the world

„An Weihnachten ist der Vater mit mir immer nach Colmar gefahren. Die Mutter muss den Baum schmücken als Begründung." Mit Freude erzählt Hubert Burda das. In Wirklichkeit wollte der Senator seinen Sohn für Tiefdruck begeistern, und in Colmar hat dieser seine Wurzeln. Wenn man so will. Denn dort lebte und arbeitete Martin Schongauer, bedeutendster deutscher Pionier des Kupferstiches, dessen Gravurarbeiten Vorbild nachfolgender Generationen waren. Kupferstichdrucke, Bildkunst für unterwegs im Kleinformat. Selbst Albrecht Dürer hat sich in seinen Wanderjahren von Schongauers Werken in Colmar inspirieren lassen (aus Colmar stammt übrigens auch der Inbegriff der Freiheit, dort schuf Frédéric Auguste Bartholdi die Freiheitsstatue – aber das ist auch eine ganz andere Geschichte).

Tiefdruck. Das war Franz Burdas Leidenschaft.

„Er war der größte Tiefdrucker", meint Hubert Burda auch mit sichtbarem Stolz und Respekt vor dem Vater. Und dessen Leistung. „Was das deutsche Auto heute ist, so war damals der deutsche Tiefdruck führend. The best printers in the world. Aus Offenburg." Stolz klingt auch auf seine badische Heimatstadt mit, als er das sagt.

„Was für mich später die Zeitschriften und in der nächsten Etappe das Internet war, war für ihn der Tiefdruck."

Und so kam eben auch die Heliografie des Sonnengottes an die Wand. „Gott grüß die Kunst." Nicht umsonst der Gruß der Drucker (Drucker war ja auch schon der Opa, Franz der Erste. Nur kam Opa von der Druckmesse nicht mit den neuesten Druckmaschinen nach Hause, sondern mit einer Oboe. Glücklich war er dann.)

Hubert Burda zeigt auf das Geländer im Foyer und meint: „Schaue euch des Gländer a! Des hänn die Offeburger Schlosser vorher no nie gmacht." Auch die Kanneluren an den Säulen. Ein Meisterwerk und ebenso umstritten. „Do nimmsch Gips und ä Schablon", die lapidare Antwort des Senators als der Gipser sagte, er wisse nicht wie das geht. Und so bekam Offenburg nicht nur klassische Kunst an der Wand, sondern auch die ersten griechischen Säulen (Kritiker wollten diese dann glatt haben, aber der Gipser hat sich durchgesetzt, nachdem das Werk gelungen war).

Im Foyer sind historische Fotografien ausgestellt, welche die Entstehung des einstigen Gipsreliefes zeigen, sowie weitere Fotos vergangener Tage. Auch eine Fotogalerie der Familie Burda ist da zu sehen (da hat der Herr Burda dann auch sein Handy gezückt und das Foto vom ‚Philosophenclub' abfotografiert).

„Mit Drucken haben wir das Geld verdient, aber man muss auch die Zeichen der Zeit erkennen. Wenn du nur einen Monat stillstehst, wenn du nicht mehr neugierig bist… Die alte Spinnerei und Weberei, einstmals großer Arbeitgeber der Stadt, ist verschwunden, die Zeichen der Zeit nicht erkannt…“, sagt Hubert Burda, jetzt mit ernsterer Stimme. „Morgen macht Lisa (die Tochter) ihren Master in Musical Communication“, erzählt Hubert Burda mit stolzgeschwellter Brust weiter. Kunst und Kommunikation. Das Konzept der Burdas, angepasst an die Anforderungen der Zeit.

Die Zeichen der Zeit haben auch andere Unternehmer der Region erkannt. Hubert Burda stellt sich da nicht alleine auf den Sockel des Erfolges. „Gestern wurde der Schweizer ‚Gotthard-Tunnel‘ eingeweiht. Vor zwanzig Jahren hat noch niemand den Martin Herrenknecht gekannt, heute ist er berühmt.“ Und Hubert Burda weiter: „Hätte er den Berliner Flughafen gebaut, dann wäre der schon lange fertig.“

Hubert Burda macht es auch stolz, „dass jemand, der badisch spricht, diesen Tunnel realisiert hat. Oder der Mack vom Europa-Park. Was die do nagschdellt hän!“ Hubert Burda spricht von einem HUB, das badische Netzwerk meinend. „Nei, des kommt net von Hubert, sonsch würds Hubi heißen.“ Der nächste Lacher auf seiner Seite (jetzt gefällt er mir wieder ganz gut, die Augen strahlen auch wieder dieses Offenburger Lausbubenstrahlen). „Plötzlich baut ‚Zalando‘ am Lahrer Flughafen groß. Ein neuer HUB.“ Hubert Burda macht kurz und knapp im FOCUS-Stil eine Medien-am-Oberrhein-Geschichtsstunde: „Die Hochschule

Offenburg, Medien und Internet. Die Hochschule in Karlsruhe. Die erste E-Mail kam aus Karlsruhe. Papierherstellung am Oberrhein. Holzschnitte.“ Und klar: „Gutenberg in Straßburg. Aber in Mainz war mehr Geld, deshalb ist er nach Mainz gegangen.“ (Von unseren Zeichen der Zeit war Johannes Gutenberg weit entfernt, als er Mitte des fünfzehnten Jahrhunderts in Straßburg wirkte und dort eine Finanzierungsgesellschaft gründete, um ein „neues technisches Verfahren“ zu entwickeln. Den Buchdruck mit beweglichen Metalllettern. Mit dieser Erfindung begann eine wahrlich neue Zeit.) „Die Mönche gingen schon auf die Drucker los, war es doch bis dahin deren Aufgabe, Bücher zu erstellen. Heute gehen die Daten über das Internet“, so Herr Burda weiter in seiner Rede. Für Hubert Burda ist die digitale Revolution von gleicher immenser Bedeutung wie die Erfindung des Buchdruckes. Von digitaler Revolution wusste der Senator zeitlebens nichts, für ihn zählte wie gesagt der Tiefdruck (deshalb hat ihm die Akademie in Karlsruhe ja auch den Senator-Titel verliehen. Für seine Verdienste um den Tiefdruck. Dann ist das jetzt auch mal gesagt, für alle, die sich schon immer gefragt haben, warum er eigentlich ein Senator war). Der Oberrhein: „Das Tal der Bilder.“

Der Drucktradition bewusst, ließ der Senator von Professor Dierkes aus Berlin ein Gutenberg-Denkmal schaffen, zweimeterundachtzig hoch. Damit die Menschen an der Straße sehen würden, dass Burda ein Haus der Kunst ist. „Nach Schdroßburg hett er gschaut“, wie Hubert Burda sagt (übrigens auch heute, an seinem neuen Standort vor dem Hubert Burda Media Tower). Und dann war da noch dieser Bart! Oder eben auch nicht. Denn im Gegensatz zu allen sonst bekannten Bildern, die Johannes

Gutenberg zeigen, hat der Burda-Gutenberg keinen Bart. Der Senator ließ Nachforschungen anstellen, ob Herr Gensfleisch, wie Gutenberg eigentlich hieß, auch wirklich einen Bart hatte. Und siehe da: Die Patrizier jener Zeit hatten wohl keinen. Nur weil ein französischer Maler im siebzehnten Jahrhundert dem Gutenberg einen langen Bart andichtete, folgten alle seinem Beispiel (die Macht der Medien, auch wenn es nur ein Gemälde war). Vermutlich kam da aber auch der Druckpraktiker Franz durch, der sich sagte, ein langer Bart und Druckpresse, das verträgt sich nicht. Mal schauen, ob der wirklich einen Bart hatte! (oder wollte der bartlose Senator dem „Gutenberg von Offenburg", wie alle den Druckereibesitzer Franz Huber ob seines langen Bartes genannt hatten, zeigen, wer der erste Drucker am Platz ist?). Was Herr Burda nicht erzählt: Die neue Druckerei hatte auch ein großes Papierlager. Und dort waren die großen Papierrollen. Ein willkommener Spielplatz für Lausbub Hubert Burda und seinen Kameraden Michael Heitz, Sohn des Bürgermeisters. Hubert Burda wäre nicht Hubert Burda, würde er jetzt nicht noch zu seiner Betriebskapelle emporsteigen, den Taktstock in die Hand nehmen und zum Kapellmeister werden. Alte Burda-Tradition. ‚Hoch Heidecksburg', der Lieblingsmarsch des Vaters. Auch Karl-Heinz Hurrle freut´s, ist er doch ein verdienter „Senator-Mann" – ihm ist es zu verdanken, dass die „alte Druckerei" in neuem Glanz erstrahlt.

Im Hinausgehen hat Hubert Burda, ganz Grandseigneur, Offenburgs Oberbürgermeisterin Edith Schreiner am Arm. Er streckt mir die Hand hin und sagt: „Mir gehn au no spaziere!" Daraufhin geht es vor zur Bäckerei, wo einst die alte Poststelle und Roccos Pforte war.

Spazieren. Was bin ich als Bub mit meiner Oma spazieren gewesen. Erinnerungen!

Spazierte auch Bub Hubert mit seiner Oma Lemminger durch die Wälder? Die, nachdem sie dem lieben Gott aus Dankbarkeit über die Genesung des jungen schwerkranken Ehemannes ein Gelübde abgelegt hatte und deshalb von früh morgens bis spät abends zum Beten in die Kirche ging, Töchterchen Anna, ohne Liebe aufwachsen ließ, sodass Annas Vater öfters mal die kleine Tochter auf den Schoß nahm und sagte: „Komm, wir kaufen uns eine neue Mama!" Oder war er mit Stiefoma Lina Burda, Opas zweiter Frau, spazieren, die von der Aenne nur „Hexe" genannt wurde?

Die Burda-Familie

Übrigens: Nach Ende eines Feuerwerkes gab es einmal ein kleines Feuerchen auf dem neuen Offenburger Wahrzeichen. Deshalb schickte Landrat Dr. Joachim dem Senator auch gleich seine Polizei auf den Hals, zwecks Protokoll und so. Zeit für die Schutzpolizisten hatte Franz Burda nicht, deshalb schrieb er dem Landrat einen Brief:

„Hochverehrter Herr Landrat! Soeben werde ich von einem Wachtmeister Ihres geschätzten Hauses angerufen. Er wünsche Auskunft wegen des Brandes am Burda-Eisenbetonturm. Der Ordnung halber will ich Sie, hochverehrter Herr Landrat, als Feuergewaltiger der Stadt, über die Geschehnisse am Sonntag, dem 12.10., unterrichten. Nachdem das Großfeuerwerk auf dem

Turmgemeindeplatz zum Abschluss der Ortenauer Herbstmesse abgebrannt war, wurde mit bengalischem Feuer der Burda-Turm nochmals beleuchtet. Dabei hat dieser Feuerwerkskörper ein kleines Brett, 1.20 Meter lang, 14 Zentimeter breit und 2 Zentimeter stark, teilweise zum Entzünden gebracht. Nachdem auf dem Turm kein Wasser war, wurde dieser Brand durch die Urinanlagen meiner Feuerwerker Heinrich Ruckenbrod und Karl Pröttel in einem Zug gelöscht. Ich würde mich freuen, wenn diese beiden Männer dafür eine Auszeichnung bekommen würden."

Tja, so war er halt. Und dass auch alle etwas zum Schmunzeln hatten, druckte der Senator den Brief auch gleich in seiner Mitarbeiterzeitschrift ‚Die Burda-Familie' mit der Überschrift „Großbrand auf dem Burda-Turm!" ab. Heute nennt man das wohl ‚offener Brief' (wie der Landrat reagierte ist nicht überliefert).

So ein Blick in alte Mitarbeiterzeitungen bringt auch sonst noch das ein oder andere Geschichtchen an den Tag. Zum Beispiel, warum die Auflage der Burda-Zeitschrift ‚Das Ufer' in der Auflage nicht so wächst wie die anderer Burda-Titel: „Das Ufer bringt keine Memoiren verflossener Größen, keine Skandalgeschichten, um das Sensationsbedürfnis der Lesermassen zu befriedigen", Franz Burdas heile Welt eben. Fast schon lapidar wird kurz darauf berichtet, dass ‚das Ufer' nun ‚BUNTE Illustrierte' heißen soll, eines der wichtigsten Ereignisse aber das neue Büro des Chefs war. (Hubert Burda hat das mit der heilen Welt später dann mal geändert, als er an den Zügeln der BUNTE war, und Studentengeschichten von Silvia Sommerlath, besser bekannt als Silvia, Königin von Schweden, ans Licht brachte – „Lieber König

Carl Gustaf! Weißt Du eigentlich, warum Silvia ‚Schneewittchen' genannt wurde?" Ende der heilen Welt. The swedish Queen was not amused. Die Auflage stieg, aber das Image sank. Nächste Herausforderung!) Einige Seiten weiter in der Mitarbeiterzeitschrift von 1953 ist die Welt aber noch heil, ein Foto zeigt den jungen Hubert, mit Mütze, an der Seite des Vaters und dem Bildtext: „Mit solchem Vater zu spazieren, der alle Pflanzen und Blumen in Feld und Wald und Wiese kennt, ist nicht nur lehrreich, sondern stets eine große Freude."

Und was steht da noch in der Ausgabe zu Vaters fünfzigstem Geburtstag? „Drei Söhne sind bereit, später die Tradition des Hauses Burda würdig aufzunehmen: Franz, der älteste, Frieder der zweite, und Hubert, der pfiffigste."

Die Redakteure erkannten wohl damals schon, dass Hubert Burdas Pfiffigkeit einmal spürbar werden wird, wünschten diese sich doch „eine Rotationsmaschine, bei der wir in einen Trichter unser buntes Zeug hineinreden, das am anderen Ende fix und fertig herauskommt…" Nur wenige Jahre später, die BUNTE hatte gerade die Eine-Million-Auflage überschritten, wurde aus dem Wunsch eines Trichters, die neue Vision der Redakteure, schon konkreter: „Im Modell wird gezeigt, wie das in Übersee aufgegebene Bild fix und fertig mittels Direktübertragung drahtfunkwarm zum Retuschierpult übertragen wird, was ohne Zweifel eine erfreuliche Zeitersparnis darstellen dürfte." Wenn die gewusst hätten, was aus ihrem Spaß einmal werden würde, einunddreißig Jahre vor „through this box". Nennen wir das mal „digitale Revolution".

‚Die Burda-Familie' machte sich aber auch Sorgen um die Mitarbeiter: „Wie schnell das Unglück schreitet, führt uns allen der Motorradunfall unseres Farbretuscheurs Willi Hils vor Augen. Kaum eine Minute nach Abfahrt vom Betrieb lag er in schwerverletztem Zustand an der Umgehungsstraße. Dank seiner Konzentration in der schwierigsten Phase des Sturzes, während eines etwa 15 Meter langen Fluges, konnten allerschlimmste Folgen verhindert werden. Und die Einsicht? „I hock nie mehr uff so ne Deifelskischt."

Also, wenn man dieses Werk der gesammelten ‚Burda-Familien' so anschaut, dann könnte man meinen, bei den Burdas wurde nur gefeiert und gebaut. Weihnachtsfeiern, Fasnachtsfeiern, Maifeiern, Betriebsfeiern und natürlich Spatenstichfeiern, Richtfestfeiern, Umzugsfeiern und Einzugsfeiern. Oder es wurde musiziert. Oder Fußball gespielt. Oder mit der ganzen Mannschaft einen Betriebsausflug gemacht. Oder, oder, oder. Ja, wann haben die denn eigentlich etwas gearbeitet? Hat der Burda womöglich doch Geld gedruckt?

Seine ärmliche Herkunft vergessen hatte der Senator allerdings nie: Regelmäßig lud er arme Berliner Schulkinder aus der geteilten Stadt in den Schwarzwald ein, bescherte ihnen unvergessliche Erholungstage und viel Kontakt mit der Natur.

Und bevor ‚Die Burda-Familie' 1962 vom Wachsen des Burda-Hochhauses, absolutes High-Tech für Offenburg, berichtet, mahnt das Vorwort zu Besinnung:

„Haben wir heute mehr vom Leben? Diese Frage scheint im ersten Moment überflüssig. Die Möglichkeiten, das Leben zu genießen, sind heute um ein Vielfaches vermehrt. Zumal, wenn man sich rückerinnert an die Zeiten unserer Jugend, vielleicht eines oder zweier Weltkriege. Von dieser Plattform aus kann man die oben gestellte Frage positiv beantworten. Doch zwingt uns die Zeit heute dazu, einmal kritisch zu sein, zu überlegen, ob uns die letzten Jahre nicht allzu sehr von den inneren Werten abgelenkt haben. Wir wollen das nüchtern zu betrachten versuchen und Wohlstand nicht mit Auto, Fernseher oder weiten Auslandsreisen verwechseln, die uns zwar äußerlich ‚mehr vom Leben' geben, aber viele besinnliche, innere Werte zuschütten. Heute rasen wir an vielem vorbei, an dem wir früher vielleicht einmal verweilten, heute verlieren wir fast den Blick für die Schönheiten unserer näheren Heimat, ihrer Geschichte und ihrer Vergangenheit. Heute ‚fressen' wir Kilometer um Kilometer und überlassen uns dem organisierten Europabummel, strapazieren unsere Nerven und die unserer Angehörigen, nur um teilzuhaben an etwas, was andere auch haben oder meinen, haben zu müssen. Der Individualismus droht auszusterben, ebenso das Freuen am Kleinen, Unbekannten am Wege. Wer es noch versucht, fällt der nachsichtigen Verachtung seiner Freunde oder Nachbarn zum Opfer. Er kann nicht mehr ‚mitreden', wenn es um die Schilderung des Erlebten auf Hunderten von Kilometern geht. Es ist schwer, hier ‚sein Gesicht' zu wahren, um nicht als hoffnungslos rückständig zu gelten."

So weit das Vorwort von 1962, lange vor den sozialen Medien und der „beschleunigten Gesellschaft". Auch eine Art von Vision.

Der Doktor

Am nächsten Morgen, wieder ein Blick in ‚Die Burda-Familien'. Jetzt taucht auch Hubert Burda auf, man schreibt den Februar 1965. Doch zuerst ist zu lesen, dass das neue Hochhaus prominenten Besuch von Ministerpräsident Kiesinger und Bundeskanzler Erhard hatte. Und, klar: Es gab einen Spatenstich, dieses Mal für die neue Druckerei neben dem Hochhaus, die modernste in Europa. Und, auch klar, es wurde wieder kräftig gefeiert, mit der ganzen Familie versteht sich. Die Burda-Fliegerstaffel wurde 10 Jahre alt. Dann wurde wieder Tennis gespielt auf dem Burda-Sport-Club-Platz. Ja, und Faustball und Fußball natürlich auch. Nicht zu vergessen das Kegeln. Franz Junior bekommt einen eigenen Hubschrauber, um schneller die jährlich achtzigtausend Kilometer zu meistern, die er bisher mit dem Auto zurücklegen musste.

Und dann, dann kommt der Hubert Burda, Jungunternehmerisch schick in Anzug und Krawatte, der Vater schüttelt ihm freundlich die Hand: „Jene, die damals schon bei uns waren, werden sich erinnern an einen Hubert Burda, der beim Fasnachtsball Trompete blies, der beim 60. Geburtstag des Chefs einen störrischen Esel ritt und der als Volontär für das ‚Ortenauer Heimatblatt' schrieb, gleichzeitig aber der BUNTEN eine ausgezeichnete achtfolgige Farbreportage ‚Auch das ist Deutschland' (Herr Burda war dazu in der damaligen DDR gewesen) ablieferte, die demnächst als Buch erscheinen wird. Inzwischen hat er in München in den Fächern Soziologie, Archäologie und Kunstgeschichte promoviert und wurde einer der jüngsten Doktoren der Philosophischen Fakultät." (Das mit dem jüngsten Doktor hatte, wenn ich nicht irre, der Vater auch zur Bedingung für das Studium gemacht).

„Fünf Jahre lang hat er sich in München und in Marburg aufgehalten – deshalb kennen ihn viele Mitarbeiter noch nicht persönlich. Jetzt steht er auf dem verlegerischen Sektor unseres Betriebes seinem Vater zur Seite, befasst sich im Augenblick intensiv mit ‚Bild und Funk' und wird später auch die anderen Redaktionen des Hauses kennenlernen. Der Chef wies ihn in sein neues Amt ein. Jetzt taucht für uns allerdings eine schwierige Frage auf: Der ‚Doktor' war bis heute ein fester Begriff. In Zukunft freilich wird man näher definieren müssen, welcher von beiden nun eigentlich gemeint ist."

Aenne

Ach ja, danach bekommt auch die Aenne ihren Platz, in der Hauszeitschrift von 1965: „So wird man Millionär. Eine beispiellose Entwicklung hat der Modenverlag genommen. Was einst in schwierigsten Zeiten ganz klein im Lahrer Lotzbeckhof begann, hat sich inzwischen unter Frau Aenne Burdas Leitung zu Europas größter Modenzeitschrift gemausert. Die Druckauflage beträgt 1,2 Millionen."

Hätte sich damals jemand träumen lassen, dass Anna Lemminger in Russland die „Königin der Kleider" werden würde? Was wäre aus Burda ohne Renate geworden? Bis zum Bekanntwerden von Renates Existenz und der dazugehörenden Liebschaft war Aenne, „Frau Dr. Burda", mit dem Titel ihres Mannes zufrieden gewesen, wenn sie stolz mit dem Gemahl und den Buben durch Offenburg spazierte. Die Eisenbahnertochter hatte es geschafft, war wer in der bürgerlichen Offenburger Gesellschaft. Hatte als junge Frau extra auf dem Mäuerchen beim ‚Metzger Burg' gestanden und zur kleinen Burda-Druckerei geschaut, ob der Franz Burda auch wirklich hart an seinem Aufstieg arbeitet oder nur Reden schwingt. Und dann das! Der Mann geht fremd! Und hat mit der Geliebten eine Tochter. Renate. Schenkt der Nebenbuhlerin sogar einen kleinen Modenverlag im nahen Lahr! Da gab es nur eines: Die Geliebte samt Tochter muss weg! Und: Den Modenverlag bekomme ich! Vor allem aber eines: Dem Franz, dem zeige ich es, dem werde ich es beweisen, wer besser ist. Von da an gab es für Aenne nur noch: der Modenverlag. Der Modenverlag. Der Modenverlag. (Und ab und zu der Liebhaber und das Dolce Vita auf Sizilien – aber das ist wieder eine ganz andere Geschichte.) Keine gute Basis für den kleinen Buben Hubert. Da nützte auch die späte Einsicht in einem Fernsehgespräch mit Günter Gaus nichts, als Aenne Burda bekannte, „was zu kurz kam waren die Buben: Die Kinder hätten mich sicher mehr gebraucht."

Ob Aenne Burda, mit ‚Burda Moden' den Familiennamen im Hefttitel tragend, die Burdas erst zur großen Bekanntheit geführt hat, war ein beliebtes Diskussionsthema in der Ehe. Der Senator nahm es (anscheinend) gelassen: „Ich kann ja nicht ‚Franz Bunte' heißen."

Stolz ist der Vater auf seinen Sohn Hubert, einer der Jüngsten in Deutschland mit einem Doktortitel

Wohlfahrtsverein

Vor langer Zeit gab es da diesen ausgewachsenen Lausbub, auf neudeutsch „Teenager", der neugierig geschaut hat, wer denn da alles mit Franz Burda im Schutterwälder Forst auf die Jagd geht. Allerlei Prominente hatte der Senator zu diesen Anlässen immer um sich versammelt, auf neudeutsch „Networking". Eine Einladung zur Jagd ließ sich seinerzeit niemand entgehen. Andere Zeiten, andere Sitten. „Komm därfsch mei Gwehr trage", hat der Senator dann spontan zum Lausbub gesagt und ihm das Gewehr in die Hand gedrückt. Wie gesagt: andere Zeiten, andere Sitten (heute: Skandal, Titelstory BILD). Die Anekdote belegt es, der Senator sah sich nicht als Jäger, sondern als Heger und Pfleger. Die Redakteure warteten schon seit Stunden auf ihn zur Redaktionskonferenz, als er schließlich mit zwei Stunden Verspätung eintrifft: „Der Oberjäger habe ihm telefoniert, weil eine Rotte Sauen im Stadtwald eingekreist sei. Die ‚Schwarzkittel' hätten erhebliche Wildschäden verursacht." So nahm er denn seine Büchse und ging in den Wald. Des Senators Jüngster war auf den Jagden sehr selten zu sehen. Tiere totschießen war nicht so sein Ding, da waren ihm die Farben auf der eigenen Leinwand lieber. Später, nach der Jagd, beim fröhlichen Ausklang im Schutterwälder ‚Ochsen', sieht der Senator, wie der Teenager vor leerem Teller sitzt, obwohl es lecker Rindfleisch mit Meerrettich gibt. Nicht, dass ihm der Bub verhungert. „Heut isch Freitag, do gibds kei Fleisch", die schlichte Antwort des Buben. So war das halt damals. Nach einer solchen fröhlichen Runde, geschätzte zwanzig Jahre später, hat der Senator, wie er halt so war, mal schnell ein Portrait von ihm, welches Andy Warhol geschaffen hat, den Schutterwäldern fürs Rathaus geschenkt. Da war aus der Serie mit sechs Bildern, die sich der Künstler ausgedacht hat, eben eine Fünferserie geworden. Ich vermute, da bekommt Hubert Burda auch heute noch Sodbrennen, wenn er an den verschenkten Warhol denkt.

Aus dem Lausbub wurde ein Mann, und es erging ihm wie vielen. „Du, der Burda zahlt besser, schaff doch bei dem.“ Gesagt, getan. „Eine schöne Zeit. Der Senator war ein leutseliger Mann, immer wieder hat er vorbeigschaut, ein, „na du Saukerle, bisch au noch da“, war ein Kompliment.“ Badische Lebensart (der Schwabe sagt dafür: „net gschumpfe isch gnug globt“). Nicht zum Kontrollieren kam er, sondern der Menschen wegen, „seiner Familie“. Auf dem Laufenden sein. Vertrauen.

Ein anderer trägt mir zu: „Hätte er mal mehr kontrolliert, do hänn scho einige uff de Papierrolle, hinte im Eck, ihr Schläfle gmacht.“ Und wieder andere: „In de Dunkelkammer hat oft `s rote Lichtle brennt und drinne isch alles mögliche entwickelt worde, nu kei Film.“

Ein anderer Ruhestandler erzählt: „D' Burda war ein toller Mann, aber ‚kleine Herrgöttle‘ haben sich eingeschlichen“, sprich einige Führungskräfte, „die alles besser gwisst hän als wir Facharbeiter.“ Verbesserungsvorschläge wurden ignoriert. In den frühen Siebzigern bereits erkannten die Burdas, dass sich da eine neue Technik aufmacht, Scanner genannt. Stufe Eins der digitalen Revolution. Heute steht so ein Scanner in jedem Haushalt, damals hätte man dafür auch ein Haus kaufen können. Ein schönes Haus, ein großes Haus. Aber wie schon im Tiefdruck, setzten die Burdas auch hier sehr früh auf Fortschritt, es macht ja auch keinen Sinn, ewig mit Dampfmaschinen zu arbeiten, wenn es schon Strom gibt. Bis zu zehn Trommelscanner standen in der Repro. (Für den Laien: Man stelle sich eine große Teppichrolle vor, aus Glas, darauf klebt man die Dias, die Trommel dreht sich, Licht-Sensoren scannen das Bild Stück für Stück ab, zerlegen und digitalisieren es in die vier Grundfarben des Druckes – schaut man eine bunte BUNTE mit der Lupe an, so erkennt man nur diese vier Grundfarben als kleine Pünktchen, im Tiefdruck eben ganz besonders fein, das Auge verschmelzt diese zur Farbwelt. So wie es die Pointilisten mit ihrer Malweise auch schon gemacht haben.) Was eine Arbeit! Was ein Zeitverlust! Dann kamen die Flachbettscanner. Kasus knaxus: ‚Kleine Herrgöttle' ignorierten den Rat der Fachleute, das Bild nicht in Vierfarb, sondern in RGB (das sind die Bildschirmfarben) zu scannen und zu bearbeiten und erst dann in Vierfarb umzuwandeln. Lange hat das gedauert, bis es bei den ‚Herrgöttle' und dann wieder am Scanner ankam. Und: Da gab es jede Menge an Bildern zu scannen. Einer der Orte, „wo der alte Burda viel Geld verbrannt hat". Neben den Papierrollen, dem Feiertagzuschlag (der Feiertag entwickelte sich zum beliebten freiwilligen Arbeitstag) und dem Sonntag-Bereitschaftsdienst (auch dieser Zuschlag war sehr beliebt) und-so-weiter-und-so-fort. Hinter vorgehaltener Hand sagt man mir das natürlich.

Andere sagten selbstkritisch zu den Arbeitskollegen: „Was goschner (badisch: schimpft ihr) denn d´ ganz Zitt über de Burda, alle hän ihr euch euer Häusle baut" (oder auch zwei. Oder drei). Mit Subvention des Senators versteht sich. Ausbaden musste das der arme Hubert Burda. Das Unternehmen nach dem Tod des Vaters und der ‚Realteilung' (Erbteilung unter den drei Brüdern) umstrukturieren, wirtschaftlicher machen. Auch schon mal das ein oder andere, zusätzliche, und vor allem lieb und selbstverständlich Gewordene wieder streichen. „Wohlfahrtsverein" hatte Aenne die Geschäftsphilosophie ihres Mannes genannt. Und das nicht nur, weil er in der Nachkriegszeit LKW-weise Kartoffeln organisiert hat, damit die Mitarbeiter etwas zu essen hatten.

Ein weiterer Ehemaliger erzählt von den „Frühstücksdirektoren", welche „keine wirkliche Aufgabe" hatten, „übrig geblieben sind vom Senator" (die sind erst aufgefallen, als Hubert Burda den Bedarf an Büros für den neuen Medienpark erfassen ließ).

Die Umstrukturierung ist sehr gelungen, das hat der Autor, damals stolzer Burda-Praktikant, in seinem praktikumsbedingten Betriebsrundgang bereits 1989 erfahren: „Was schdehsch do so rum, soll i dir Arbeit gäbe?", der Schrei des Kapos durch die Weiterverarbeitung. Mein Körper hatte noch nicht einmal ausgewackelt, so gerade-eben-erst hatte ich die Abteilung betreten. Aber vor allem hat der stolze Burda-Praktikant in der Werbeabteilung des Verlages den Fortschritt erlebt. In besagtem Jahr 1989 freuten wir uns auf Besuch in der Abteilung, im sechsten Stock im ‚Langen Franz' (das zweite Hochhaus, das der Senator vom „Fischer Lui" bauen ließ). Der Herr Kujazinski, die Katrin Kramer, der Rocco und ich. Wir hatten unsere Reißbretter zur Seite gelegt (Rocco sogar sein italienisches Espressomaschinchen), ebenso unsere Reißbrettschiene, welche uns den sicheren Neunzig-Grad-Winkel am Brett garantierte, wenn wir vorher ausgezählte Textfahnen ausgeschnitten und mit Fixogum neben die Kopie des Bildes aus dem Fotostudio auf den Karton klebten, jedes Element auf einem neuen transparenten Überleger, fein säuberlich beschriftet für die

Repro, was zu tun sei, die Textfahnen hatten wir aus dem Satzstudio bekommen, nachdem wir tags zuvor in einem Schriftenbuch genau ausgezählt und ausgetüftelt hatten, wie viele Buchstaben in welcher Größe und in welcher Schriftart in den zur Verfügung stehenden Platz passen, um dann aus dem Buch zu kopieren und auszuschneiden, im Farbenbuch die genauen Vierfarbwerte nach Cyan, Magenta, Yellow und Schwarz definiert, damit es auch schön bunt wird und-so-weiter-und-so-fort.

Und dann der Besuch: Die freundliche Dame packt einen riesigen Bildschirm aus und einen großen grauen Kasten. Sie verbindet Kasten und Bildschirm, steckt einen Stecker in die Steckdose, drückt auf einen Knopf, und wenig später ist die Sensation perfekt: ‚Corel Draw 1.2.' Stufe Zwei der digitalen Revolution.

Ganz nebenbei bemerkt: Mit dem Burda-Praktikumsordner unter dem Arm durfte ich das Zugangssemester in meinem Studium überspringen. Mit Vorsprung durch Wissen zum Rückschritt. Im Freiburger Studium musste ich nicht nur auf das geliebte „Frühstückswecklewägele" verzichten, sondern außerdem noch drei lange Jahre warten, bis der Computer Einzug hielt. Ein ‚Macintosh LC II'. Der Bildschirm so groß wie heute ein Tablet. Der Speicher so groß wie heute ein kaputtes Handy. Zur gleichen Zeit bei Hubert Burdas Familie: Am Bildschirm entsteht der FOCUS. Text und Bild elektronisch kombiniert, ganz schnell geht das, nix Reißbrett, Reißbrettschiene, Fixogum und so, wegweisend die Infografiken. Die Verknüpfung von Bild und Text. Das Wissen über rechte und linke Gehirnhälfte. Digitale Revolution

Stufe Drei. Die klassische Repro überflüssig, so wie die Dampfmaschine. „Through this box" das Aha-Erlebnis des Verlegers. Nicht die Box der Pandora, sondern die der digitalen Revolution. Repros werden seither nicht mehr mit dem Kurierfahrzeug in die Druckerei gebracht, sondern via Datenleitung übertragen. 1991 war das Aha-Erlebnis im Berliner Verkehrsstau. Gegrinst hat der Techniker, als er Herrn Burda von der „box" erzählte. So hat das teure Experiment ‚Super!-Zeitung' für Herrn Burda wenigstens die technische Zukunft für den FOCUS bereitet. Man muss nur an sich glauben. Und weil die Infos ja schon digital vorlagen, war es ein Leichtes, das Magazin auch Online zu stellen. Digitale Revolution Stufe Vier. Viele Jahre vor Google und Facebook. Aber immerhin habe ich im Studium bereits von „linker und rechter Gehirnhälfte" gehört. Sehr förderlich für Kreative.

Ein Fernsehapparat war in den Achtzigern Serienausstattung in den Büros, es war ja die große Zeit von Boris Becker und Steffi Graf, sodass die damalige Azubine heute freimütig zugibt: „Ich habe von Tennis keine Ahnung gehabt, aber nach der Lehre kannte ich mich bestens aus." Aber, sie sagt auch – und das hat die Burda-Familie schon immer ausgemacht: „Aber wenn es drauf ankam, dann war alles gemacht und gut." „Das ist auch heute noch so", ergänzt sie.

„In den Anzeigenabteilungen gab es Großrechner mit E-Mail, als in anderen Firmen noch Schreibmaschinen und Faxgeräte bestellt wurden", so die mittlerweile ausgewachsene Azubine. Und zur Sicherheit für die Mitarbeiter eine, auf Neudeutsch, „Hotline", Telefon-Direktverbindung zum, auf Neudeutsch, „User Help

Desk". „Die haben dann auch geholfen, wenn durch Blödsinnmachen mal wieder der Rechner streikte." Dem neuen, unwissenden Azubi die Tastatur umstecken, zum Beispiel. Zur Belohnung gab es für den Azubi vom Help Desk mit schallendem Gelächter eine Auszeichnung, den „Superdau", den „Super Dümmsten anzunehmenden User des Tages". Heute, bei zehntausend Mitarbeitern in einer globalisierten Welt, geht das nicht mehr so.

Der Start der Erfolgsgeschichte FOCUS: Hubert Burda mit Helmut Markwort

Hubert Burda mit Sohn Felix Burda

Felix

Ich bin wieder am Schlössle. Ohne Herrn Burda. Ist ja schließlich Sonntag heute. Sonntagabend um genau zu sein. Wobei, so ganz ohne Burda war ich heute nicht, denn Frieder Burda ist mir heute Nachmittag über den Weg gelaufen. In Gengenbach, seiner Geburtsstadt, war er spazieren. Kunstmuseumsbesitzer Frieder Burda wird dieses Weihnachten eine Andy-Warhol-Ausstellung in Gengenbach unterstützen, Warhols Werke sollen zudem die Fenster des weltgrößten Adventskalenderhauses, das Gengenbacher Rathaus, schmücken. Angesprochen habe ich Frieder Burda nicht, der Mann will auch seinen ruhigen Sonntag haben.

Heute sitze ich nicht im Park, sondern auf der Eingangstreppe des Schlössle. Nebenan die ‚Franzenstube'. Rauschende Feste feierte der Senator dort, in seiner Wirtsstube im Schlössleanbau. Alles, was Rang und Namen hatte, waren seine Gäste. Und ausgesuchte Mitarbeiter. „Alle haben keinen Platz in der Stube." Er wollte seinen verdienten Mitarbeitern einen Platz geben, wo sie am Wochenende auf andere treffen und gemütliche Stunden verbringen konnten. Opa Franz dem Ersten hätte es dort bestimmt auch gefallen. An den Wänden der ‚Franzenstube' hängt der Opa heute. In diversen alten Bleistiftzeichnungen festgehalten. Immer mit dabei: seine Oboe. Ohne Musik war das Leben für die Burdas noch nie lebenswert. Hatte der Opa keine Druckaufträge, so hat er in der Druckerei einfach auf seiner Oboe gespielt.

Alle Bänke im Park sind belegt. Der Platz ist beliebt hier oben. Bei der Jugend. Sonnenuntergang schauen, Offline-Kommunikation. Ich glaube, Herrn Burda würde das gefallen. Das ist nicht nur heute so, das ist mittlerweile fast immer so, wenn ich hier oben bin. Und, man glaubt es kaum, ich habe die Jugend sogar schon philosophieren hören. Über die Abitursarbeit oder die Klausur an der Hochschule. An der Offenburger Hochschule für Medien, die Hubert Burda initiiert hat und tatkräftig unterstützt, die stetig expandiert. Die Zukunft der Medienlandschaft am Oberrhein. Und weil hier überall Jugendliche sitzen, herrscht heute auch keine Stille, aber doch eine ganz angenehme entspannte Atmosphäre. „Chill-atmosphere". Auch am Pavillon sitzen sie – ob sie die Bedeutung kennen?

Ob Felix Burda auch hier auf der Treppe saß? Das Abendlicht genoss, als er hier seine Masterarbeit schrieb? Ob er auch einen Laptop auf dem Schoß hatte? Gab es damals schon Laptops? Visionär war er, wie der Vater und der Senator. 1996 bereits hat Felix Burda ‚Navigo' gegründet und mutimediale CD-ROMs entwickelt, als die meisten noch mit Kassetten-Recordern unterwegs waren. Wo wäre das Familienunternehmen Burda mit Felix heute? Wo wird es mit Hubert Burdas Kindern Jacob und Lisa aus der Ehe mit Maria Furtwängler hinsteuern? Werden sie auch am Schlössle wirken oder in den Gassen von New York? Im Hydepark? Wo wird der Nabel der digitalen Welt sein? In Fessenbach vermutlich nicht. Aber als Kraftort hat Fessenbach alle Chancen, ganz vorne mit dabei zu sein.

Das Abendlicht taucht die jungen Reben vor mir in ein noch saftigeres Grün, zartgelb die Bergketten der Vogesen. Dort, wo die Sonne sie bestrahlt. An den Kirschbäumen beginnen die kleinen Früchte damit, sich in ein zartes Rot zu tauchen. Vorbei die Zeit der Blüte.

Dieser Ort hier am Schlössle ist für mich etwas Besonderes. Nicht erst, seit ich für Herrn Burda schreiben darf. Zehn Jahre ist es nun her, als ich auch hier im Park saß. Es war einer dieser Tage, wo man von allem genug hat. Dann braucht man einen Kraftort wie diesen. Der Himmel über den Vogesen verfärbte sich gerade in diese einzigartige Symphonie aus Orange-, Violett- und Rottönen, als ein kleines, altes Auto auf den Parkplatz fuhr und ein älterer Mann ausstieg. Humpelnd kam er auf mich zu und setzte sich zu mir auf die Steinbank. Und wir philosophierten über Michelangelo ob des Himmels. Der Himmel zeugte von der ganzen Schöpfungskraft (nicht die des Menschen. Dazu sind wir viel zu klein und viel zu vergänglich). Wie aus dem Nichts wechselte der Herr das Thema und erzählte mir, dass er schon zweimal knapp dem Tod entsprungen sei: „Eine Sekunde schneller oder langsamer, und ich hätte einen schweren Autounfall nicht überlebt." Und: „Ich wurde schon vom Blitz getroffen, seither ist mein Bein kaputt, aber ich habe überlebt." Danach stand er auf, hinkte so unerwartet davon, wie er gekommen war, und ließ mich mit meinen Gedanken und dem energiegeladenen Himmel sitzen. Einfach so. Am 29. April 2006 war das. Es steht in meinem wunderschönen Tagebuch, welches bis dahin unberührt im Schrank lag, als hätte es auf jenen Moment gewartet, beschrieben zu werden (danke, Simone, für dieses wunderbare selbstgemachte Buch).

Heute ist der Himmel wieder so.

Fasst unfassbar symmetrisch und mystisch teilen sich die gebündelten Lichtstreifen der Sonne über dem Media-Tower. Gänsehaut. Felix – bist du das?

Gelb die Butterblumen. Das Licht der Romantik. Caspar David Friedrich. Je tiefer die Sonne steht, desto näher kommt das Licht an Offenburg heran. Es erreicht die Stadt, die Kirchtürme, die Obstbäume (die runden Baumkronen leuchten, darunter das dunkle Grün). Wenig später hat die Sonne den Gedenkpavillon, das Temperillo, und den Gedenkstein für Felix Burda erreicht. Mir fährt ein Schauer über den Rücken.

Dann zieht der Himmel zu.

Aber er ist nicht dunkel. Nicht monochrom. Er wird zum Fleckenteppich aus Orange und Blautönen. Der weiße Dampf der Burda-Druckerei, unten in der Stadt, steht vor der dunkleren Landschaft. Wie Rauchzeichen mit einer Botschaft (im nächsten Moment in der Unendlichkeit verblasst).

Im ‚Schuckshof', der Gaststube oberhalb des Schlössles, der nächste Rückenschauer, als der Wirt zu mir sagt: „An diesem Tisch saß Felix auch immer."

Navigare necesse est

Mit einem Spaziergang wird es erst mal wieder nichts. Nein, nicht wegen Herrn Burda. Wegen mir. Denn ich bin nun im Urlaub. In Portugal. Algarve. Wunderschön. Blick auf das Meer. Weite. Sehnsucht. Eine andere Art von Sehnsucht, als die auf dem Feldberg. Greifbare Sehnsucht. Ein Schiff besteigen und davon. Die Sonne spielt auf den Wellen. Abertausende Sternchen. Mein Meerbild ist links und rechts gerahmt von Felsen. Urzeitfelsen. Senkrecht abfallend. Horizontale Querstreifen geben dem Stein ein Muster, leuchtend in der Sonne. Wie in Claude Monets Bildern der Kathedrale von Rouen verfärbt das Sonnenlicht den Altmutterstein. Ein kleines, weißes Segelboot befährt das Bild. Ganz langsam. Ganz friedlich. Es hat alle Zeit der Welt. Langsamkeit. Zufriedenheit. Am Nebentisch sitzt ein junges Paar, jeder schaut auf das Display des eigenen Smartphones. Die ganze Zeit. Kann dort ein schöneres Bild sein? Kein Wort sprechen diese miteinander. Bemitleidenswert! Das kleine Segelboot hat die Bildmitte erreicht, eingerahmt vom Glitzern und Funkeln der Sonnensternchen auf dem Wasser. Minuten später (oder Stunden? Tage?) verlässt es das Bild wieder.

Ich kann die Seefahrer vergangener Tage verstehen, die sich vor einem halben Jahrtausend (Jahrtausend!) auf den Weg machten. Getrieben von der Sehnsucht, getrieben von dem Instinkt, Neues zu entdecken: Christoph Kolumbus, Amerigo Vespucci und, nicht weit von hier: Vasco da Gama. Wagemutig, tollkühn, visionär. Auf der Suche nach neuen Handelswegen nach Indien, so ganz nebenbei Amerika entdeckt. Während Kolumbus zunächst nur Karibikurlaub machte, segelte Vespucci weiter ans Festland, Südamerika, notierte alles ganz genau. Deshalb streiten sich auch heute noch manche Gelehrten, wer denn nun Amerika zuerst entdeckt hat. Benannt wurde es auf jeden Fall nach Amerigo Vespucci, wie wir alle wissen (oder uns zumindest denken können). In der weiblichen Form, passend zu Asia, Afrika und Europa. Christoph Kolumbus glaubte ja schließlich immer noch, dass er in Westindien sei, hat die Einwohner kurzerhand Indianer genannt (die Enkel vom Kolumbus und die spanische Krone haben später dann in Madrid die Erben von Vespucci verklagt, die Geschichtsschreibung umzuschreiben. Ist wohl nicht gelungen).

Fast fünfhundert Jahre später, im Jahr 1993, um genau zu sein: Augenreiben im historischen Archiv einer Kleinstadt. Sensationsfund! Ganz unscheinbar klemmt da etwas in einem 1541 in Freiburg buchgedruckten Aristoteles-Band über die Nikomachische Ethik (das ist nichts Geringeres als das philosophische Grundwerk über das Denken und Handeln, der Weg zu Glück und Glückseligkeit, überhaupt): Da klemmte eine Erdglobus-Segmentkarte von 1507. Geschaffen von Martin Waldseemüller aus Wolfenweiler bei Freiburg (von wegen Hinterwäldler). Das besondere an Waldseemüllers Karte: Da steht nicht ‚Westindische Inseln' an dem neu entdeckten Land, sondern ‚America'! (Pech für die Erben von Kolumbus – Waldmüller hatte Vespuccis Reisebericht ‚Mundus Novus' gelesen, den Hans Grüninger wenig später dann auch in Straßburg drucken sollte (danke, Johannes Gutenberg). Tja und so kam das Land der unbegrenzten Möglichkeiten zu seinem Namen. Und „das Tal der Bilder" zu einem großen Werk.

Und was hat das alles mit Hubert Burda zu tun?

Nun, zum einen heißt die Kleinstadt, in welcher die Karte gefunden wurde: Offenburg. Und so kam es dann auch, dass Herr Burda einige Jahre später die Mitglieder im ‚Hohe-Horn-Kreis', ganz oben im Hubert Burda Media Tower, mit seiner sympathischen Art, bei der man nicht Nein sagen kann, dazu brachte, den Geldbeutel zu öffnen (den großen) und für eine sichere Vitrine zu spenden, um allen Menschen das Betrachten dieser unbezahlbar seltenen Karte zu ermöglichen (man sagt, es hat nicht die Ärmsten der Armen getroffen). Und zum anderen sind die Taten, die dem aristotelischen Denken der Seefahrer folgten, ein Grundstein von Hubert Burdas Denken und Handeln: „Navigare necesse est", Seefahren ist notwendig. Oder anders gesagt: „Du musst aufbrechen", frei nach Sigmund Freud. ‚Die Sendung mit der Maus' würde es so erklären: „Weil die Seefahrer mit ihren Schiffen mutig in See stachen und dadurch neue und einfachere Wege fanden, um mit anderen Ländern Handel zu treiben, hat sich die Welt verändert. So wie heute mit dem Internet neue Handelswege entstanden sind."

Hubert Burda schreibt in einem Geleitwort 2011: „Wir leben in einer Zeit des Umbruchs. Täglich zeigen uns die Veränderungen in den Medienmärkten und digitale Innovationen wie Facebook und Twitter, wie sehr sich unsere Branche verändert. Wann immer sich die Medien verändern, verändert sich die Gesellschaft (das Paar am Nebentisch schaut noch immer aufs Smartphone). Ich bin davon überzeugt, dass unsere Gegenwart der Schwellenzeit um 1500 gleicht, als Gutenberg den Buchdruck erfand und Kolumbus Amerika entdeckte. Die bestehenden terrestrischen Handelswege wurden um die neuen, schnelleren maritimen ergänzt."

Am nächsten Tag, im kleinen portugiesischen Ort an der Algarve: ein Zeitschriftenladen. Und was klemmt da zwischen den vielen portugiesischen Zeitungen? Der FOCUS!

Navigare necesse est.

Kindheitsberg

Ein hölzerner Gartenzaun. Ein Vogelhäuschen. Ein Apfelbaum, grün noch die Äpfelchen, bald reif. Ein Kräutergarten. Ein bunter Strauß der Düfte. Ein Lindenbaum, mächtig, Schatten spendend. Ein kleiner, roter Ahornbaum. Wiese. Ein kleines Bächlein. Plätschernd, beruhigend. In der Ferne und doch so nah: ein mächtiger Schwarzwaldhof, groß das Dach. Der ‚Jungbauernhof'. Tiefbraun die Fassade, das Holz der Altväter, dahinter steigt die Wiese in die Höhe. Saftiggrün.

Stille.

Vögel in den Bäumen: Amseln, Spatzen, Meisen. Ein Netz mit Körnern gefüllt baumelt an einem Ast. Nahrung. Zusehen. Belohnung für das Auge. Ein Eichelhäher. Königsblau die Seitenfedern (als Kind diese mit meiner Oma im Wald gesammelt).

Besuch bei Rainer Mülbert, Jugendfreund und Skikamerad des Verlegers. Paradies eine Untertreibung. In Kirchzarten, grandiosgrüner Wohlfühlort, Freiburg in Sichtweite.

„Vom Turm auf dem Schauinsland bis hier zu meinem Garten reicht das Landschaftsschutzgebiet." Rainer Mülbert zeigt vom Gipfel des Hanges oberhalb des Schwarzwaldhofes bis zu seinem Blumengarten. Stolz sagt er das, stolz kann er auch sein auf diese Oase, ein Refugium der Natur. Das Haus mit viel Liebe und Fingerspitzengefühl umgebaut, Wände und Balken bemalt, „die Pigmente selbst angerührt". „Das war früher der Stall", sein gemütliches Wohnzimmer meinend, weit geöffnet die Tür, Portal zum Garten. An den Wänden hängen Gemälde der Schwarzwaldmaler und eigene beeindruckende Kunstwerke, Natur dominiert. Rainer Mülbert ist Schwarzwälder mit Leib und Seele. Nicht nur Kunstmaler aus Passion, sondern vor allem: Filmemacher, Buchautor. ‚Klangfarben und Lichtblicke', eines seiner Werke, aufgeführt in New York, in Tokio. Rainer Mülberts jüngstes Werk: ‚125 Jahre Skilauf – von Norwegen zum Feldberg, vom Schwarzwald in die ganze Welt.'

Herr Mülbert ist Jahrgang einundvierzig, Hubert Burda und Rainer Mülbert verbindet der gemeinsame Kindheitsberg. Der Feldberg. Das Skifahren. Der Schwarzwald. Deswegen bin ich hier.

„Er hat den Schwarzwald im Herz", meint Rainer Mülbert über den Jugendfreund. „Wenn die Leute mich fragen, wo ich denn nun herkomme, aus Bayern oder Baden, sag ich Schwarzwald", habe Hubert Burda neulich zu ihm gesagt.

Rainer Mülbert feierte kürzlich seinen 75. Geburtstag. Auf dem Anrufbeantworter die Stimme des Freundes, Hubert Burda wünschte ihm „einen schönen Morgen, Gesundheit und dass er an den Dingen dranbliebe, die ihn bewegen." Hubert Burda weiß, dass der Schwarzwald zu den Dingen gehört, die Rainer Mülbert bewegen. Und so ist es auch nicht verwunderlich, dass Herr Burda, philosophierend im Sinne Johann Peter Hebels, von diesen ihm „so geliebten Ursprungstälern, dem Schwarzwald mit all seinen Seitentälern" schwärmte. „Er hat das so wenig, unter Schwarzwäldern zu sein", fügt Rainer Mülbert hinzu.

„De´ Hubert oder ‚Burdale' haben früher alle zu ihm gesagt.

Damals in der ‚Emmendinger Hütte'." Am Berg sind alle gleich. Und in der Hütte auch. „Im Massenlager hat er geschlafen, so wie wir auch. Wir haben schon gewusst, dass die Burdas da einen Verlag in Offenburg hatten, aber das war uns damals egal", meint Rainer Mülbert. Man sieht Herrn Mülbert das Alter überhaupt nicht an. Ich schätze mal, der Naturbezug ist es, was ihn so jung hält. „Fast jedes Wochenende waren wir in der ‚Emmendinger Hütte'." Rainer Mülbert kommt ins Schwärmen: „Bei den Schwarzwälder Jugendmeisterschaften am Hofmättle vom Gipfel des Herzogenhorn nach Bernau runter." Mit ernster Stimme fährt Rainer Mülbert fort: „Ich glaub', die Welt der Jugendgefährten fehlt im heut'."

„Spät abends haben wir geschaut, ob die Strecke für das Skirennen am nächsten Tag bereits gesteckt war" (Vorsprung durch Wissen, auch heute noch Hubert Burdas Erfolgsrezept). Den Berg hochgelaufen, Lifte gab es noch nicht. Schon auch mal Wurzeln und Äste aus dem Weg geräumt. Einmal sind die Jugendfreunde zu spät heimgekehrt, da war die Tür verschlossen, „bei zehn Grad minus die Nacht draußen verbracht". Mit dabei der Kiefer Hans-Jörg. Und weiter: „Für den Hubert war das Skifahren ein Wegsein vom Verlag, von Vater und Mutter. Claus Mölders (das ist der, der aus dem kleinen Unternehmen des Schwiegervaters die führende ‚Badenia' Steppdecken-Fabrik machte) war so was wie sein Ziehvater." Und so kam es dann auch, dass alle drei an Huberts fünfzigstem Geburtstag zusammensaßen und Geschichten von früher erzählten. Als Claus Mölders 2009 dreiundachtzigjährig starb, fand Hubert Burda für die ‚Badische Zeitung' die passenden Worte: „Als Bub bewunderte ich Claus Mölders als einen der besten Skifahrer aller Zeiten. Er war uns im Skiclub Offenburg immer ein großes Vorbild." Kein Wunder, zigfacher Schwarzwaldmeister ist er gewesen. Mehr noch: Für die Olympischen Spiele 1952 in Oslo war Claus Mölders überdies nominiert!

Rainer Mülbert fällt eine Anekdote ein: „So fühlt sich Katja Seizinger, wenn sie am Start des Abfahrtsrennens steht", die Antwort des mutigen Verlegers direkt vor dem Start des schon im Vorfeld von den Mitbewerbern totgesagten FOCUS auf Herrn Mülberts Frage, wie er (Hubert Burda) sich denn fühle. Da hatte Hubert Burda wohl den Kämpfergeist und vor allem den Siegerwillen der Jugendtage am Kindheitsberg noch klar vor den Augen. Und: „Jetzt liesch es (den FOCUS) am Montag und dann rufsch mich an und sagsch wie du `s findsch!"

Nach der Zeit als Burschen am Skihang haben sich die beiden dann erst einmal aus den Augen verloren. Durch Zufall, viele Jahre später (Herr Burda hat in Freiburg ein Projekt gesponsert und war zur Eröffnung anwesend), wieder gefunden. „Rainer, komm, mir setzte uns ins Nebezimmer. Weisch noch die Jugendmeischderschafte." Bei einem Gutedel wurde dann über die guten alten Zeiten geredet. Heute sehen sich die beiden regelmäßig (wer Herrn Burda kennt, weiß, dass das trotzdem nicht sehr oft ist, aber auf jeden Fall immer herzlich). Hubert Burda genießt das seltene Gespräch im Garten, beim Bächle, gleich neben dem Haus.

„Wir sind auch öfters schon spazieren gegangen. Einmal zum Beispiel, als Hubert frisch aus Russland zurückkam, seine Mutter hatte ‚Burda Moden' dort eingeführt." Empfang im Fessenbacher

Ortskern, ‚Badner Lied'. „Komm, wir laufen hoch zum Schlössle." Spaziergang vom ‚Bacchus' durch die Apfelbaumwiesen und Rebberge von Fessenbach als Kontrast zur weiten Welt. „Spaziergänge, die mich selbst stark beeindruckt haben", fügt Rainer Mülbert hinzu. „Im Schlössle haben wir die alten Schwarzwald-Skifilme von Sepp Allgaier miteinander geschaut."

Als Hubert Burda vor einigen Jahren gefragt wurde, was er denn im Alter jetzt noch so machen würde, habe er geantwortet: „Ich mache noch Skitouren mit meinen alten Skikameraden. An den alten Rennstrecken der Jugendzeit. Rennen für die Fünfzig- bis Hundertjährigen machen", erzählt Rainer Mülbert heiter weiter. Und so kam es, dass kurze Zeit später Herr Burda am Feldberg, am Kindheitsberg, auftauchte. Aber nicht alleine. Mit im Gepäck Markus Wasmeier und Willy Bogner. „Ich bin vorausgefahren, Hubert Burda hinterher und dann der Willy Bogner mit der Helmkamera", erzählt Rainer Mülbert. Jetzt muss ich grinsen. Ich erinnere mich an Hubert Burdas Geburtstagsfeier im Medienpark. Da lief der Film nämlich. Plötzlich fuhr Rainer Mülbert eine scharfe Kurve, Hubert Burda aber gerade aus, anschließend war nur noch eine große Schneewolke zu sehen, Herr Burda versank im Tiefschnee. Hubert Burda nahm es gelassen (war ja nicht die Schwarzwald-Meisterschaft anno dazumal). Nach der Skifahrt ging es zum Thoma Georg, zum „Jörgle", zum Hirtenbuben, zum Schwarzwälder Ski-Postboten, ins Hinterzartener Skimuseum. Die Legende sagt, es gab viel zu erzählen, von früher, und natürlich gab es auch Herrn Burdas Lieblingswein, heimatlichen Gutedel. Rainer Mülbert steht auf, spurtet in sein Wohnzimmer und holt ein großes Foto mit ihm und Hubert drauf, im Rennanzug, auf den Trikots Nummern. Und, wie es sich gehört, durfte damals auch der Einkehrschwung in die ‚Emmendinger Hütte' nicht fehlen. Kindheitserinnerungen. Schöne Kindheitserinnerungen. Bleibende Kindheitserinnerungen.

„Do obe´ wohne übrigens die ‚Zipfel-Brüder' ", sagt Rainer Mülbert plötzlich und zeigt auf die Anhöhe oberhalb seines Hauses. „Was die scho alles gwonne hän!" (Für die jüngeren Leser: Über vierzig deutsche Meistertitel haben die vier Brüder im Langlauf zusammen gesammelt, der Älteste, Georg, war jüngster Deutscher Meister, ist bei Olympia gewesen, die „Kleinen", ebenso stark talentierten Brüder, waren noch zu jung, durften nicht teilnehmen. Aber: „Sport ist eine Lebensschule. Man muss Niederlagen erleben, um stark zu werden." Später: engagiert im Behindertensport. Immer: der Heimat treu). „Eine der sportlichsten Familien im Schwarzwald", ergänzt Rainer Mülbert mit Respekt.

Rainer Mülberts Eltern haben sich übrigens beim Bergsteigen kennengelernt. Auch eine Art von Bergsehnsucht.

„Bleib dran, was dich umtreibt", sei Huberts Motto, meint Herr Mülbert weiter. „Er bringt dich auf die Spur."

So hat Herr Burda immer ein offenes Ohr für Rainer Mülberts Ideen. Vor allem, wenn es um den geliebten Schwarzwald geht. „Die Welt ist verrückt", meint Rainer Mülbert abschließend, den Blick auf seine Idylle gerichtet. „Ich muss möglichst viel tun, um zu mir zu kommen, die Arbeit an den Schwarzwaldprojekten hilft mir dabei." Wie ein Appell redet Herr Mülbert von Philosoph

Martin Heideggers Einsamkeit in der Todtnauberger Schwarzwaldhütte, von Henry David Thoreau`s ‚Walden' und von Peter Handkes ‚Langsame Heimkehr'. Das macht mich neugierig. Aus der Neugierde wird spontane Realität, Todtnauberg ist ja nur einen Katzensprung entfernt.

Hubert Burda, der erfolgreiche Skifahrer

Dankbarkeit

Nach kurzer Autofahrt bin ich auch schon da, in Todtnauberg auf rund siebenhundert Metern Höhe. Zu Fuß mache ich mich auf den Weg durch das urzeitliche Gletschertal. Mein Ziel: Heideggers einsame Schwarzwaldhütte. Auf der Anhöhe steht ein großes Jakobuskreuz, weit geht der Blick. Ein sommerlicher Wiesenweg führt in den Wald. Das Dorf liegt friedlich unterhalb. Die Zeit scheint still zu stehen.

Ein Schild am Wegesrand, darauf steht, Heidegger zitierend: „Wälder lagern, Bäche stürzen, Felsen dauern, Regen rinnt. Fluren warten, Brunnen quellen, Winde wohnen, Segen sinnt."

1889 im badischen Meßkirch geboren, zog es Martin Heidegger in jungen Jahren in die Stille von Todtnauberg. In die Stille von ‚Sein und Zeit'. Heideggers Philosophiewerk, an welchem sich noch heute Studenten die Zähne ausbeißen. In Todtnauberg fand er seine „Urbilder". Er wurde Rektor an der Universität Freiburg und trat in die NSDAP ein. Man ließ ihn jedoch nicht „frei und zum Wohle der Universität handeln", so legte er sein Rektorat nieder. 1976 starb er mit fast 87 Jahren in Freiburg. Seit Erscheinen der ‚Schwarzen Hefte' ab 2013 steht er in der Diskussion.

1922 bereits ließ Ehefrau Elfriede von ihrem letzten Ersparten vom ‚Glöcklehof'-Bauer eine schlichte Hütte in Todtnauberg am Waldrand errichten. Ein stiller Ort, ein Ort für Philosophie. Wie muss Elfriede ihren Mann geliebt, wie sehr an ihn geglaubt haben! Ein Jahr später erhielt Heidegger einen Lehrstuhl für Philosophie an der Universität Marburg.

Auch Hubert Burda hat in Marburg vier Jahrzehnte später ein Jahr seines Studiums verbracht. Hat der Lehre über die Kunst auch die Lehre über die Gesellschaft hinzugefügt. Die „Chance der Reflexion". Und: „Das Entscheidende aber war, dass mit meinem Studium in Marburg eine Dekonstruktion der elterlichen Welt einsetzte", so Herr Burda in ‚Zwischen Pop und Pantheon'.

Ich will fühlen wie der Philosoph Heidegger. Deswegen sitze ich nun etwas oberhalb der Hütte auf einer hölzernen Bank. Vor mir die scheinbare Unendlichkeit des Tales. Bewaldete Bergrücken, hauchzart im Dunst der Luft, dahinter die Kämme des Mittelgebirges. Die Skihänge gegenüber sind grün und verwaist. Hinter mir, über mir, Wald, der Stübenwasen und der Feldberg.

Es ist so unendlich still. Nur das Singen der Vögel, ein nahes Bächlein und der melodiöse Klang der Schellen um die Hälse der Kühe sind zu hören.

Alles, was ich höre, wird zum beruhigenden Element. Ich sitze und schaue. Der Kopf kommt zur Ruhe. Einfach so. Eine Minute? Zehn Minuten? Eine Stunde? Die Wolken sind es, welche dem Bild vor mir Abwechslungen gönnen. Sie werfen sich ändernde Schattenflecken über das harmonisch Vollkommene, das „Urbild", tauchen es immer wieder in neues Licht. Langsam, aber stetig, und doch immer wieder neu. Auch das Bild wird zum beruhigenden Element. Wie in Fessenbach am Schlössle. Nur anders und noch stiller. Ein Greifvogel schwebt durch das stehende Bild, wird Symbol für die Zeit.

Nach Außen passiert nicht viel, aber nach Innen.

Warten. Ich sitze auf der Bank und warte. Worauf? Das Warten als die Chance auf der Suche nach dem inneren Ich? In der Landschaft passiert nichts. Zu langsam die Zeit. Und in mir? Erst nach dem Erwachen aus dem Warten spüre ich, dass das Licht zunimmt, der Himmel über mir hat sich in ein zartfeines Blau verwandelt. Das Rauschen des Bächleins in der Ferne. Ich sehe mich mit meiner Mutter am Bach sitzen. Die Füße in das frische Wasser gestreckt. Lange ist das her. Als ich elf Jahre alt war ist sie gestorben.

Tränen. Tränen ein Zeichen von Sein? Tränen als Gegenstück zur Verdrängung? Verdrängung als Antrieb für Erfolg?

„Einfachheit, Leichtigkeit, Dankbarkeit."

Diese drei Worte gehen mir plötzlich durch den Kopf. Wolfgang Fasser sagte dies neulich zu mir. Wolfgang Fasser muss es wissen, seit seinem Jugendalter ist er blind, wurde Physiotherapeut. Nachdem er in der Schweiz alles erreicht hatte, verschenkte er Hab und Gut, heilte in Afrika: „Wer mit nichts kommt, nichts nimmt, und ohne etwas geht" kann gut leben. In absoluter Einfachheit heilte der weiße, blinde Mann die Menschen. Die Dankbarkeit in der Fröhlichkeit der geheilten Menschen zu spüren, war sein Lohn.

Einfachheit, Leichtigkeit, Dankbarkeit. Martin Heidegger lebte hier auch in absoluter Einfachheit.

Zu meinem ersten Buch über meine Wanderung auf dem Kinzigtäler Jakobusweg erzählte Hubert Burda mir, Martin Heidegger zitierend, von „der Lichtung", „der Kehre": „Die Kehre als Symbol, das Leben zu ändern." Mehr noch, als mein Buch vollbracht war, sagte Herr Burda zu mir schließlich auch drei Worte: „Sehr schön erzählt." Die Kehre in meinem Leben – ich habe das einfach mal wörtlich genommen und habe auf meinem Hamsterradweg eine Kehre gemacht!

Danke, Herr Burda!

Wie gerne würde ich hier ein Stück mit Hubert Burda auf dem Waldweg spazieren gehen und lernen!

Das Brummen und Knattern eines Rettungshubschraubers über den Motorradbergen reißt mich aus den Gedanken – es sollten noch drei weitere an diesem Nachmittag folgen. Muss Vernunft gesetzlich geregelt sein?

Abstieg ins Dorf: Die Holzschindeln der Altväter bedecken auch hier ein Bauernhaus, auf dem Dach ein Türmchen mit einem Glöcklein. Der ‚Glöcklehof'. Drinnen: Kachelofen, Holz, Herrgottswinkel, Gemütlichkeit, Geborgenheit. Und: Käsekuchen. Auf einem kleinen Tischchen liegt Martin Heideggers Buch ‚Gelassenheit'. Klingt gut, ich beginne zu blättern. Die Altwirtin erzählt mir: „Ha jo, hab ich ihn gekannt. Von Frau Heidegger hänn mir immer `n Ripple Schoklad´ griegt!"

„Wir sind Pflanzen, die – mögen´s uns gerne gestehen oder nicht – mit den Wurzeln aus der Erde steigen müssen, um im Äther blühen und Früchte tragen zu können."

Das stammt von Heimatdichter Johann Peter Hebel, Martin Heidegger hat ihn zitiert.

„Wir werden nachdenklich und fragen: Gehört nicht zu jedem Gedeihen eines gediegenen Werkes die Verwurzelung im Boden einer Heimat", so Philosoph Heidegger in seiner berühmten Meßkircher Rede ‚Gelassenheit' von 1955. Und, Bezug auf Johann Peter Hebel nehmend, „Der Dichter will sagen: Wo ein wahrhaft freudiges und heilsames Menschenwerk gedeihen soll, muss der Mensch aus der Tiefe des heimatlichen Bodens in den Äther aufsteigen können. Äther bedeutet hier: die freie Luft des hohen Himmels, den offenen Bereich des Geistes."

„Die Erde, in welcher wir wurzeln, gehört zur Heimat. Nur die Heimat kann Bodenständigkeit spenden, aber sie muss es nicht. Die Heimat ist der Ort, wo der Mensch ‚dichterisch' wohnen kann… Die Bodenständigkeit gehört zum Wesen des Menschen. Sie ist der Boden, auf dem der Mensch ständig steht. Der Verlust der Heimat ist deshalb die größte Gefahr und die höchste Not des heutigen Menschen", jetzt zitiert Alfred Denker den Martin Heidegger.

Was mir an diesem Werk, dieser Rede so gefällt: Sie regt zum Denken an. Der Mensch ist zu Gedanken-los. Der Mensch denkt nur noch rechnerisch, wissenschaftlich. „Das besinnliche Denken verkümmert. Das rechnende Denken hetzt von einer Chance zur nächsten. Das rechnende Denken hält nie still, kommt nicht zur Besinnung." Es drohe Gefahr der Knechtschaft durch die Wissenschaft und Technik. Durch Gedankenlosigkeit verlieren wir die Bodenhaftung, die Bodenständigkeit, die Heimat. Martin Heidegger verdammt nicht, er warnt. Der Mensch brauche ein Ja und Nein. Eine neue Bodenständigkeit gegen Heimatlosigkeit.

„Das besinnliche Nachdenken verlangt von uns, dass wir uns auf solches einlassen, was in sich dem ersten Anschein nach gar nicht zusammengeht", sagt er. Und wodurch erlangen wir eine neue Bodenständigkeit? Durch den Weg des Nachdenkens! „Es muss aber auch warten können wie der Landmann, ob die Saat aufgeht und zur Reife kommt." Und: „Gibt es noch wurzelkräftige Heimat, in deren Boden der Mensch ständig steht, d. h. bodenständig ist?" Was ist dann „heimatlos"? „Stündlich sind sie an den Hör- und Fernsehfunk gebannt (dran denken, wir schreiben das Jahr 1955). Wöchentlich holt sie der Film weg in ungewohnte, oft nur gewöhnliche Vorstellungsbezirke, die eine Welt vortäuschen, die keine Welt ist. Überall ist die ‚Illustrierte Zeitung' greifbar. All das, womit die modernen technischen Nachrichteninstrumente den Menschen stündlich (heute: permanent) reizen, überfallen, umtreiben, all dies ist dem Menschen heute bereits viel näher als das eigene Ackerfeld rings um den Hof, näher als der Himmel überm Land, näher als der Stundengang von Tag und Nacht, näher als Brauch und Sitte im Dorf, näher als die Überlieferung der heimatlichen Welt."

Heideggers Appell: „Wir brauchen die Gelassenheit zu den Dingen.“ Aber auch die „Offenheit für das Geheimnis“: „Wenn die Gelassenheit zu den Dingen und die Offenheit für das Geheimnis in uns erwachen, dann dürften wir auf einen Weg gelangen, der zu einem neuen Grund und Boden führt. In diesem Boden könnte das Schaffen bleibender Werke neue Wurzeln schlagen.“

„Wir sind Pflanzen, die – wir mögen´s uns gerne gestehen oder nicht – mit den Wurzeln aus der Erde steigen müssen, um im Äther blühen und Früchte tragen zu können.“

Alfred Denker über Heidegger: „Heimat wird uns nur in begnadeten Augenblicken gegönnt, wenn wir die Gelassenheit aufbringen können, sie sein zu lassen.“ Heidegger schreibt: „Herkunft aber bleibt stets Zukunft“, und so Denker: „Solange wir uns unsere Heimat nicht zueignen im Vollzug unseres Lebens und Denkens, bleiben wir heimatlos…“ „Nur als Denk- und Lebensform kann Heimat im Wohnen der Menschen auf der Erde und unter dem Himmel verwirklicht werden.“

Abends auf dem Balkon der Pension in Todtnauberg. Vereinzelte Straßenlaternen und sehnsuchtsvolle Lichter in einsamen Häusern leuchten noch. Silhouetten sind zu erkennen. Wetterleuchten in der Ferne. Die Melodie der Kuhschellen bekommt Pausen, bis der letzte Solist verstummt. Was bleibt ist das Summen der Grillen. Jedweder andere Klang ist erloschen.

Dunkelheit und Stille.

Wolfgang Fasser erzählte mir, dass er als Blinder nicht Dunkelheit sieht, sondern helles Licht. Der Sternenhimmel erobert das Firmament.

Im Bett liegend geht mir plötzlich eine Melodie durch den Kopf, Paul Simon: „Hello darkness, my old friend. I`ve come to talk with you again. Because a vision softly, creeping. Left its seeds while I was, sleeping. And the vision that was planted in my brain – still remain – within the sound of silence."

„Beim Gehen entsteht der Weg. Was an dem Weg sein Wesen hat, sammelt er ein und trägt jedem, der auf ihm geht, das Seine zu." Sagte Martin Heidegger.

Oder ist es genau das, was Rainer Mülbert meinte als er sagte: „Hubert Burda bringt dich auf den Weg…" ?

Menscheln

Ich sitze in der ‚Zauberflöte', historisches Offenburger Gebäude direkt am Bahngraben. Ein Café. Während ich da meinen Zitronenkuchen esse, kommt Thomas Schulz zur Tür herein. Den habe ich ja schon lange nicht mehr gesehen. Die erste Begegnung war vor ungefähr fünfunddreißig Jahren mit ihm. Er, der amtierende deutsche B-Jugendmeister, ich der hoffnungslose Nachwuchsspieler in der C-Jugend. Beim TuS Hofweier. Und der TuS Hofweier war wer, Mitte der 1980er-Jahre (Arno Ehret, Simon Schobel, Arnulf Meffle, Klaus Voik und-so-weiter-und-so-fort). In der Handball-Bundesliga. Der kleine C-Jugendspieler strampelt auf seinem alten Fahrrad zur Sporthalle, der deutsche Meister hat schon Mofa. „Komm, häng dich ein, ich zieh dich!" Zusammenhalt. Und Stolz! Später sollte der Thomas noch weitere diverse Titel einheimsen, lange Jahre bei Bayer Dormagen und beim TV Großwallstadt spielen und auch in der Handball-Nationalmannschaft mitmischen. Als ich ihn das letzte Mal getroffen habe, hat er bei Burda gearbeitet, saß auch schon mal mit Hubert Burda im Hubschrauber. Voller Stolz hatte er mir das damals erzählt. Ein gefundener Gesprächspartner!

Sportlich sieht der Thomas immer noch aus, heute, drei Jahrzehnte später. Klar, ich winke ihn an meinen Tisch, er freut sich. Schon während seines Studiums zum Wirtschaftskaufmann und seinem Radiovolontariat hatte Thomas eine Vision und einen festen Glauben: an die Zukunft des Internets. So sicherte er sich als Erster Domains, für die heute einige viel Geld bezahlen würden. Der frühe Vogel fängt nun mal den Wurm. Google gab es noch nicht. Er baute im Offenburger Medienhaus Reiff eine Online-Flirtplattform auf, lange vor den „heutigen Playern". Bis das Haus

Burda ihn entdeckte. Visionäre Leute zu finden war schon immer ein guter Geist des Familienunternehmens.

Thomas Schulz gerät ins Schwärmen: „Wir waren ein tolles Team. Ideen konnten verwirklicht werden." Nicht ohne Grund, wie Thomas verrät. ‚Old Economy meets New Economy' hieß eine Veranstaltung, die ihn prägte. Hubert Burda lud ein, und alle kamen. Geschäftsführer, Führungskräfte, Mitarbeiter, Neulinge. So wie der Thomas. Selbst der Verleger war anwesend. Und, wen wundert´s: Man traf sich zum Wandern!

„Wir sind hoch zum Hohen Horn gewandert. Da kam jeder mit jedem ins Gespräch. Ich glaube, das war es auch, was Herr Burda bezwecken wollte." Der Gedankenaustausch zwischen der alten und der neuen Medienwelt. Und wie man sich gegenseitig befruchten könne. „Zwar war ein Schweinewetter, aber es hat richtig Spaß gemacht", sagt Thomas mit einem Lachen. „Ohne Spaß an der Arbeit kannst du es bleiben lassen." Schlusspunkt war ein badisches Vesper beim Winzer ‚Männle' in Durbach. Da kam Herr Burda wieder zur lustigen Truppe und war auch gleich in seinem Element: „Du hocksch do na und du hocksch do na!" Erst einmal die Gruppe neu durcheinanderwürfeln, damit weitere neue Gespräche, neue Ideen entstehen. Und der Verleger mittendrin. „Das schweißt zusammen", ist Thomas auch heute noch begeistert. Als ehemaliger Spitzensportler wusste Thomas ob des Erfolgselementes als Teamplayer.

„Herr Burda weiß, dass es im Geschäftsleben auch menscheln muss." Und: „Das Tolle daran, er lebt es vor. Er erzählte Witze, sang das ‚Badner-Lied'. Die Burdakapelle war auch da, Hubert Burda spielte Trompete." Noch heute schwärmt Thomas von der Zeit: „Wenn du den Chef da vorne siehst, so nahbar, der nicht den Big Boss markiert, da bekommst du einen ganz anderen Bezug zum Unternehmen." Jetzt kommt Thomas richtig ins Schwärmen: „Ab und zu durfte ich im Hubschrauber mit nach München fliegen." Zusammen mit Herrn Burda. Ein Ritterschlag! „Zunächst hat er stets seine Zeitungen gelesen, um dann plötzlich ins Gespräch zu kommen. Auf Augenhöhe. Mit Interesse für den Menschen. Und für dessen Ideen." Feedback gab es direkt von Thomas Schulz´ Vorgesetzten, dem Dr. Braun, einem „feinen Menschen", der sagte: „Was haben Sie denn Herrn Burda erzählt, der hat auf seinem Vortrag heute total von Ihnen und Ihrer Idee geschwärmt?" „Herr Burda hat auch nachgehakt, was daraus geworden ist." So wie es sich für ein Familienoberhaupt gehört. „Er hat mir immer das Gefühl vermittelt, Teil des Ganzen zu sein."

„Ja, und, warum bist du nicht mehr bei Burda?", will ich wissen. „Ich war so versessen auf meine Idee, die schon Ende der Neunzehnneunziger gereift ist. Die Idee von ‚Singlereisen.de' und auf deren Erfolg. Meine Vision!" Das badische Unternehmertum eben, welches auch die Burdas und die Macks und die Herrenknechts stark gemacht hat. Sein großer Erfolg gibt Thomas recht.

Die ‚Zauberflöte' in Offenburg ist übrigens das einzige Wirtshaus in Deutschland, welches Mozarts Werk eine Hommage erbringt. Hatte da der Urgroßvater Burda, der Vogelzüchter, seine Finger im Spiel?

New York

Abends: Ich sitze auf meiner Terrasse in Offenburg, Blick auf den Gifiz-See. In der Ferne erklingt leise Musik, gespielt im Marschtempo, wird zunehmend lauter, deutlicher. „Drum grüß ich dich mein Badner Land…“

Die Offenburger Stadtkapelle übt! Stand ja heute Morgen in Facebook. Das Traditionsorchester hat eine Einladung zur fulminanten Steubenparade nach New York erhalten. Das hat man sich natürlich nicht entgehen lassen, Botschafter der Heimat im fernen New York zu sein. „Du edle Perl´ in deutschem Land…“ Mit Stolz in den Gesichtern marschiert die Kapelle vorbei (die haben herausgefunden, dass eine Runde um den Gifiz-See genauso lang ist wie die Steubenparade).

Ob Opa Burda auch davon geträumt hat, mit seiner Oboe einmal in New York zu spielen? Ein Traum, dessen Erfüllung für ihn genauso weit weg war wie die niemals schlafende Stadt? Für die Urenkel nicht. Studienzeit in New York.

Opa Andres

Zu Lebzeiten war der Opa den Freunden ein Buch gewesen, aus dem man lesen konnte: Geschichten. Oder aus dem man singen konnte: Böhmische Lieder. Wiener Lieder. Nun steht er da in Bronze, in der Offenburger Steinstraße, sanft lächelnd, wie nur Vaterväter oder Mutterväter es können. Er schaut genau so, dass man weiß, die schützende Hand liegt auf der Schulter des Enkels. Herkunftsahne. Böhmisches Gutelauneblut. Er steht da, wo er hingehört: mittendrin im Leben. Im Geschehen, im Marktgeschehen. Und manchmal, ja manchmal, da stecken ihm Marktfrauen eine Blume hinters Ohr. Dann scheint sein Lächeln besonders warmherzig. Ob er sich gerade eine neue Geschichte ausdenkt? Irgendwie wirkt er aber auch zart und verletzlich.

Aber wie ist er überhaupt da hingekommen, in Bronze gegossen, in die Steinstraße, in das Herz Offenburgs?

2006 war es, als Hubert Burda mit großem närrischem Gefolge der Althistorischen Narrenzunft die Hommage an den Opa in der Steinstraße enthüllte. Strengste Geheimhaltung war dem vorausgegangen, nachdem in den Achtzigern der Vorschlag von Ehrenzunftmeister Horst Junker, ein ‚Andres und Veef'-Denkmal in der Stadt aufzustellen, bereits öffentlich wegdiskutiert wurde.

Den Standort am Eingang zum Malergässle hätte der Opa geliebt. Klar, weil er so mitten im Leben ist, die Menschen beobachten und den Leuten heimlich zuhören kann, um auf diese Weise neueste Offenburger Geschichten zu erfahren.

Der damalige Zunftmeister Klaus Hansert verrät: „Ich bin nicht ganz unschuldig, dass der Kerle in der Steinstraße steht, nachdem Ehrenzunftmeister Horst Junkers Brunnen-Vorschlag damals von der Stadt gnadenlos abgebügelt wurde. Der Kari Albermann hat gefragt: Wie wär des mit dem Andres?" Die Idee war geboren, was fehlte war die Erlaubnis der Stadt. Und natürlich der Sponsor. Herr Albermann fragte Hubert Burda zwecks Finanzierung und Herr Hansert den Ältestenrat zwecks Erlaubnis der Stadt. Dieser meinte: „Wenn`s nix koscht – gute Idee!“ So einfach kann es sein, wenn nicht alle mitreden. Die Offenburger freut`s, ob „dem Kerle in de Schteinschdroß“. Viele machen ein Selfie mit ihm. Herr Hansert, als langjähriger Gemeinderat, mit einem Grinsen weiter: „Ein Jahr Geheimhaltung, das haben nicht einmal die nichtöffentlichen Sitzungen im Gemeinderat geschafft – da stand immer tags darauf was in der Zeitung“ (und keiner war`s, versteht sich). Als Klaus Hansert nach der geheimen Aufstellung am Tag vor der Einweihung nach Hause kam, nahm er seine Frau in den Arm und meinte: „Mädi, s isch wirklich wohr – in de Schteinschdroß schdeht sit hit ä gnitzer Kerle, den musch eifach gern hän!“

Und so zeigt der Herr Hansert mir, was er damals bei der Enthüllung auch von der Geschichte des ‚Andres‘ erzählte: „Bereits 1898 erfand Adolf Geck, der die Zeitung ‚D´r alt Offeburger‘ herausgab, die Figur des Andres, 1900 kam die Veef dazu.“

Herr Hansert zitiert Otto Kähni, der 1951 schrieb:

„Wenn er (Franz Burda) und seine Partnerin Frau Koch als Veef auf den beiden Balkonen des Drei-König-Saales rechts und links von der Bühne standen und die beiden sich gegenseitig sagten, was die Fortsetzung der häuslichen Unterhaltung darstellen sollte, lachte das Publikum Tränen der Freude. Die Wände dröhnten. Aber auch auswärts hat er mit seinem kernigen Humor gezeigt, was Offenburger Fasnacht ist und wie man das Leben auffassen muss, wenn man nicht als Griesgram darin untergehen soll. Diese Fähigkeit, das Leben auch von dessen heiterster Seite zu nehmen, dort ihm ein Licht aufzusetzen, wo nur Dunkelheit und Schatten ist, hat ihm selbst auch im Leben über schwierige und kritische Stunden hinweggeholfen. Stunden, die ihn drückten, aber nicht niederdrücken konnten, weil ein froher Sinn ihn bewegte und trug. Er setzte sein Hütlein auf und pfiff ein Lied."

So war er, der Opa Burda.

Klaus Hansert beginnt aus dem Nähkästchen zu plaudern, von seiner Zeit als Zunftmeister. Seine Frau, die ‚Mädi', sitzt daneben, vor ihr ein großer Stapel Fotos: „Einmal ging das Telefon, Hubert Burdas Sekretärin war dran, der Chef wolle sie einladen. In die ‚Franzenstube'. Dort hat Herr Burda zu den anwesenden Gästen gesagt: „Die Zwei müsse ner mol erlebe uff de Bühne. Des isch ä originelles Paar." Wie immer hatte die ‚Mädi' ihre Ziehharmonika dabei, und Hubert Burda seine Liederbüchlein. Gesungen wurde und gelacht. Spaß gehabt. „Ich hab net viel auf dere Knopforgel könne. Net gut, aber originell" witzelt ‚Mädi'. „Wenn`s ihm gefallen hat, dann kann er plötzlich reden, spontan, mit Witz. Mann oh Mann, da isch n Geischd dabei! Er konnte aus dem Stegreif aus seinem reichen Wissen, auch über Offenburg, Geschichten erzählen." Und weiter: „Er hat mit diesem Offenburg, dieser Narrenzunft, die die Bürgerschaft verkörpert, viel am Hut!" Klaus Hansert schwärmt wieder vom Opa: „Es war schon eine sehr prägende Figur. Er musste viele Talente haben. Und der Hubert in seiner Originalität hat davon offensichtlich viel mitbekommen."

Opa Franz hätte der Standort bestimmt zudem gefallen, weil die Statue direkt vor dem ‚Musikhaus Pfettscher' aufgestellt wurde. Geschichten und Musik. Und so war es auch nicht verwunderlich, dass Hubert Burda nach der Enthüllung flugs ins Musikhaus entschwand, seinen musikalischen Weggefährten Frieder Hack zu begrüßen, dessen Opa Karl Pfettscher bereits in den 1920er-Jahren in der Hauptstraße ein Musikaliengeschäft eröffnete. Respektvoll mit „Herr Dr. Burda, schön, dass man sich mal wieder sieht" begrüßt, meinte Herr Burda zu Herrn Hack: „Quatsch, ich bin doch der Hubert. Mir hän doch mal zamme gschpielt." Damals, so um 1957 im Jugendstudio vom Orchesterverein am Schiller-Gymnasium. Herr Burda an der Trompete, Herr Hack an der Klarinette. Nebeneinander sind sie gesessen. Am Dirigentenpult der Herr Seeger. „Ach, das war immer der Hubert, der hat das nie raushängen lassen", meint Herr Hack heute zu mir. Und: „Der Hubert hat ein knallrotes Moped gehabt. Rot-weiß lackiert. So in Rennoptik. Und hinten drauf, hat er immer quer sein Trompetenköfferle aufgespannt. Dieses Moped war für uns andere schon ein Wunsch."

Seit einigen Jahren ist das ‚Musikhaus Pfettscher' Geschichte, das Haus der großen Wunschträume Offenburger Musikergenerationen. Im Gewölbekeller der Gitarrenraum mit den ‚Ovation'-Gitarren, im Erdgeschoss die große Theke, auf der man stundenlang Notenstapel blättern konnte, um am Ende dem ‚Pfettscher' eine Mark Umsatz zu bescheren. Und vor allem das Obergeschoss: Da standen die Keyboards (auf welchen ‚Kraftwerk' und ‚Depeche Mode' elektronisch revolutionierten), da saß der Gabor Lukovich in seiner Elektronikwerkstatt, kein Problem, das er nicht in den Griff bekam. An sein Fensterchen geklopft gab es sachkundig Antworten auf die vielen Fragen. Und mittendrin in diesem Musikwunderland Monika und Frieder Hack als gute Seelen.

Hubert Burda enthüllt im ‚Andres'-Kostüm die Statue, welche den Großvater darstellt

Maria

Nächster Morgen. Spaziergang zum Bäcker (mal das Auto stehen lassen). Dort liegt die BILD-Zeitung (das ist die Tageszeitung, die niemand liest, sich aber täglich rund zwei Millionen Mal verkauft).

Auf der Rückseite, ganz groß: Maria Furtwängler (oder muss es Maria Furtwängler-Burda heißen?), sehr elegant und chic im weißen Kleid (kurzem Kleid, versteht sich, wegen der schönen Beine), mit bekannt selbstbewusstem Strahlen. Blonde Löwenmähne. Und nochmal in einem kleineren Bild, neben ihr, sitzt jetzt die Angela. Die Merkel. Die Bundeskanzlerin.

Über die Maria und die Furtwänglers habe ich ja bisher noch gar nichts erzählt. Ist ja auch nicht ganz einfach. Eine Kulturdynastie. Dass sie mit Herrn Burda verheiratet ist und Kommissarin Lindholm im ‚Tatort' verkörpert, das weiß aber jeder.

„Hier hat der kleine Hubert im Garten gespielt, zusammen mit dem Vivil und dem Dold von der Emailliefabrik. Der Vivil hat da gewohnt und der Dold da." Während Frau Doktor Kern mir das so um die Jahrtausendwende herum erzählte, zeigte sie auf das Haus links und rechts von dem ihren. Im Hinterhof der Okenstraße 11 in Offenburg standen wir, dort, wo ein großer Kastanienbaum stand (oder steht?). „Aber mein Haus ist das älteste außerhalb der Stadtmauer", fügte sie noch mit ihrem sympathischen Lächeln dazu. Frau Doktor Kern, Offenburgs wohl bekannteste Kinderärztin, hatte die achtzig Lenze bereits überschritten und war in jenem Haus meine Vermieterin. „Und mit der Maria Furtwängler, mit der habe ich mal kurz bei ‚Ärzte ohne Grenzen' zusammengearbeitet, eine ganz tolle Frau." Jetzt geriet Frau Kern ins Schwärmen, denn neben ihrer Berufung als Kinderärztin war sie vor allem als Ärztin in Entwicklungsländern unterwegs („das Auto immer so geparkt, damit wir auch schnell fliehen konnten", in manchen Ländern war ihr Wirken ja auch eine gefährliche Sache). Ja, und von da an wusste ich auch, dass Frau Furtwängler nicht nur Schauspielerin und Ehefrau von Herrn Burda ist, sondern auch Ärztin mit sozialer Ader (hatte ich mir zu jener Zeit auch noch überhaupt keine Gedanken darüber gemacht).

Maria Furtwängler ist nicht die Enkelin des berühmten Dirigenten Wilhelm Furtwängler. Und nix, ja, aber ihre Oma Elisabeth war doch mit dem Dirigenten verheiratet, dann ist der Dirigent doch der Opa! Stimmt zwar, aber die Oma war das erst in zweiter Ehe, Marias Mutter stammt aus Omas erster Ehe. Also kein Furtwängler-Gen bei Maria? Doch, doch!

Denn Marias Mutter, die Schauspielerin Kathrin Ackermann, heiratete den Neffen des Dirigenten, Bernhard Furtwängler. Also: doch Furtwängler-Gen! Maria Furtwängler ist demnach die Großnichte und Stiefenkelin des Dirigenten. Musikalisch, kulturell gebildet. Das hat ja auch dem Herrn Burda (klar, neben der Schönheit) an Maria so gefallen. Überhaupt: die kulturelle Aura der Furtwängler-Dynastie. Schon im Studium machte Hubert Burda Bekanntschaft mit Florian Furtwängler, dem zweiten Neffen des Dirigenten (und Bruder von Marias Vater). Daraus wurde eine enge Freundschaft. Und so kam es auch, dass Hubert Burda, als Freund Florian Furtwänglers, die Maria Furtwängler auf der Hochzeit ihres Vaters (also auch auf der zweiten Hochzeit, Maria ist ein Scheidungskind) kennenlernte, sich verliebte. Und da Maria Furtwängler humorvolle und gebildete Männer mag, hat auch sie sich in den Herrn Burda verliebt. So einfach ist das gewesen. Und doch auch nicht. Denn da lagen ja immerhin ein paar Jahre Altersunterschied dazwischen, Maria war doch erst neunzehn! Also: lieber erst mal geheim halten. Der Rest ist bekannt.

Für alle Neider sei gesagt: Die BILD-Zeitung gehört nicht Herrn Burda, also muss es schon an der Kommissarin liegen, dass sie da so groß auf dem BILD-Rücktitel abgebildet ist und neben der Bundeskanzlerin sitzt (die hat ihr übrigens für ihr Sozialengagement das Bundesverdienstkreuz verliehen).

Und dann war da ja noch dieser Archäologe, der Vater des Dirigenten, der Adolf Furtwängler: ein Schwarzwälder! Ein Freiburger! Wenn das kein Omen ist. Aus dem Schwarzwald kommen die Furtwänglers (es heißt, der Name Furtwängler habe seinen Ursprung sogar von dem Schwarzwaldstädtchen Furtwangen).

Zwei klangvolle Namen: Furtwängler und Burda. Herkunft verpflichtet! „Welcher Name ist denn wertvoller?", wird oft gefragt. Ich löse das mit digitaler Revolution. Die Namen in Google eingeben und Trefferliste anschauen: „Burda" ca. 36 Millionen Treffer, „Furtwängler" ca. 1,14 Millionen Treffer. Arme Frau Lindholm! Nicht so schnell aufgeben, Frau Furtwängler ist eine starke Frau. Neuer Versuch: „*Hubert* Burda" ca. 416 Tsd. Treffer, „*Maria* Furtwängler" ca. 418 Tsd. Treffer. Na also! Zwei klangvolle Namen: Furtwängler und Burda. Herkunft verpflichtet! Was werden Jacob und Lisa Burda (oder muss es Burda-Furtwängler heißen) mit diesem Super-Gen alles auf die Beine stellen? Wie groß ist die Herausforderung, wie groß der Druck?

Werden Sie genauso schön Geschichten erzählen wie der Vater und die Mutter? Gedruckt, im Bild, im Film, im Ton? Auch hier hilft Google: Lisa, mit dem bezaubernden Lächeln ihrer Mutter ausgestattet, hat schon ein eigenes Musikvideo eingesungen. Jacob: Das Fremdwörter-Gen hat er vom Vater geerbt. Und vor allem, das spitzbübische Lächeln (die Mitbewerber werden gewarnt sein, den Vater hatte man lange genug unterschätzt). Den Master haben beide bald souverän in der Tasche, und, da bin ich mir sicher: Den Master in Bodenständigkeit haben die Eltern den beiden auch vermittelt (nix negative Schlagzeilen und so).

Zumindest bis heute.

Hubert Burda mit Tochter Elisabeth, Ehefrau Maria Furtwängler sowie Sohn Jacob

Unser aller Vater

Urlaub in Südfrankreich. Und so kommt es, dass er vor mir auftaucht. Zunächst klein, dann immer größer werdend. Breit ist er, sehr breit, ohne wirklichen Gipfel, ein riesiges Plateau, nur ganz vorne links ist ein Zacken zu erkennen. Für die meisten der anderen Autofahrer ist er nur ein Orientierungspunkt zurückgelegter Kilometer. Für mich nicht. Für mich ist es der Berg des Malers Paul Cézanne. Der ‚Sainte-Victoire'.

Das Grau des Felsens dominiert, das Licht malt helle Flecken dazwischen. Und als ob Paul Cézanne mit einem alten, breiten, riesigen, und vor allem ausgefransten Pinsel den Berg entlang gefahren wäre, so ziehen sich dunkelgrüne horizontale Streifen – oder vielmehr zarte Wellen – durch den Berg. Der Berg wiederrum sitzt auf einer flachen Anhöhe, gleichsam einem Teller, auf welchem er präsentiert wird.

Paul Cézannes Vater, gelernter Hutmacher (nur so am Rande erwähnt), war vermögender Gesellschafter eines Unternehmens und einer Bank. Ja, und der Herr Cézanne Senior wollte natürlich, dass sein Junior in seine Fußstapfen tritt und-so-weiter-und-so-fort. Aber der Sohn wollte nicht so richtig, das Zeichnen und Malen machte ihm mehr Spaß (außerdem konnte Paul so dem väterlichen Einfluss entkommen). Der Rest der Geschichte ist bekannt. So kam es, dass auch Hubert Burda seinem Senior, dem Senator, klarmachte, dass auch er lieber Maler werden wollte, so wie der Paul, statt dem Ruf des Vaters zu folgen. Schließlich hatte Aennes Lieblingsmaler Hans Kuhn den jungen, talentierten Hubert Burda als Genie bezeichnet! Der Rest dieser Geschichte ist auch bekannt. Immerhin hat der clevere Burda Junior dadurch erreicht, dass er Kunstgeschichte in München studieren durfte. Herr Burda malt übrigens bis heute. Das entspannt.

Ich mache mich auf in Paul Cézannes Atelier. Ein einsames Häuschen, oberhalb von Aix-en-Provence. Mit Sicht auf den ‚Sainte-Victoire'. Zumindest damals, vor einhundertundzwanzig Jahren, war es einsam und mit Bergsicht, als Paul Cézanne es nach seinen Plänen bauen ließ. Heute führt eine viel befahrene Straße direkt am Haus vorbei, eingerahmt ist das Malerhäuschen im Heute mit mehrstöckigen rechteckigen Wohnmöglichkeiten. Die Stadt hat das einsame Häuschen eingeholt, überholt. Aus dem Schotterweg wurde Teer (mit Bushaltestelle). Auch die vielen Touristen zahl- und-reicher Nationen lassen kein Gefühl von Einsamkeit aufkommen. Das Atelier selbst ist geräumig, die Wände grau, keine Fremdfarben sollten in seine Werke strahlen. Große Fensterfronten gaben dem Maler Tageslicht. An der Ecke einer Wand: ein hoher Mauerschlitz. Sehr hoch und gerade so breit, dass Cézanne sein – im wahrsten Sinne des Wortes – großes Werk ‚der Badenden' aus dem Atelier schaffen konnte.

Schade, ich hatte gehofft, dass es in dem Raum noch nach Farbe riechen würde, tut es aber nicht. Stattdessen bekomme ich ein laminiertes DIN-A4-Blatt in die Hand gedrückt, zur Erläuterung. Ein Kribbeln überzieht mich. Es ist schon ein ehrfürchtiges Gefühl, genau an dem Platz zu stehen, wo Großes geschaffen wurde, wo der Meister himself stand und malte. Staffeleien und die bekannten Utensilien (selbst die Totenköpfe) stehen da noch in Cézannes Atelier. Außerdem hängt ein Bild von Ruinen an der Wand (‚Vue des Principaux – Monuments de Rome'). Väterliche

Herkunft (Pauls Vater war Italiener) verpflichtet. Von 1902 bis 1906, in seinen letzten Jahren, lebte und arbeitete Cézanne hier in diesem „Atelier voll Licht und Stille". Pausen gönnte er sich in seinem herrlichen Garten, man kann es heute noch erahnen. Cézanne war immer auf dem Weg des Lichtes. Menschen, Stillleben, Landschaften. Und: die Leidenschaft für den Berg, welche er mit seinen Jugendfreunden schon früh entdeckt hat. „Die Unzertrennlichen" wurden die Jugendfreunde Paul Cézanne, Émile Zola (der Schriftsteller), Phillipe Solari (der Bildhauer) sowie Jean-Baptistin Baille (der Wissenschaftler) genannt. Oft unternahmen diese Spaziergänge zum Berg und diskutierten dabei über Kunst (so eine Art ‚Philosophenclub', wenn man so will). Émile Zola nutzte später übrigens die aufkommenden Massenmedien, die Zeitungen, zur Publikation seiner Werke, so konnte er Partei für die Freunde, die verhöhnten Impressionisten ergreifen.

Bei immer wieder neuem Licht hat Cézanne den ‚Sainte-Victoire' gemalt, mit den Formen und den Farben spielend. Er öffnete mit seiner Malerei den Weg zur größten Revolution, die die Malerei gekannt hat. Durch eine intensive Auseinandersetzung mit den impressionistischen Ausdrucksformen entstand seine neue Realität. Nachfolgende Künstler sollten ihn „unser aller Vater" nennen. Übrigens: Nicht weit von Aix liegt Arles. Dort hat Vincent van Gogh eine Zeit lang gewirkt, in der Stadt der römischen Monumente. Die haben ihn aber nicht so interessiert, er malte lieber auch die Landschaften, die Felder. Und vor allem: die Bauern, die darin arbeiteten, der Sämann, die Winzer. Die Einfachheit. Die Philosophie Heideggers ahnend? Was wäre noch an Meisterwerken gekommen, wenn Vincent nicht so jung gestorben wäre?

Originalgemälde von Paul Cézanne sehe ich hier in seinem Atelier allerdings keine, die hängen, hochversichert, in den Museen der Welt. Nur eine kleine Sammlung besitzt die Heimatstadt, zu Lebzeiten nahm man Cézanne, wie alle Impressionisten, nicht ernst, verhöhnte ihn (der Lohn des Neuen, der Zeit voraus, so wie ‚m' , Herrn Burdas erstes – und gescheitertes – Männermagazin. ‚m' war es vergönnt, dass das Massenmedium BUNTE Partei ergriff, denn „für diese Sauerei ist meine Frau zuständig", so der Senator über des Jüngsten Frühwerk). François-Marius Granet war zu jener Zeit der große Malersohn der Stadt. Deshalb ist das Museum von Aix auch nicht nach Cézanne, sondern nach Granet benannt, in welchem jedoch eine kleine Cézanne-Sammlung zu sehen ist. Eine sehr kleine. Die ‚großen Badenden' nur in ganz Mini, zum Beispiel. Dafür gibt es antike Skulpturen und viel Ruinenmalerei zu sehen. Frühe Meister, bekannte und unbekanntere. Viel Christliches. Düster: Peter Paul Rubens. Und natürlich Portraits der Aristokratie – dieser Malergilde hat Franz Xaver Winterhalter, der Schwarzwaldbub, dann das Fürchten gelehrt, wie wir wissen. Und mittendrin Picassos Frau mit Hut auf einem Stuhl (also eine davon, denn die hat er öfters gemalt). Über Picasso schrieb der fünfzehnjährige Hubert Burda übrigens seine erste Reportage. Für die BUNTE. In bunt! Aber ich glaube, das habe ich schon erzählt.

Der Tag neigt sich zu Ende, die quirlige Stadt wird noch lebendiger, die Menschen flanieren auf den Straßen und Gassen, vorbei an unzähligen beeindruckenden Bauwerken und Brunnen. Und davon hat Aix-en-Provence genug. Mich zieht es auf den Cours Mirabeau, die Prachtallee der Stadt. Vom Place Forbin führt sie vor zum Brunnen aller Brunnen, der ‚Fontaine de la Rotonde'. Und ich vermute mal, die Allee verläuft nicht zufällig in dieser Lage und in dieser Ausrichtung. Denn vom Ende der Prachtallee kommt das Licht. Und was für ein Licht! Die tiefstehende Sonne lässt das Blattwerkdach der Alleebäume in Goldgrüntönen funkeln und strahlen, die Menschen auf den Wegen werden zu Silhouetten vor dem Licht. Höhepunkt dieser Sonneninszenierung ist die ‚Fontaine de la Rotonde'. 1860 wurde die Fontaine errichtet, für welche die banale Bezeichnung Brunnen eine Beleidigung ist. Die ‚Fontaine de la Rotonde' ist ein Kunstwerk höchster Eleganz. La Grande Fontaine steht monumental im Zentrum eines runden Platzes, einundvierzig Meter Durchmesser hat das Bauwerk, davon zweiunddreißig Meter das Bassin. Steinlöwen beschützen die Fontaine. Im Bassin steht ein Sockel, gekrönt von einer großen Muschelform auf welcher wiederrum drei Figuren thronen: die Kunst, die Justiz. Und: die Landwirtschaft symbolisierend. Stolze zwölf Meter ist die weiße Steinpracht somit hoch. Fontänen spritzen in das Bassin, Jünglinge und Löwenköpfe speien das kostbare Nass auf allen Ebenen. Wasserfälle. Ein Bild für große Poesie.

Aber das Wichtigste daran ist das Licht. Das Licht der Sonne. Das Sonnenwasser. Das Feuerlicht. Die Sonne geht gerade unter. Das Wasser wird zu Licht, das Licht wird zu Wasser, das Wasser wird zu Feuer, so scheint es. Feuer-Wasser-Werk. Ganz großes Kino. Und Cézanne war zur Eröffnung vermutlich mit dabei. Was für eine Inspirationsquelle.

Vor rund vierzig Jahren machte sich Schriftsteller Peter Handke von hier aus auf den Weg Cézannes nach Le Tholonet und zum

Berg der Berge. Zur ‚Lehre der Sainte-Victoire'. Seine Erkenntnis war die „persönliche Gewissheit vom ‚guten Ich' Goethes als dem inneren Licht der Erzählung; als dem Hellen und Erhebenden, das beim Lesen erst den Geist des Vertrauens gibt".

Petrarca

Es gibt da noch einen anderen Berg in der Provence. Einen viel höheren. „Feldberg der Provence" bin ich geneigt diesen zu nennen (wegen seines gewölbten Gipfels mit dem Turm obendrauf). Andere nennen ihn „Leidensberg". Der Leidensberg der Tour de France: der ‚Mont Ventoux'. Wieder andere nennen ihn „den Fuji Frankreichs" (wegen des weißen Gipfels). Es ist aber nicht Schnee, der auf dem fast zweitausend Meter hohen Gipfel liegt, sondern weißer Kalkstein, ein Scherbenacker (jetzt im Sommer zumindest). Ich habe mein Auto an der Baumgrenze geparkt, um das letzte Bergstück über diese unwirkliche Kalkstein-Schotter-Wüste zu besteigen. Und nun stehe ich oben, beim Turm, im Wind, frei der Blick in die unendliche Landschaft.

„Grenzen erzeugen Grenzenlosigkeit."

Ich vermute mal, Hubert Burda würde den ‚Mont Ventoux' den „Berg der Lyrik" nennen. Denn der Berg hat eine ganz besondere Geschichte.

Es gab da nämlich vor über sechshundert Jahren einen italienischen Dichter, der seinem Vater ins päpstliche Exil nach Avignon folgte: Francesco Petrarca, im vierzehnten Jahrhundert wirkend. Zu seinem sechshundertsten Todestag wollten Hubert Burda und seine Freunde Peter Handke, Bazon Brock und Michael Krüger den Philosophen Petrarca wieder ins Bewusstsein bringen und riefen den ‚Petrarca-Preis' aus für zeitgenössische Literatur und Übersetzung.

Wer war eigentlich dieser Francesco Petrarca? Ich weiß es nicht so genau, ich muss, gekürzt wohlbemerkt, Wikipedia bemühen: „Petrarca gilt als Mitbegründer des Renaissance-Humanismus. Er wollte die Antike als Ganzes wiederbeleben (sein großes Vorbild war Cicero). Neu im Sinne des Aufbruchs in der Renaissance war, dass Petrarca den Menschen in den Mittelpunkt des Weltgeschehens rückt – im Gegensatz zum mittelalterlichen Weltbild, in dem Gott als Weltenlenker fest verankert war. Dieser Perspektivenwechsel beeinflusste die Geschichte der Geschichtsschreibung. Geschichtsschreibung müsse den Menschen ermuntern und ihm Beispiele für sein Handeln geben."

So war Petrarca auch der Erste, der einen Berg bestieg und über dieses Erlebnis schrieb. Klar, der Berg hieß ‚Mont Ventoux'.

Wikipedia: „Das Zusammenfassen von Naturerlebnis und Rückwendung auf das Selbst bedeutet eine geistige Wende, die Petrarca in eine Reihe mit Rousseau stellt. Petrarca sah die Welt im Unterschied zu mittelalterlichen Vorstellungen nicht mehr als feindliche und für den Menschen verderbliche, die Durchgangsstation in eine jenseitige Welt ist, sondern sie besaß nun in seinen Augen eine eigene Wertigkeit."

Oder kurz gesagt: „In der Dichtung von Petrarca mischt sich die Beschreibung der Gefühle mit der Landschaft."

Francesco Petrarca kombiniert Kleinigkeiten und Banales, erzeugt Großes, schuf Wortbilder: „Frierend wie Feuer, brennend wie Eis." Connect the unexpected eben.

Außerdem war da noch diese schöne Laura, welcher Petrarca Tag um Tag, ein ganzes Schaltjahr, Gedichte schrieb. Verschmähte Liebe. Leidender Liebender. Oder ist Laura nur ein Symbol?

Mehr noch, da war dieses Licht, den Tod seiner verehrten Laura beschreibend: „Ist dem Licht dieser Welt jenes Licht entzogen worden." Das vorweggenommene Licht der Aufklärung?

Ja, und alles zusammen findet sich im ‚Canzoniere', der Gedichtesammlung, die Petrarca verfasst hat, wieder. Und genau diese wollten Hubert Burda und seine Freunde kaufen und lesen, damals in den Siebzigern. Und da es diese auf Deutsch nicht gab, entstand die Idee des ‚Petrarca-Preis'. Zur Verleihung begab sich die Jury zusammen mit den nominierten Schriftstellern und Übersetzern an Originalschauplätze von Petrarcas Wirken, um dort zu philosophieren und, klar, den unabhängigen Preis zu übergeben. Typisch Herr Burda, in der Stadthalle kann das jeder. Und, auch klar, um an einer langen Tafel gemeinsam zu speisen. Und so kam es, dass sich diese literarisch illustre Gruppe 1975 aufmachte, auf den Gipfel des ‚Mont Ventoux'.

Caroline Neubauer beschreibt den ‚Petrarca-Preis' in ‚Festina

Lente‘ so: „Nichts charakterisierte diese Treffen so wie die leise Allgegenwart von Hubert. Er genoss es offensichtlich, dass hier etwas entstand, was er nicht zu lenken brauchte, sondern was er sprießen lassen konnte. Es gibt viele Burdas, und bei Petrarca war ein bestimmter Burda anwesend, der nur geschehen ließ, keine sublimen Hudeleien erwartete, die auch nicht gekommen wären.“

Mathias Nolte schildert ebenfalls in ‚Festina Lente‘ sein Erlebnis: „Auch mich hat Hubert aufgesammelt, damals in Padua im Sommer 1976. Ich war, gnädig, von Michael Krüger zu der Veranstaltung mitgenommen worden und kam mir komisch unter all den Leuten vor, von denen die meisten den Eindruck erweckten, als hätten sie bereits die Baumgrenze des Olymps überschritten. Hubert tat nicht so, er war nicht snobby. Er setzte sich irgendwann neben mich unter eine Pinie und fragte, woher ich kam und womit ich mein Geld verdiente. Ich erzählte ihm, dass ich von der Hand in den Mund lebte, für Hanser an einem Filmlexikon arbeitete und davon träumte, einmal Romane zu schreiben. Sein Lächeln war von Mitleid erfüllt. Ob ich es einmal mit dem Journalismus versuchen wollte, fragte er mich. Hubert war seinerzeit nicht nur Verleger der BUNTE, sondern auch ihr Chefredakteur. ‚Journalismus sei Literatur in Eile‘ sagte er.“ Vier Wochen später saß Mathias Nolte im Burda-Hochhaus und war Redakteur. Und weiter: „Hubert macht keine Unterschiede, er liebt den Boulevard genauso wie den Hörsaal, beide sind sein Revier.“

Helmut Markwort, FOCUS-Legende, dichtet gar: „Nur Hubert Burda kapiert oben und unten – zitiert Petrarca und schwärmt von der BUNTEN.“

Philosophie und Dichtung lagen Hubert Burda schon sehr früh am Herzen. Bereits damals als Schüler in Offenburg. Mit den Freunden Peter Kammerer, Günter Morstadt und Hartmut Beck ist er zusammengesessen, Literatur wurde verschlungen. Nicht die seichte, die anspruchsvolle. „Alles wollten wir, nur nicht durchschnittlich sein." Eigene Gedichte haben sie geschrieben. Vater Franz hat das Ganze zwar belächelt: „Ja, der Philosophenclub! Losse widder de Geischd zum Kamin naus", aber irgendwie auch bewundert. Und vor allem gefördert.

Ist der ‚Petrarca-Preis' die Krönung? Die ausgewachsenen Wurzeln des ‚Philosophenclubs' ?

Zwanzig Jahre nach der Erstbesteigung der Petrarca-Freunde, also 1995, stand Herr Burda wieder oben auf dem ‚Mont Ventoux'. Ein Bild zeigt ihn zusammen mit dem verstorbenen schwedischen Schriftsteller Lars Gustafsson. Ging es um Philosophie, um Tennis, um „mens sana in corpore sano"? (Herrn Burda beeindruckte Gustafssons Tennisspiel, der „zwischen den hohen Lobs philosophische Texte zitierte".) Ging es um „wir fangen nochmal an, wir geben nicht auf". Oder ging es um „das Licht" am Berg? Herrn Burdas Verlegerfreund Michael Krüger sprach im Nachwort für Gustafsson jedenfalls von „... er hatte eine prinzipielle Neigung zum Licht, zum Sonnenaufgang...".

Der ‚Petrarca-Preis' fand nicht nur Freunde. Zu Hause in Offenburg. Es war die Zeit der Umstrukturierung und Sparmaßnahmen, manch einer fürchtete um seinen Arbeitsplatz, während „der Chef das Geld raushaut".

Hubert Burda ließ sich nicht beirren, der ‚Hermann-Lenz-Preis' für Literatur folgte.

Zurück aus Südfrankreich in der Heimat. Stippvisite am Burda-Schlössle. Ein Spaziergang durch die Reben. Am neuen Ortsrand von Offenburg, Fessenbach hingewandt, wächst aktuell der ‚Seidenfaden' (oder so ähnlich) verdrängt die Apfelbäume. Neubaugebiet. Quadratisch, praktisch, viergeschossig, zukünftig. Wird es Lothar von Seebachs Maler-Schlössle in fünfzig Jahren ebenso ergehen wie Cézannes Atelier?

Werden zahl-und-reiche Touristen das Schlössle stürmen, um die Geschichte der Burdas zu erfahren?

Simplicissimus

Es gab da übrigens noch zwei große Literaten. Da muss man in Offenburg auch gar nicht weit gehen. Die Fußspuren – oder besser gesagt Handspuren – liegen direkt vor der Haustüre.

Als der ‚Petrarca-Preis' 1975 gegründet wurde, hatte einer der beiden Literaten sein dreihundertstes Todesjahr (plus ein Jahr, um genau zu sein). Bestseller- und Longsellerautor Hans Jakob Christoffel von Grimmelshausen. Deswegen ist ja auch ein Offenburger Gymnasium nach ihm benannt. Und da zeigt sich: Offenburg muss schon früher eine Stadt großen Mäzenatentums gewesen sein. Denn so wie der Herr Burda heute Nachwuchsschreiberlinge fördert, so taten das vor Jahrhunderten ebenso der

Offenburger Oberst Schauenburg (das ist der mit der Stadtmauer und der heiligen Ursula) sowie Schauenburgs Sekretär Witsch, der an der Freiburger Universität den Magister für alte Sprachen erworben hatte. Die ließen Grimmelshausen nicht nur während der Arbeitszeit schreiben, sondern vor allem viel lesen. Und weil es damals noch kein Internet gab, Wissen gratis für alle, musste Landsknecht Grimmelshausen (was er zu jener Zeit war) zur Recherche viele Bücher wälzen. Sehr viele. Und die waren teuer. Sehr teuer. Grimmelshausen hatte das Glück (oder besser: Talent), die großen Bibliotheken seiner Mäzene nutzen zu dürfen. Und so entstand vor über dreihundert Jahren so was wie ein Vorgänger der heutigen Medien: Berichterstattung aus den Kriegsgebieten des Dreißigjährigen Krieges, genannt ‚Simplicissimus'. Grimmelshausen schrieb also von genau dem Gegenteil dessen, was die heile Welt der BUNTE ist. Grimmelshausen hat das aber mit einem Hauch Satire gemacht. Die Burdas haben natürlich ob des Literaten gewusst und dem Grimmelshausen ein Denkmal gestiftet: einen Brunnen. In Renchen, wo Grimmelshausen später Schultheis, sprich Bürgermeister, wurde.

„Wenn wir Grimmelshausens spätere Werke, vor allem den ‚Simplicissimus', zu Rate ziehen, kommen wir nicht umhin, den Charakter dieses Helden mit dem des Großvaters zu vergleichen. Im ‚Simplicissimus' vereinen sich geradezu sprichwörtlich gewordene Querköpfigkeit mit Naivität, Schläue und Moral. Er ist einer, der sich ständig zu fragen scheint: Das kann doch wohl nicht der Weisheit letzter Schluss sein, was ich hier zu sehen bekomme." Schreibt Max Köhler in ‚Böse Geschichten aus dem Bollenhutland Ortenau'.

Und der andere Literat? Der ‚Petrarca-Preis' entstand just zum siebenhundertsten Geburtstag des bedeutenden Minnesängers Bruno von Hornberg, verewigt in der Heidelberger ‚Codex Manesse', einer illustrierten Handschrift aus dem vierzehnten Jahrhundert, denn Buchdruck gab es ja noch nicht. Die Illustration, die den Minnesänger zeigt, ein bedeutendes Dokument oberrheinischer gotischer Buchmalerei. Ein frühes Bild aus dem „Tal der Bilder".

Die Heidelberger ‚Codex Manesse' die BUNTE für die mittelalterlichen Königshäuser, wenn man so will.

Der ‚Philosophenclub' vor dem Gutenberg-Denkmal mit Senator Franz Burda (zweiter v. r.)

Peter Handke, Hubert Burda und Michael Krüger

Bazon Brock und Michael Krüger mit dem Portrait von Petrarca (li.) auf dem Mont Ventoux

Hubert Burda als erfolgreicher Tennisspieler

Tennis

War es dem Vater, dem Neureichen, vergönnt, Mitglied im Tennisclub zu werden, so durfte Hubert Burda noch vor dem ersten Bartflaum auf den Platz. Zwar nur auf Platz fünf, aber immerhin. Was im Winter der Kampf gegen den Berg, gegen die Zeit, gegen die Slalomtore war, war im Sommer der Kampf gegen die Hitze auf dem Court, gegen die größeren Gegner mit den längeren Beinen und den längeren Armen. Dennoch: Bis ins Finale der Badischen Meisterschaften schaffte er es als Vierzehnjähriger. In Heidelberg, im badischen Geburtsort. „Nicht aufgeben" die Devise.

„Ruf doch mal den Rolf Seeger an. Mit ihm hat Dr. Burda Tennis gespielt. Der kann bestimmt einiges erzählen." Das hat der Kari Albermann zu mir gesagt.

Gesagt, getan. Und schon sitze ich im ‚Schiller´s Café'. Gegenüber des rund angelegten und mit Prachtbauten der Gründerzeit umgebenen Platzes steht das Schiller-Gymnasium. Die Schule ist gerade aus, die Schüler strömen heraus. So wie früher der junge Hubert Burda. Eigentlich wollte er ja auf das humanistische Grimmelshausen-Gymnasium, aber der Vater hat gesagt: „Schiller!" Am Grimmelshausen waren die Kinder der Schon-immer-wichtigen-Offenburger, auf dem ‚Schiller' die Neureichen und die, die das noch vor sich hatten. Und als Neureicher konnte es schon mal vorkommen, dass Lehrer sich nicht nur in Pädagogik, sondern auch in Klassenneid übten: Franz Junior hat das das Abitur gekostet (sagt man), ist ja auch frech, mit dem Sportwagen zur Prüfung zu kommen, als die Lehrer maximal ein Fahrrad besaßen. Hubert war also gewarnt. Übrigens: Friedrich Schiller hat in seinen ‚Räubern' dem ‚Hornberger Schießen' zur berühmten

Redensart verholfen, wenn viel Rauch und Schall um etwas gemacht wird und am Ende nichts dabei herauskommt. Wollt ich nur gesagt haben.

Jahrgang 1939 ist der Herr Seeger. Schwungvoll, ganz Sportler, betritt er das Café, er hält einen dicken Ordner unter dem Arm. Das wird spannend.

„Ich bin in der Kesselstraße aufgewachsen, in der Nachbarschaft die kleine Druckerei vom Geck. Früher waren viele Kinder in unserer Straße, oder der Goldgasse, der Ritterstraße, der Kittelgasse. Die Schanzstraße nicht weit. Kinderbanden hat es gegeben. Harmlos, nicht wie heute. Viel Geschrei haben wir gemacht und den anderen etwas angestupst. Ab und zu tauchte Hubert auf, da war er so acht oder neun Jahre, und hatte Heftle dabei, er war ja Druckersohn. Und Burda hatte auch, ich glaube, ‚Tarzan'-Heftle waren das, gedruckt. Auf diese Heftle waren wir scharf wie Nachbars Fiffi." Rolf Seeger muss lachen. „Hubert war schon immer geschäftstüchtig. Er hat die nicht verschenkt, er hat, glaub´ ich, zehn Pfennig fürs Heft genommen." Jetzt muss der Herr Seeger richtig lachen.

„Wir waren Arbeiterkinder, mein Vater Schreiner, später Hausmeister am ‚Schiller'. Für uns gab es nur Volksschule. Hubert ging aufs ‚Schiller'. Durch unterschiedliche Schulen gehen auch Bezugspunkte verloren. Mit vierzehn habe ich eine Lehre als Schriftsetzer beim ‚Zuschneid' gemacht, da hat auch Opa Burda seine Prüfung abgelegt. Die Burda-Lehrlinge hatten übrigens nach der Gewerbeschule noch zusätzlichen Unterricht im Betrieb, die waren deshalb ja auch sehr gut. Schriftsetzer waren beim ‚Alten' (Franz, dem Senator) eine Gilde, die den Betrieb mitgeführt haben."

„1958 bin ich zu Burda, da durfte ich die Layouts mit den Redakteuren abstimmen. Nach fünf Jahren kam ich dann in die Montage, hatte Kontakt zu allen Abteilungen." Ja und von da ging es dann zur jungen ‚Burda Moden', zur Frau vom Chef, ein Kollege hatte ihn dazu gebracht. Bei der Aenne wurde gerade an einem neuen Heft, der ‚Carina', gearbeitet und herumgedoktert, Herr Seeger landete in der Herstellung. „Ich bin da neben der Aenne gesessen, wir haben das Heft zusammen durchgeschaut. Sie hatte Änderungen, genügend Änderungen", Herr Seeger muss schmunzeln. „Wer nach ihrer dritten Änderung nicht auf sie eingegangen ist, der hatte es schwer gehabt!" Aber: „Drei Grafiker haben an dem Heft gewurstelt, sie hat eine Linie reingebracht." Amüsant bekannt geht es weiter: „Sie war bei der Abgabe dabei und später bekamst du das Heft um die Ohren gehauen." Nach weiteren fünf Jahren war Rolf Seeger Chef vom Dienst und verantwortlich für die Planung, die Struktur, die Anzeigenplatzierungen. Und die Kosten.

Herr Seeger zeigt mir die Karte, die ihm Hubert Burda geschickt hat, zwecks Vermählung mit Maria Furtwängler. „Manche sagen, ich wäre wegen Tennis mit Hubert Burda Chef vom Dienst gewesen, aber das stimmt nicht. Ich habe mich hochgearbeitet. Als Volksschüler." Stolz sagt er das.

Rolf Seeger muss erneut lachen (eigentlich lacht er nach jedem zweiten Satz – die gute alte Zeit): „Wer zwanzig Jahre bei der Aenne überlebt hat, dem kann im Leben nicht mehr viel passieren. Wir mussten Musterhefte machen lassen, unter LUX-Licht abgestimmt." Perfekt also. „Dann hat es die Aenne bekommen, die Rollläden waren in ihrem Büro runtergelassen..."

„Wenn ich gesagt habe, die Aenne will das so, dann hat alles funktioniert."

„Seeger zur Aenne", hat es einmal geheißen. „Da ist man batschnass geschwitzt." Klar, es ging um den „miserablen" Druck. Herr Seeger hatte Argumente: das Papier. Und die Kosten bei besserem Papier. „Zufrieden war sie nie, aber beruhigt. Heute ist das alles digitalisiert, da ist mehr Schärfe drin."

In Briefform sah das so aus – Herr Seeger zeigt mir mit einem Grinsen einen Brief von der Aenne:

„CARINA ist so schlecht gedruckt, dass mir beim Blättern von Seite zu Seite übler wird. Mit dieser Arbeit bin ich nicht zufrieden. Ich erwarte von Ihnen, wenn Fälle eintreten wie hier, bei denen nicht nur der Druck, sondern auch das Papier miserabel ist, dass Sie ganz ernsthaft reklamieren bzw. Änderung verlangen. Aenne Burda."

Eigentlich wollte ich mit Herrn Seeger über seine Tennisspiele gegen Hubert Burda reden, aber das Aenne-Thema ist ja auch sehr spannend, also sage ich: „Erzählen Sie mir doch auch mal was Nettes, ich höre meistens nur, dass sie sehr energisch war."

Kurz überlegen muss der Herr Seeger schon, aber dann kommt´s:

„Entweder war ich unter Naturschutz, oder sie mochte mich ein bissl", meint Heer Seeger mit schelmischem Stolz. „Morgens hat man es ja eilig. Sie steht vor dem Aufzug. Ich habe das nicht gewusst (ich ahne, was jetzt kommt). Also steige ich mit der Aenne in den Fahrstuhl." Schallendes Gelächter. „Ich drück noch den vierten Stock und sie musste ja in den Fünften. Ich glaub mich laust der Aff´." „Des mache se aber net nochmol", hat sie nur gesagt. Glück gehabt.

„Einmal war Betriebsfest in der Oberrheinhalle. Ich hatte ja immer mit Frauen zu tun" (kein Wunder, bei ‚Burda Moden' war die Männerquote sehr gering). Im kleinen Saal war Tanz. Die Mädels wollten ihn provozieren: „Du könnsch au mal mit der Aenne tanzen." Da hat der Herr Seeger noch schnell ein Viertele Wein getrunken und dann ging es schnurstracks zur Chefin. Mit Stil aufgefordert und einen Walzer getanzt. „Da hat es gemenschelt."

„Aber im Beruf, da war sie knallhart. Ihre Vorstellungen mussten realisiert werden." Einmal gab es eine Heftpräsentation im Konferenzsaal, die Seiten lagen ausgebreitet auf dem Boden, die Aenne ist durchgelaufen. „Ein Grafiker machte banale Sachen, Leserbriefe und so. Das hat nicht in den Stil des Heftes gepasst. Es kam zur Diskussion. Er hat geredet wie ein Buch. Sie sagte, was sie will. Er hat wieder geredet wie ein Buch." Beim dritten Mal hat sie dann gesagt: „Brauchsch nimmer komme, ich will dich nimmer sehn." Und so war er nicht mehr gesehen. Herr Seeger fügt aber noch hinzu: „Wobei sie recht hatte, der rote Faden hatte gefehlt."

Als ob Herr Seeger meine Gedanken ahnt, kommt er auf Tennis zu sprechen: „Mein Hobby war Tennis. Ohne Ausgleich gehst du da kaputt.“ Stolz zeigt er mir Urkunden, auch von der Altherrenmannschaft, bis vor Kurzem spielte er noch erfolgreich Turniere. Er zeigt mir ein Foto, auf welchem neben ihm Georg Thoma steht und ihm einen Preis überreichte (so klein ist die Welt). „Einmal war ich in Hinterzarten und habe Tennisunterricht bei ihm genommen. Er wollte kein Geld, er hat gesagt, er war zu schlecht.“ So sind sie halt, die Schwarzwälder.

Rolf Seeger zeigt mir einen alten Bericht aus der ‚Burda-Familie‘. Zur Eröffnung des Tennisplatzes auf dem Burda-Sport-Club-Gelände hat er Tennis gegen Franz Junior gespielt. „Und gewonnen. Die älteren Brüder waren nicht so sportlich wie der Hubert.“ Und: „Ich sollte in der Villa von Franz Junior dem kleinen Franz (also Franz IV) Tennisunterricht geben (die Villa hatte einen eigenen Tennisplatz). Aber der hatte keine Lust. Die Aenne hat zugeschaut, ist nach einer halben Stunde gegangen und hat mit ihrer Hand einfach nur abgewunken. Später gab es dann eine Erfrischung in Aennes Küche.“

„Viele haben immer gesagt, ich kam wegen dem Tennis zu Burda, aber das stimmt nicht, ich habe mich hochgearbeitet,“ betont Herr Seeger erneut.

Angefangen hat das Arbeiterkind als Balljunge. Tennis war etwas für die Privilegierten der Stadt. Dort, wo heute das OFV-Stadion ist, war der Tennisplatz, später dann in der verlängerten Wilhelmstraße. „Zehn Pfennig gab es pro Spiel, bei manchen auch fünfzig. Da sind wir gerannt wie die Hasen. Wenn die reichen Söhne gespielt haben, dann gab`s manchmal auch nichts, die sind einfach gegangen, die waren knauserig." Neun Jahre alt war Herr Seeger da. „Als ich älter wurde habe ich dann als Balljunge aufgehört" (also als Gleichaltrige auf den Platz kamen, so viel Stolz muss sein). „Auf dem Tennisplatz lernt man viel über den Charakter des Menschen." In direkter Nachbarschaft wohnte die Familie Göhner, die Eisenwarenhändler. „Die haben mich gemocht, haben mich ab und zu auf Ausflüge mitgenommen. Angefangen zu spielen habe ich erst mit fünfundzwanzig. Beim ESV."

Jetzt springt Herr Seeger wieder zu seiner Zeit als Chef vom Dienst bei ‚Carina' in den 1980er-Jahren. Ab und an ging das Telefon, Hubert Burdas Sekretärin war am Telefon, „ob Herr Seeger Lust auf ein Match hätte?" Und so kam es, dass man sich frühmorgens auf dem Tennisplatz traf. „Das Gewinnen war nicht so wichtig, es ging um die Bewegung. Um Sport, um Betätigung, um Fairness. Über das Geschäft haben wir nicht gesprochen. „Der Hubert war schon ein Kämpfer! Man sieht im Tennis, wer sich durchsetzen kann." Manchmal traf man sich dann auch im Schlössle zum Umtrunk. „Hubert ist ein sehr geselliger Mensch. Er kann begeistern, ist immer lustig."

„Wenn ich ihn später mal über den Platz gejagt habe, dann ist er aufs Bänkle gesessen, hat gejapst. Er hat ja einen Konzern geführt, da hatte er nicht mehr so viel Zeit für den Tennisplatz wie ich." Mit respektvollem Grinsen sagt der Rolf Seeger das. „Technisch war er aber sehr gut."

Einmal war der Herr Burda nicht lustig, da hatten die beiden im Doppel verloren, Herr Burda war sauer. „Verloren hat er nicht gern."

Vor einiger Zeit lief Herr Seeger in der Stadt am ‚Engel' entlang, auf der Straße davor hielt eine große schwarze Limousine, die Fensterscheibe ging nach unten und der Herr Burda hat ihn zum Auto gewunken. Und so gab es ein kleines Verlegergespräch in der Heimatstadt (so viel Zeit muss sein. Wertschätzung). „Da hat der Hubert gemeint: Du, dinner Vadder (der Hausmeister am ‚Schiller'), der het scho für Respekt gsorgt in de Schul." Gemeinsamkeiten der Herkunft.

Aenne Burda, die „Königin der Kleider" (rechts), mit Raissa Gorbatschowa

Veilchen

Mittagessen mit Gudrun Schillack (ihr wisst schon: „Maidle, so wie du anzoge bisch, schaffsch bestimmt bei meinere Frau“). Und weil der Rolf Seeger auch von ihr gesprochen hat, Gudrun wurde für die ‚Carina‘ aus dem Schwabenland nach Offenburg geholt, richte ich ihr schöne Grüße vom Herrn Seeger aus. Und schon sind wir wieder beim Thema.

„Ich habe für ‚Carina‘ diverse Artikel geschrieben. Da saß man dann schon mal bis um acht oder halb neun im Büro und hat gewartet bis Aenne empfängt, um sich das anzuschauen. Einmal, da war sie schon richtig müde und hatte eigentlich gar keine Lust mehr, sich das alles anzuschauen und zu lesen. Also hat sie es verrissen. Am nächsten Tag alles ändern, bis auf einen Artikel, da hatte ich keine Zeit mehr. In der Not habe ich den gleichen Artikel nochmal vorgelegt. Und sie hat ihn gelobt. In meinem jugendlichen Leichtsinn habe ich gemeint: Gestern fanden Sie ihn aber nicht gut. Darauf hat sie nur gesagt: „Was geht mich mei Gschwätz von gestern an. Das waren Momente, wo sie in die Mundart verfallen ist. Ansonsten war sie da sehr geschäftlich. Nur wenn sie geflucht hat, dann wurde sie Eisenbahnertochter.“ Gudrun muss lachen.

„Vor Aenne hatten wir zwar Angst, aber genauso viel Hochachtung und Faszination vor ihrer Leistung“, sagt Gudrun heute. „Sie hat mich immer beeindruckt.“ Trotz regelmäßiger Kritik ist Gudrun bei Burda geblieben, über viele viele Jahre. Hat die Zeit des Aufbruches im Osten erlebt: „Wir sind in Russland unterwegs gewesen, ich hatte kiloweise „Bestechungsmaterial“ mit dabei: Strümpfe, Kugelschreiber und natürlich Hefte. In einem

Restaurant ist die Bedienung aus Dankbarkeit vor mir auf die Knie gefallen. So ein ‚Burda Moden Magazin' wurde in Russland für um die 150 Mark gehandelt."

Angefangen hatte Gudruns ‚Burda Moden'-Karriere aber schon viel früher: „Ich weiß noch, als ich ein kleines Kind war, meine Oma wohnte im Osten, da haben wir immer Hefte zu ihr rübergeschmuggelt, im Osten waren Westhefte nicht erlaubt. Auf der Bank im Zug lagen also die Hefte, darüber mein blaues Strickjäckchen, ich weiß das noch genau, und obendrauf saß ich." Gudruns Augen leuchten, wenn sie daran denkt, weil sie auch an die Oma denkt. „So war ich mächtig stolz, als ich später auch bei Burda arbeiten durfte. Meinen Namen auf Russisch im Impressum gesehen habe."

„Als ich Babypause machte und die Zeit am Bodensee verbrachte, hatte ich das Recht nach sechs Monaten wiederzukommen. Es hat mir am Bodensee aber so gut gefallen, und da habe ich gedacht, die sind immer fair zu mir gewesen, dann bin ich auch fair, habe bei Burda angerufen und gesagt, dass ich nicht mehr kommen werde, sie dürfen die Stelle anders besetzen." So weit so gut. „Dann ist mein Mann vom Baugerüst gestürzt, hat sich schwer verletzt, es war lange Zeit nicht klar, ob er je wieder arbeiten kann. Die Tochter noch ganz klein. Das hat sich bis zur Aenne rumgesprochen, und so bekam ich drei Jobangebote bei Burda." Dankbarkeit klingt noch heute in Gudruns Stimme. „Und so kam ich mit kleinem Kind zurück. Das schuf Bindung." Heute hätte es Gudrun noch besser, da steht neben dem ‚Burda Moden'-Komplex, der heute ‚Warhol-Building' heißt, der Betriebskindergarten.

„Kinder muss sie gemocht haben, den Felix hat sie vergöttert. Das Kolumnen-Maskottchen hat sie ‚Felix' genannt. Als der Senator gestorben ist, bekam jeder Mitarbeiter im Haus eine Rose. Damit standen wir Spalier, als sein Sarg an den Betriebsgebäuden zum Abschied vorbeigefahren wurde. Wo gibt es das heute noch?"

„Mein Büro war im fünften Stock, neben der Aenne. Das war manchmal schon schwierig." Ich will es wieder wissen: „Erzähl mir doch einmal eine nette Geschichte von der Aenne!" „Im Frühling kam sie mit selbstgemachten Fotos von Veilchen aus ihrem Garten, ich sollte einen Artikel darüber schreiben. Die Bilder waren unscharf, die Grafik hat gemeckert" (aber auch hier: „ich habe gesagt, Aenne will das so, also wurde es gemacht"). Der Artikel erschien, und die Gudrun hat ihr anschließend einfach ein Sträußchen Veilchen gebracht („riesige Blumensträuße hatte sie immer viele um sich"). „Da war sie richtig gerührt und dankbar."

Übrigens: Aenne Burda hat jedes Jahr der besten Schulabgängerin an der Georg-Monsch-Schule ein goldenes Armband geschenkt. Dem besten Schüler eine Uhr. Wollte ich nur noch erwähnt haben. Hat mir der Jess Haberer verraten, er war dort Lehrer und Rektor.

Zum Abschluss des Gespräches will ich Gudrun noch etwas über Hubert Burda entlocken.

„Einmal hat eine ‚Burda Moden'-Chefin bei mir angerufen, Dr. Burda will ein Sonderheft machen über digitales Sticken, das war so 2002 im Herbst" (Nähmaschinen mit Sticksoftware, Gudruns Spezialgebiet). „Hubert Burda Förderer der digitalen

Stickrevolution“, sage ich mit breitem Grinsen.

High-Tech und High-Touch. Digitale Revolution und „Selber schaffen.“ An der Nähmaschine. Oder im Garten zum Beispiel.

Aenne Burda mit der ersten russischen Ausgabe von ‚burda moden‘

Tiefere Weisheit

Der Herbst hat Einzug gehalten am Fessenbacher Schlössle. Spätsommeräpfel an den Ästen, reife Trauben an den Rebstöcken. Herbstlese. Langzeitmesser. Die Farben aus Van Goghs Farbpalette, das Motiv auch: Winzer bei der Arbeit.

„Das Leben ist in einer Apfelpresse im Herbst. In den Gerüchen der Äpfel und der Weintrauben, wenn sie geerntet werden. Das ist doch eine tiefere Weisheit als alles andere." Das hat Hubert Burda einmal gesagt. Wer hier oben am Schlössle steht und die Gerüche wahrnimmt, der weiß, was er meint.

München

Heute bin ich auf dem Weg nach München. Einfach so, bisher hatte ich München immer nur in Eile wahrgenommen, dieses Mal nehme ich mir zwei Tage Zeit.

Offenburg und München besitzen da durchweg eine Parallele: die Stadteinfahrt. Bei beiden Stadteingängen fährt man auf ein Hochhaus zu, an welchem steht, wer den Erfolg der Stadt mitbestimmt. Ist es in Offenburg Hubert Burda Media, so ist in München das blau-weiße Logo von BMW nicht zu übersehen.

München, Arabellapark, Arabellastraße. Hier residiert Herr Burda seit 1983, begonnen hatte Burda München bereits 1962 in der Arnulfstraße, dort wurde 1966 auch das erste eigene Verlagsgebäude gebaut. Zur Eröffnung des Burda-Verlages in München gab es, klar, ganz Hubert Burda, ein badisches und ein bayerisches Festzelt. Der Senator hat symbolisch an seinen jüngsten Sohn, den Verlagsleiter, einen ganz großen Schlüssel übergeben.

Man muss da schon etwas suchen, nicht so wie in Offenburg, wenn man in München zu Burda will. In der Arabellastraße stehen viel größere, viel höhere Gebäude als die von Herrn Burda. Fast schon bescheiden ducken sich die Münchner Verlagsgebäude zwischen den Giganten der Banken und Hotels. Aber: Das geschulte Auge sieht sofort, es ist ein Haus der Kunst! Benannt wurden die Straße und das Viertel übrigens nach der Oper ‚Arabella' von Richard Strauss. („Kultur meets media", wenn man so will.) Bauboom ab den Sechzigern. Das ist alles detailliert in Wikipedia zu lesen. Und wer da alles so beheimatet ist. Von ‚Burda' steht in Wikipedia unter ‚Arabellapark' nichts. In

Offenburg wird der Begriff ‚Wertschätzung' anders definiert: In Offenburg residiert Burda seit einigen Jahren statt ‚Am Kestendamm' nun am ‚Hubert-Burda-Platz'.

Termin bei Herrn Burda habe ich keinen, also kann ich mich aufs Spazierengehen konzentrieren, München entdecken.

Gleich um die Ecke: die ‚Burda-Bar' inmitten des Arabellaparkes. Es herrscht entspannte Atmosphäre bei einem gepflegten Cappuccino. Ich sehe da einige vollbärtige Typen mit Laptops und Tablets. ‚Nerds'. Wird hier die digitale Zukunft von Burda geschmiedet? Ruhige Café-Atmosphäre. Aufbruchstimmung wie in Silicon Valley? ‚Cliqz', Herrn Burdas Suchmaschinenantwort auf Google hier entwickelt? Ich quatsche die jetzt mal nicht an, ich sehe, die sind im Flow. In der rechten Hirnhälfte.

Ich treffe auf Spuren meiner Heimatstadt: Das ‚Wilhelm-Hausenstein-Gymnasium' am anderen Ende des Arabellaparkes. Ehre, wem Ehre gebührt! 1882 in Hornberg geboren und aufgewachsen, machte Wilhelm Hausenstein in Karlsruhe Abitur, um anschließend in Heidelberg, Tübingen und später auch in München zu studieren. 1906 war er in Paris Vorleser für Königin Marie Sophie, Herzogin der Bayern, der Schwester von der ‚Sisi'. Also noch ein Schwarzwaldbub, der es bis ins Königshaus geschafft hat.

Hausenstein unternahm viele Reisen und schrieb darüber Bücher, vor allem über die Kunst. So veröffentlichte er als Kunsthistoriker und Herausgeber Atlanten zur Kunst, ‚DAS BILD' genannt (hat da in Hamburg womöglich jemand den Namen geklaut?). Bereits in den 1920er-Jahren erschienen die Atlanten, „mit Hundertsechsunddreißig Tafeln und einem Titelbild“, sprich Abbildungen zum erklärenden Text! Fotos!

Fast fünfzig Jahre lebte er in München. Er war Redakteur bei zahlreichen Medien, von der ‚Frankfurter Zeitung‘ bis hin zu den ‚Münchner Neuesten Nachrichten‘. Bei der ‚Süddeutschen Zeitung‘ war er gar Mitbegründer. Mitbegründer war er auch bei der ‚Deutschen Akademie für Sprache und Dichtung‘. Seine Frau Margot war Jüdin, Trauzeuge war Rainer Maria Rilke. Wilhelm Hausensteins Großvater war der Hornberger Alt-Bärenwirt und vor allem ein badischer 1848er-Revolutionär, an der Seite von Hecker und Struwe, mit Garibaldi bekannt.

1936 verboten die Nationalsozialisten Wilhelm Hausenstein, weitere Bücher zu veröffentlichen, bestehende wurden eingestampft, weil er sich weigerte, jüdische Künstler aus seinen Werken zu nehmen, er musste ins Exil, galt als „entarteter Künstler“.

Nach dem Krieg berief Konrad Adenauer ihn nach Paris, er wurde zunächst Generalkonsul und später erster deutscher Botschafter in Frankreich und gilt als wichtigster Mitbegründer der heutigen deutsch-französischen Freundschaft. ‚Liebe zu München‘ war eines seiner letzten Werke, bevor er 1957 in München starb.

Vor Kurzem durfte ich seinen hochbetagten Schwiegersohn zu einer meiner Lesungen begrüßen. Das hat mich sehr stolz gemacht.

Mein Spaziergang führt entlang der Isar. Das Licht glitzert auf dem Wasser, funkelt zwischen den herbstlichen Blättern in den Bäumen entlang des Ufers. Friede. Wenn da nicht die permanente Geräuschkulisse der mobilen Individualität wäre. Über die Isar hinweg geht es zum ‚Englischen Garten', zum ‚Chinesischen Turm', zum Biergarten. Es ist noch früh, ich könnte jeden Einzelnen mit Handschlag begrüßen. Ich sehe Jogger, sehr viele Jogger. Und Hunde, sehr viele Hunde. Der Verkehrslärm ist verstummt. Vor mir: der ‚Monopteros'. Oben auf einer Anhöhe. Majestätisch. Vorbild für Fessenbach? Von oben geht der Blick über die Wiese, in die Weite. Am Ende der Wiese Bäume, dahinter die Skyline von München. Nicht wie in Frankfurt Bankenhochhaus an Bankenhochhaus, sondern Baukultur: markant die Doppeltürme der Frauenkirche, die Kuppel der Theatinerkirche, der Turm des Rathauses. Fast ein wenig wie die Offenburger Skyline, von Fessenbach aus gesehen. Nur das Burda-Hochhaus fehlt.

Ein Spaziergang durch den Park. Wäre Hubert Burda jetzt dabei, könnte er bestimmt hörenswerte Geschichten erzählen: über die Studentenzeit, über ‚m' , über die Anfänge bei ‚Bild und Funk'. Den Umzug der BUNTE nach München. Wie FOCUS entstand. Wie er im Spaziergang Ideen entwickelte, ausdiskutierte. Wie er schwere Gedanken verarbeitete. Er könnte bestimmt viel über das Hinfallen und das Sofort-wieder-Aufstehen erzählen. Von ‚m' bis FOCUS eben.

Ludwigstraße. Prachtstraße. Sechsspurige Dezibelschneise durch die Stadt, am rechten Ende das Siegestor. Und: der ‚Geschwister-Scholl-Brunnen'.

Studentisches Treiben trifft auf Ferrari, japanische Touristen auf Barock, Nobel-Handtasche auf Bettler. Großstadtflair.

Fast 50 (in Worten: fünfzig) Stunden stehen die Münchner im Jahr mit ihrem Auto im Stau (oder war es die rote Ampel?). Wie dem auch sei, das sind rund zwei Tage im Jahr. In 10 Jahren also 20 Tage, da kommen in einem Autofahrerleben schon mal 100 Tage zusammen. Hallo! EINHUNDERT verschenkte Tage! Fast ein drittel Lebensjahr! Der Optimist sagt: Die Zeit an der Ampel nutze ich zum Entspannen oder Nachdenken, der Pessimist regt sich zusätzlich auf, das kostet ihn nochmal weitere Lebenstage. Abends opfern beide weitere Zeit im Fitnesscenter, für ein längeres, fitteres Leben.

Man sagt: Besonders gerne stehen die Münchner zum Wochenende hin im Stau, denn da geht es raus und hoch in die beschauliche Welt, in die Berge. Aus dem High ins Low. Zurück aus der heilen Welt, kaufen sie dann die Hefte, die Herr Burda in Offenburg, in der Provinz, macht, damit sie in der Großstadt weiter von der kleinen heilen Welt träumen können. Während sie im Stau stehen. Oder nach einem Computertag noch etwas selber schaffen. Kreativ werden.

Die Pinakotheken: Hochkultur! Inspirationsquellen! Entschleunigungsmodul!

Es wäre verwegen, anmaßend, beschämend, wenn ausgerechnet ich die Hochkultur, die Baukunst Münchens beschreiben wollte. Das können andere besser, zum Beispiel für eine fast schon unscheinbare Schönheit, ein Geheimtipp sozusagen, ein Kleinod in der pulsierenden Großstadt, denn:

„Man darf getrost behaupten, das Münchner Barock habe sich in keinem Werk so ganz und gar, so überschwänglich und auch so präzis erfüllt wie in jener Kirche zu Sankt Johannes Nepomuk." Schreibt Wilhelm Hausenstein. Und er muss es wissen. Diese Kirche hat eine ganz besondere Geschichte und ist fast schon versteckt an der Sendlinger Straße. Konsummenschen mit Schaufensterblick stören sich vermutlich ob der schweren Holztüre, die ihnen plötzlich den Blick auf (vermeintlich?) Begehrenswertes (in den Schaufenstern) verwehrt. „Die erdbraune Holztür liegt schwer gegen die öffnende Hand; aber sie geht weich in den Angeln. So sind das Draußen und das Drinnen eins vom andern recht geschieden; so sind sie eines mit dem anderen recht vereint." So Wilhelm Hausenstein 1929.

Warum hat ausgerechnet diese Kirche so viel barocke Schönheit?

Nun, Bauherrin war nicht die Kirche, sondern zwei Brüder, die Asam-Brüder. Und die waren berühmte Architekten, Bildhauer, Freskomaler, Dekorateur, Stukkateur. Also beste Voraussetzungen, um alle Ideen zu verwirklichen, die sie im Kopf hatten, kein Bauherr, der das Werk beeinflusste. Deswegen wird die Kirche ja auch ‚Asam-Kirche' genannt. Und vor allem: Der liebe Gott wird ihnen nach dem Tode als Dank einen besonderen Platz im Himmel reservieren. Einer der Brüder baute in sein direkt angrenzendes Wohnhaus ein Fenster ein, um von zu Hause aus auf den Hochaltar blicken zu können.

„Die Kirche selbst – sie! Ihre wunderbare Weiblichkeit, ihre gesättigte und nährende Familiarität. Das Unerträgliche ihrer Schönheit – man muss die Blicke zur Seite schlagen, auf den Boden, oder die Hand vor die Augen heben. Es ist nicht aufzufassen und nicht auszuhalten. Ereignis, ja Ereignis wird nun etwas vom Unwahrscheinlichsten, das jemals Kirche hieß. Das Hirn schwimmt. Die Begriffe taumeln und fallen durcheinander", so Wilhelm Hausensteins Empfinden, und weiter: „Dies ist ein geistliches Verlies von unverständlicher Herrlichkeit, und der geängstigte Blick sucht das Tageslicht in der Höhe. Es ist eine phantastische Bucht, und es ist eine Explosion zwischen Erde und Himmel. Wir fühlen alles und wir wissen nichts. Das Denken verendet uns in der Weichheit, in der sich schier flüssigen Weichheit der Sekunden, die sich wandeln und dennoch immer dasselbe sind. Mit verblüffender Kunst ist das Licht regiert."

„Diese Brüder sind wie frommen Zaubers fähig. Nicht vergeblich sind Cosmas und Damian, die wundertätigen, die zaubernden Ärzte aus Arabien in der christlichen Heiligenlegende, Namenspatrone des einen der Baumeister. Die zaubernden Brüder Asam haben das Schwere in das Leichte verwandelt, das Phantastische und Radikale in das Gelassen-Gekonnte, den schweren Drang der Materie in die brausende Freiheit der Gestalt und die Wucht des Ausdrucks in den Charme der Gesten. Sie haben das Behagliche in das Metaphysische gebunden und sie haben das Metaphysische in das Gemütliche zurückgesandt. Sie bändigen das Drastische und auch Vulgäre durch die jedem Widerstand überlegenen Virtuositäten ihrer Zivilisation. Sie geben der Festigkeit und heimlichen Trägheit des Provinzialen den feineren Schmelz des Weitläufigen, der Ursprünglichkeit des Lokalen die schönste Flucht ins Universelle. Sie bauen bossierend und malend eine Ausschweifung der Sinne, die in einer grundlegenden Herrschaft des Geistes zähe Wurzeln hat und in der Souveränität des Geistes mündet. Im kleinen Raum bilden sie die Idee des Riesigen aus, und mit lauter Attributen machen sie ein Hauptwort, mit lauter Phraseologie die rechtgläubige These. Ihre Heiterkeit ist ihre Strenge, und ihre Wucht ist ihre Leichtigkeit; ja selbst die Frivolität des Aufbaus ist nur eine Form ihrer unbedingten Sicherheit: so liberal kann nur sein, wer ganz orthodox ist…"

High-Tech und High-Touch.

Das barocke München war die Welt des Kunststudenten Hubert Burda.

Meine Familie und Ich

Nachmittags am ‚Chinesischen Turm', dort wartet der Stefan. Ein Freund aus Jugendtagen. Ich sehe ihn zwar ab und an im Fernsehen, aber persönlich – das ist schon Jahre her. Die morgendliche Stille des ‚Englischen Gartens' hat sich verflüchtigt, denn jetzt ist da mächtig was los. Da sind viele in Lederhosen und Trachten (die Träger sprechen vor allem amerikanisch) unterwegs. Männer, Frauen, Kinder, Studenten, Familien, Touristen, Wissenselite, Münchner Gesellschaft; ein buntes Spektrum des Lebens spaziert und tummelt sich im Park. Stefan Ziemann ist Koch, erklärt regelmäßig den Menschen vor den Bildschirmen, wie man das macht.

Also richtig macht. Ohne Schickimicki, wenn er mal redet, dann redet er. Mit badischem Akzent.

Eigentlich wollte ich ihn nur auf ein Helles und einen Obatzten treffen, um von früher zu reden, aber da erzählt er plötzlich, dass er einst Küchenleiter in den Studios von ‚Meine Familie und Ich' war. Das wusste ich gar nicht. Woher auch, ich habe ihn schon fünfundzwanzig Jahre lang nicht mehr gesehen. Junge, wie die Zeit vergeht.

Wie gesagt, wenn er redet, dann redet er: „Wenn der Burda in den Verlag kam, waren alle immer sehr angespannt. Die Drehtüre stand daueroffen, der Fahrstuhl wurde am Empfang blockiert. Wenn er dann da war und den Fahrstuhl betreten hatte, standen alle so ehrfürchtig und stocksteif da, wussten nicht wohin schauen, und er sagte: „Was hänner denn, jetzt komme halt rein (in den Fahrstuhl)." Stefan muss lachen, ihm fällt was ein: „Da gab es mal ein Transparent an einer Brücke am Offenburger Zubringer, auf welchem stand: ‚Aenne, darf ich einmal mit Dir Fahrstuhl fahren?', das hat da irgendein Witzbold aufgehängt. Einmal kam der Verleger mit irgendeinem Minister, ein ganz netter, ins Studio, ich habe ihn einfach zugetextet. Herr Burda musste überlegen, wie das Heft eigentlich heißt", sagt Stefan mit einem Grinsen. Denn: „ ‚Meine Familie und Ich' war Europas auflagenstärkstes Blatt für die Hausfrau." Schon Stefans Vater war bei Burda, bei der Aenne, um genau zu sein, in der Schnittmusterbogen-Produktion. So kam der Stefan nach seiner Kochlehre in Oberharmersbach („da lernst du das Arbeiten, nach der Lehre das Kochen") eben auch zur Aenne, ins Kochstudio (so war das damals eben: einer bei

Burda, alle bei Burda). „Bleistiftstummel mussten wir zurückbringen, bevor es neue Bleistifte gab. Es war ein geiler Job. Mit der Zeit hat sich das aber geändert, irgendwann kamen Redakteurinnen, die irgendwo irgendwas gelesen hatten und mir erklären wollten, dass man mit Wasser anbraten kann." Wieder muss Stefan lachen: „Eine sehr nette Redakteurin sah der Maria Furtwängler ähnlich. Wenn sie über den Flur gegangen ist, sind viele auch erst einmal in Respekthaltung verharrt. Hubert Burda hat eine Kocholympiade für Anzeigenkunden veranstaltet. Das war schon eine coole Sache." Man sieht es Stefan an, „es war eine schöne Zeit". „Aber nach fünfundzwanzig Jahren frägst du dich schon, ob es so weitergeht (mit Wasserkochen und so) oder ob du was anderes machst. Ich habe mich für das ob entschieden. Auszeit. Mit dem Cabrio kreuz und quer durchs Land. Zurück in München: „Nach drei Tagen habe ich meine Frau kennengelernt, vier Wochen später habe ich eine Kochschule eröffnet, meine Kinder heißen ganz bayrisch Valentin und Leopold." Sein Reden hat irgendjemand ganz gut gefallen, und so fand er sich in den Fernsehstudios von FOCUS TV wieder. Gesendet wird auf ‚kabel eins'.

Nochmal muss der Stefan lachen: „Der Burda hat Offenburger Mitarbeiter mit einem Bus von Offenburg nach München gefahren, ich war da so zwölf und durfte den Vater begleiten. Früh morgens ging`s los, dann München anschauen und später noch auf die Wiesn. Ich bin auf der Bierbank eingeschlafen, ganz ohne Alkohol."

Jetzt ist der große Biergarten am ‚Chinesischen Turm' richtig voll. Lebensqualität. Lifestyle. Großstadt. Oben im Turm sitzt eine

Blaskapelle, ich glaube es kaum, die spielen ‚Schwarzwaldmarie'. Seelenverwandtschaft.

Ich kann Wilhelm Hausenstein verstehen. Und auch Hubert Burda. München ist eine wunderschöne Stadt. Auch ohne Weinberge.

Der Vater übergibt seinem Jüngsten symbolisch einen Schlüssel für den Verlag in München

Hubert Burda winkt den Menschen vor der ‚Bambi'-Preisverleihung 2008 in Offenburg

Bambi

Donnerstag, 17. November 2016. Herr Burda ist live im Fernsehen. Nicht groß und im Mittelpunkt, nicht in der ersten Reihe, sondern irgendwo mittendrin. Mittendrin im ‚Stage Theater' am Potsdamer Platz in Berlin. Irgendwo, obwohl ihm die Live-Sendung zu verdanken ist. Schwarzwälder Bescheidenheit. Und deshalb sieht man ihn auch nur ab und an, eher flüchtig. Und, zugegeben, wenn man ihn sieht, dann ist der Betrachter gewillt, die Blicke auf die zwei Damen neben ihm zu richten. Da sitzt nämlich seine Frau, nicht im lässigen Kommissarinnen-Outfit, sondern im eleganten schwarzen Kleid. Und wiederrum daneben seine Tochter, auch im eleganten Schwarzen, der Mutter an Ausstrahlung an nichts nachstehend. Die Burda-Furtwänglers lassen den anderen den Vortritt, den Platz in den ersten Reihen. Da sitzen Legenden. Udo Lindenberg zum Beispiel. Oder Mario Adorf. Heute ist die Verleihung des ‚Goldenen Bambis', die Burdas haben eingeladen, und die Promis sind gekommen. Denn auch nach achtundsechzig Jahren ist die ‚Bambi'-Verleihung etwas Besonderes: eine Gala.

Etwas ganz Besonderes war die Jubiläumsgala, zum sechzigsten Geburtstag von ‚Bambi'. Denn die war auch eine Hommage von Hubert Burda an seine Heimatstadt Offenburg. Die Kleinstadt wurde 2008 zum badischen Cannes. Stars und Sternchen, wohin man schaute. Roter Teppich traf auf goldene Reben. Burdablaue Lichtbogen spannten sich von der Oberrheinhalle und der Baden-Arena zum Hubert Burda Media Tower durch den badischen Nachthimmel. Spektakulär. Die Weinstadt erlebte einen goldenen November. So hätte es Vater Franz Burda geliebt. Ganz bestimmt. Und natürlich auch Mutter Aenne, die erst drei Jahre zuvor – sechsundneunzigjährig – gestorben war. Und so war es auch kein Wunder, dass man das Foto der Eltern riesengroß und überdimensional auf den Medientower projizierte. Das „Tal der Bilder" hat seither ein weiteres Bild. In den Köpfen und den Herzen. Ein Bild für einen Moment, ein Momentum, projizierte Dankbarkeit, weithin sichtbar wie früher der leuchtende blaue BURDA-Schriftzug hoch oben auf dem Hochhaus, der Heimkommenden schon aus der Ferne signalisierte, dass man wieder Zuhause ist.

Schon mittags versammelten sich Tausende vor dem Offenburger Rathaus, denn dort war ‚Bambi'-Promi-Empfang. Unter anderem schickte Mireille Mathieu ihre Küsschen vom Rathausbalkon in die Menge. Die zierliche Französin, die der Senator einst mit seinem „Blättle" berühmt gemacht hat und die bekannte: „Er war wie ein Vater für mich" (und da war sie nicht die einzige: Hubert Burda musste sich neben zwei großen Brüdern auch mit etlichen idealisierten „Zieh-Geschwistern" messen). Hubert Burda stellte die Fischer-Chöre in den Schatten, als er die rund viertausend Menschen vor dem Rathaus zum Singen des Badner Liedes animierte. Mit dabei: Sohn Jacob und Ehefrau Maria.

‚Bambi' ist nicht einfach nur ein Medienpreis, ein Schaulaufen von Promis. ‚Bambi' ist Inbegriff eines Erfolgskonzeptes, hätte selbst einen ‚Bambi' verdient. Als der Senator das heute goldene Reh, eher beiläufig, mit der Mehrheitsbeteiligung an der ‚Neuen Verlagsanstalt Karlsruhe' (und somit der Zeitschriften ‚Freundin' und ‚Filmrevue') erwarb, war es noch ein kleines weißes Majolika-Rehkitz. Die Burdas feierten seinerzeit in München noch den glamourösen und traditionsreichen ‚Bal Paré' , welchen der Senator mit dem Kauf der ‚Münchner Illustrierten' sein Eigen nennen konnte. So wurden Franz Burda, das Pflegekind Phillipsburger Bauern, Enkel böhmischer Einwanderer, und Aenne Burda, Tochter eines rußgeschwärzten Lokführers, Teil der Gesellschaft. „Eingekauft“, sagten die Lästerer und Neider. Die kleine Drei-Mann-Druckerei des Vaters hatte er übernommen und mit harter Arbeit ans Licht geführt. Auf Papierballen in der kalten Druckerei übernachtet, in neue Druckmaschinen investiert, anstatt das Geld ins Offenburger Wirtshaus zu tragen. Hochgearbeitet. Nebenbei den Doktor und den Meister gemacht. An Heiligabend hungrig ins Bett. Immer den Riecher für Chancen und den Mut, diese zu nutzen. Am selbstgebastelten Volksempfänger die zündende Idee: Wer ein Radio hat, braucht auch eine unterhaltsame Radiozeitschrift. Wenn Hubert Burda 2017 siebenundsiebzig Jahre alt wird, wird die Idee neunzig Jahre alt: die ‚Sürag‘, Ur-Gen für die BUNTE.

Die Idee als roter Faden: die Menschen unterhalten, die Welt bunter, glücklicher machen. Und dem Glück nachhelfen, Franz Burda bezahlte Radiohändlern bekanntlich eine Provision, wenn diese mit dem Radio auch ein ‚Sürag‘-Abo verkauften. Banal, aber drauf kommen muss man (heute leben eine ganze riesige Telefonmarketing-Branche und Internetanbieter davon). Und, wie man im Badischen sagt, Franz Burda musste „den Arsch bewegen“ und persönlich zu den Radiohändlern fahren. Heute heißt das abwertend „Klinkenputzen“. Von nichts kommt nichts. Der zweite rote Faden: „The best printers in the World.“ Immer die neueste und beste Drucktechnik, das bessere Papier. Die Menschen mit Farbe erfreuen, statt mit dunklem Schwarz. Investieren und täglich noch besser werden. Seine Frau, die ‚Burda Moden‘-Chefin, die beste

Qualitätsantreiberin, haute ihm regelmäßig die Andrucke mangels Druckqualität um die Ohren. Ob berechtigt oder aus Prinzip, darüber gibt es viele Legenden. Keine Legende ist der blaue Anton, sein Herkunftsmantel, der immer im Büroschrank hing. Damit sah man Franz Burda häufig an den Druckmaschinen mit seinen Mannen fachsimpeln. Perfektionismus. Die Krönung dann 1971. Die Burdas bringen den Tiefdruck nach Amerika. Entwicklungshilfe für Stars and Stripes. Und, ganz Franz Burda, zur Eröffnung fliegt man mit Stars im Gepäck zur Feier, Max Schmeling zum Beispiel, der dritte rote Faden im Erfolgskonzept: Versammle die Stars und die Berühmtheiten um dich und du bekommst Geschichten für deine Hefte. Das hat schon mit dem ‚Bal Paré' funktioniert und es funktioniert noch heute mit dem ‚Bambi'. Und so ist es nicht verwunderlich, dass die BUNTE die schönsten Fotos und Stories von der ‚Bambi'-Verleihung im Heft hat.

Der wichtigste rote Faden des Erfolges ist aber: Nach Niederlagen und Enttäuschungen nicht liegen bleiben, sondern sofort wieder aufstehen. Weiterkämpfen. Man kann nicht jedes Jahr einen ‚Bambi' bekommen.

DR. FELIX BURDA
25.XI.1967 – 25.11.2001

Innehalten

25. November 2016. Heute wäre Felix Burda neunundvierzig Jahre alt geworden.

Innehalten.

Bereits kurze Zeit nach dem tragischen Verlust des Sohnes durch Darmkrebs gründeten seine Mutter Christa Maar und Vater Hubert Burda die ‚Felix-Burda-Stiftung'. Seither konnten jährlich rund eintausend Menschen durch Früherkennung vor dem Tod bewahrt werden.

Iconic Turn

Felix war es auch, der seinem Vater in den Neunzehnhundertachtziger-Jahren ein digitales Aha-Erlebnis bereitete, nachdem in England der Scanner Hubert Burda bereits in den Siebzigern zum Staunen gebracht hatte. Das Aha-Erlebnis war eine Diskette. Unscheinbare zehn auf zehn Zentimeter groß, drei Millimeter hoch. Das Wichtige war der Inhalt: Felix hatte für eine Seminararbeit an einer amerikanischen Bibliothek Daten aus dem Computer gezogen und auf Diskette gespeichert. Felix war der Erste, der Hubert Burda auf die Bedeutung der digitalen Kommunikation und der elektronischen Wissensbibliotheken hingewiesen hat. Hubert Burda erkannte damals rasch die digitalen Datenströme, welche sich im dritten Aha-Erlebnis bestätigten: „Through this box"!

Prägend die Neunziger-Jahre: Vater und Sohn, beide promovierte Kunsthistoriker, beschäftigten sich in Gesprächen, wie sich im geschichtlichen Zusammenhang Formen und Funktionen von Bildern über Epochen hinweg geändert haben – und welche Auswirkungen die sich digitalisierende Gegenwart insbesondere für das Visuelle haben würde.

Nach dem viel zu frühen Tod von Felix Burda veranstaltete der Vater an der Münchner Universität eine vierjährige Vorlesungsreihe zu diesem Thema, die Bedeutung des ‚Iconic Turn'. Die Macht des Bildes. Eines war Herrn Burda klar: „Wo immer sich Kommunikation verändert, verändern sich Fundamente der Gesellschaft."

Heute sind die Menschen nicht nur bloße Empfänger von Nachrichten, jeder, der will, ist Sender, Redakteur. Bilder dominieren. Und manipulieren. Werden die verlieren, die die Bilderflut nicht in einen geeigneten Rahmen bringen können?

Wo wäre Burda Media mit Felix, Digitalexperte der ersten Stunde, heute?

Weihnachten

Und dann ist er wieder da, der Tag, auf den alle Offenburger warten: der Tag, an welchem zum ersten Mal im Jahr im Burda-Hochhaus der Weihnachtsbaum erstrahlt. Das Licht in den dreizehn Stockwerken wird so geschaltet, dass sich abends ein großer Lichtbaum ergibt, weithin sichtbar, von Weihnachten kündend. Für die Offenburger ein Weihnachtsbild der Kindheit. Seit vielen vielen Jahren. Auch nach der Komplettsanierung des Hochhauses ließ es sich Hubert Burda nicht nehmen, den Weihnachtsbaum zu erhalten.

Macht das BMW in München am Hochhaus eigentlich auch?

Wie es wohl aussehen würde, wenn sich das runde, einmalige, luftig filigrane Design-Parkhaus, welches Herr Burda vor den Media Tower bauen ließ, als illuminierter Adventskranz dazugesellen würde? Herrn Burdas Stromrechnung ist vermutlich jetzt schon strapaziert genug.

Das Linde-Kreuz

Sonntagmittag in der Durbacher ‚Linde'. Herr Metzler nimmt mich am Arm. Das ist der Wirt der ‚Linde'. Eigentlich ist er im Unruhestand. Er war auch viele Jahre bei Burda, aber badische Schaffer können sich nun mal nicht in Rente begeben. Und weil er bei Burda war, habe ich ihm mal erzählt, dass ich für Hubert Burda schreiben darf. Deswegen hat er mich jetzt auch am Arm genommen. Nicht, um mich deswegen rauszuwerfen, nein: Er führt mich an einen Tisch. Dort sitzt eine ältere Dame. Und ohne dass ich die Dame kenne, sagt mir mein Gespür beim Blick in ihre ehrlichen Augen, dass diese Dame mir Geschichten erzählen kann. So ist es auch. Denn die Dame ist Edith Viertel. Sie war die gute Seele, die fleißige rechte Hand des Senators (für Aenne schon auch mal die „Zuhälterin" des Senators – immer dann, wenn sie den Herrn Burda bei der Frau Burda verleugnen musste). Kurz: Franz Burdas Sekretärin. Über viele viele Jahre. Sie freut sich ob meines Interesses und legt auch gleich los, ihren Mann vorstellend, der mit am Tisch sitzt. „Ich heiße Viertel und mein Mann Steuer. Ich war so lange schon bei Burda, dass ich viel zu vielen Kunden hätte erklären müssen, wie ich nach der Hochzeit heißen würde. Da habe ich meinen Namen lieber behalten" (Serien-E-Mails gab es ja noch nicht). Ich muss sie bremsen, fünf Minuten später habe ich mich losgerissen, einen Zettel mit Telefonnummer in der Hand. Für diese Nummer hätten sich früher unzählige Damen und Herren geprügelt, hatte Frau Viertel doch auch die VIP-Liste auf dem Tisch, exklusive Eintrittskarte zu ‚Bal Paré' und ‚Bambi'. Manche allerdings hatten die begehrte Nummer, denn: „Da war auch schon mal der legendäre Heinz Rühmann am Telefon, er würde gerne seine Haushälterin mitbringen." Oder eben die Burda-Söhne, die „noch einen Stuhl für Freunde erfragten."

Nach dem Essen setzt sich Herr Metzler zu mir an den Tisch: „Du könntsch dir dei Bart au mol abrasiere", erzählt er, habe der Senator öfters mal zu ihm gesagt, wenn er auf Visite in die Reproabteilung kam, wo der Herr Metzler gearbeitet hat. Anderen legte er auch schon mal demonstrativ die Schere auf den Tisch. Es waren die wilden Siebziger, man trug lange Haare und Vollbart. Hubert Burda war da schon pragmatischer: „Was haben Sie heute schon für mich gemacht?", die beliebte Frage des Verlegers, wenn er jemanden auf dem Gang traf. „Das habe ich schon öfters auch von anderen Mitarbeitern gehört", bemerke ich mit einem Lachen, „das macht er auch heute noch." Fordern und fördern. Und Herr Metzler weiter: „Der Hubert Burda war ja immer in Eile, immer getrieben vom Erfolg. Schon eine Wahnsinnsleistung, was er aus dem Verlag gemacht hat. Ich glaube, seine Brüder hätten das nicht geschafft." Auch im Ruhestand klingt da noch eine hohe Anerkennung durch.

Ja, und dann erzählt mir der Herr Metzler eine Geschichte, wie man sie nur im Schwarzwald hören kann. Oder vielleicht in Bayern. Sie tut jetzt zwar nichts zur Sache, aber irgendwie doch:

„Am Anfang lief das Gasthaus nicht. Erst seit ich das ‚Linde-Kreuz' wieder habe. Ein Vorgänger der ‚Linde' hat bei der Renovierung des Wirtshauses das Kreuz mit dem Jesus dran einfach in den Entsorgungs-Container geworfen. Ein Nachbarsbursch hat´s gesehen und seinem Onkel erzählt. Dieser ist in den Container geklettert und hat das heilige Kreuz gerettet. Anschließend lag es erst mal über Jahre bei ihm im Eck. Die ‚Linde' lief aber auch nach der Renovierung und mit neuen Besitzern nicht so gut. Auch bei mir nicht. Dann kam eines Tages mein Nachbar und hat mir erzählt, dass er das ‚Linde-Kreuz' im Keller liegen habe. Und so kam es wieder zurück, dahin, wo es hingehört. Und seit diesem Tag, läuft es hier richtig gut."

Herrn Metzlers Augen leuchten. Ehrfurcht und Dankbarkeit. Schwarzwälder Mentalität.

Könne se mal?

„Dranbleiben“ ist mein Motto, und so ist heute Besuchstag bei Frau Viertel. Sie strahlt, wie bereits letzte Woche in der Durbacher ‚Linde‘. An den Wänden hängt Kunst. „Der Senator hat mir immer die neuesten Kunstkataloge auf den Tisch gelegt, ich möge mal schauen, was er kaufen soll“ (so war für Frau Viertel schon auch mal der Sonntag gerettet). Dafür durfte sie ihn ab und zu ins südfranzösische Antibes ins Ferienhaus begleiten, in nächster Nachbarschaft Marc Chagall, Künstlergespräche. Ab 1965 arbeitete sie für Burda, bis 1996. Besuchte den kranken, einsamen Senator auch in seinen letzten Jahren in Salzburg: „Die Aenne hat angerufen, sie hat keine Zeit, ich soll doch mal hingehen.“

Klar, mich interessieren vor allem ihre Begegnungen mit Hubert Burda. Frau Viertel ist sehr direkt: „Wie kann man so miteinander umgehen?“, habe sie immer wieder mal gedacht. So wie der Vater mit dem Sohn umging. Und nicht nur mit Hubert. Mit allen Söhnen. „Könne se mal mit dem Vadder rede?“ deshalb auch eine häufige Frage der Söhne an Frau Viertel, auf den diplomatischen Charme der Sekretärin hoffend. „Einfach haben es die Söhne nicht gehabt“ (Mir fällt dazu ein Foto in Franz Burdas Buch ‚Mensch und Werk‘ ein, aufschlussreich der Bildtext: „Und glaubt ja nicht, dass ich meinen Buben etwas schenke. Die werden härter herangezogen als ihr alle.“ Auf dem Weihnachtsfrühschoppen für alle Mitarbeiter sagte der Übervater das. Die erwachsenen Buben nahmen es lächelnd hin.)

Wenn Frau Viertel mal etwas nicht richtig oder ungerecht fand, hat sie es ihm auch geschrieben. „Dem Senator, und dem Hubert.“ Dafür der Trost, wenn die Aenne mal wieder getobt hat: „Sie kenne unsre Mutter." Mit einem Schmunzeln fügt sie hinzu: „Die sollen froh sein, dass die eine Mauer um das Haus hatten. Dass niemand sieht, wie die Fetzen fliegen" (badischer Humor). Und: „Zum Glück gab es zu unserer Zeit noch keine Handys", denn das Privattelefon klingelte gerne auch mal zu später Stunde. Dennoch: Ich sehe es Frau Viertel an, wie sie ins Schwärmen kommt von der guten alten Zeit. Wenn sie das nicht gerne gemacht hätte, wäre sie nicht einunddreißig Jahre geblieben, denke ich.

„Elisabeth (die Enkelin) ist auch so temperamentvoll wie die Oma (die Aenne), setzt das aber intelligenter, anders um", meint Frau Viertel. Dann hoffen wir doch mal, dass Lisa das „Rosenstrauß-vor-die-Füße-Werfen" nicht geerbt hat (das konnte schon mal vorkommen, wenn Aenne etwas nicht gepasst hat. Blöd nur, dass das vor allen Mitarbeitern, auf der Weihnachtsfeier, war). „Da erstarrte jedes Gespräch", fügt Frau Viertel mit einem Lachen hinzu. So war sie halt, die Aenne.

„Mittags ist der Senator mit dem Sohn, mit dem, der gerade da war, auch zum Schlössle in die Weinberge gefahren und ist mit ihm spazieren gegangen."

Edith Viertel muss wieder lachen: „Den Mondkönig" hat Henry Nannen den Senator genannt. Als die BUNTE exklusiv über die Mondlandung berichtet hat. Die Begeisterung für Technik und die Menschen, Wernher von Braun kam zu Besuch nach Offenburg. „In die Schweiz durfte ich auch mitfahren, Tiefdruckmaschinen anschauen. Der Senator war in der ganzen Welt unterwegs, um sich zu informieren." Aber zu Hause in Offenburg. Sein

Rat an Frau Viertel: „Du machsch kei Schulde, wenn du `n Häusle kaufsch. Des isch Besitztum. Alle Leut´, die Besitztum habe, die sin bodeschdändig.“ Und: „Die bleibe au bei mir.“ „Der Senator hat sich wirklich gesorgt um seine Leute“, fährt Frau Viertel fort. „Nach dem Krieg Kartoffeln besorgt, das Clubheim, die Kegelbahn.“

Ich hake mit einem Schmunzeln nach: „Und Hubert Burda musste später als Verleger den Rotstift ansetzen?“ „Ja, zu Recht. Der Vadder wusste schon, was los war.“

„Als ich mal Geburtstag hatte, durfte ich nach Salzburg fliegen, um im Park der Stadt eine Tänzerinnenstatue zu übergeben. Der Giacomo Manzù hat die geschaffen.“ Dankbarkeit strahlt in Frau Viertels Augen. Und plötzlich Traurigkeit: „Der hat auch seinen Grabstein gestaltet.“ Nach einer Pause: „Zentnerweise habe ich am Wochenende Zeitungen gelesen, um zu schauen, welche Themen gerade ‚in‘ waren. Für die BUNTE. Der Chef war immer am Ball.“ Blumen hat es dafür gegeben. „Oder mal ein Wild.“ Ein Lächeln, dann: „Die Aenne war knauserig. Oh je, oh je, oh je.“ Frau Viertel sagt das „Oh je“, wie das nur ältere Menschen mit viel Lebenserfahrung sagen können. „Aber einmal, da habe ich zu Weihnachten ein Kleidungsstück aus ihrem Atelier bekommen.“

„Der Senator war kein Aufschneider, von ihm habe ich unheimlich viel gelernt. Als ich ihn auf seiner Kur auf der ‚Bühlerhöhe‘ besucht habe und ihn im Rollstuhl durch den Wald geschoben habe, da hat er mir jede Pflanze erklärt. Ohne aufdringlich zu sein. Deswegen hat er ja auch ‚Mein schöner Garten‘ gegründet.“

Die Liebe zur Natur. „Wenn er nur ein paar Takte Musik gehört hat, wusste er sofort, was es ist.“ In der Literatur war das nicht anders: „Nach einigen Worten wusste er gleich, von wem es stammte“ (da hat der junge Hubert Burda dann auch seine kulturelle Erstausbildung her).

„Einmal musste ich die halbe Nacht arbeiten, und der Senator hat nachts um drei von seinem Fenster aus gesehen, dass noch Licht brannte, und mich deshalb am nächsten Tag danach gefragt. Aus Dankbarkeit ging er an sein Regal und hat mir eine schöne Skulptur geschenkt.“ Auch Edith Viertel geht an ihr Regal und zeigt mir das Kunstwerk. Und dann gibt sie mir noch eine zweite Skulptur: „Die hat mir Hubert Burda geschenkt, die ist von Sandro Chia, ein Modell des Brunnens, den der Vater für seine Heimatstadt Phillipsburg gestiftet hat.“ Arbeiten musste Frau Viertel viel, der Senator hatte viele Gelegenheiten ‚Danke‘ zu sagen. „Es ging halt nicht anders, die Arbeit musste gemacht werden. Abends hat er mich auch schon mal in die Schanzstraße gebeten, dass die Arbeit fertig wird. Da habe ich gemeint: Herr Senator, ich habe Hunger.“ Der Senator ging in die Küche und kam mit Broten wieder. „Zwei Wochen hatte ich im Jahr Urlaub. Es ging halt nicht anders. Aber der Senator ist an den Schreibtisch und hat tausend Mark rausgeholt. Der Chef war großzügig. So isses.“

Am dreißigsten Todestag des Vaters hat Hubert Burda Frau Viertel in die Schanzstraße eingeladen. „Ich möchte zum Grab“, hat sie ihm gesagt, erzählt sie mit einem Weinen. „Ich gehe jedes Jahr an seinem Geburtstag zum Chef. Da muss ich hin, das ist mir sehr wichtig. Es ist ein Menschenleben, was ich mit ihm verbracht habe.“

Dankbarkeit.

„Ich bin auch immer gut mit Franz Junior ausgekommen, der Hubert hat da noch in München studiert. Und der Frieder hat es ganz schwer gehabt, einmal ist er nach Paris abgehauen. Und als Hubert Burda nach dem Studium zurück nach Offenburg kam, hat der Vater ihn ja erst einmal nach Amerika verbannt.“ „Gott sei Dank“, merke ich süffisant an, „da hat er viel gelernt, was er später noch brauchen konnte.“ (Hubert Burda wollte nach dem Studium als Chefredakteur von ‚Bild und Funk‘ zusammen mit Helmut Markwort, welchen er schon damals schätzte, das Heft etwas auffrischen, revolutionäre Münchner Gedanken noch im Kopf. Das hat dem Vater nicht so gefallen, Hubert Burda musste ins Exil nach Amerika. Heute würde man „praktisches Jahr“ dazu sagen. Dort besuchte Hubert Burda zahlreiche amerikanische Verlage und Werbeagenturen, wurde vom American Way of Life angesteckt. Zum Beispiel von Andy Warhol. Später brachte Hubert Burda Andy Warhol nach Offenburg, mit dem Auftrag, den Vater zu portraitieren. Familienportraits folgten.)

Im Moment ist in Gengenbach ja eine Andy-Warhol-Ausstellung zu bewundern, die Frieder Burda ermöglicht hat. Deshalb spreche ich Frau Viertel auch auf Warhol und dessen Besuch bei den Burdas in Offenburg an.

„Der Warhol war ein ganz natürlicher, schüchterner Typ. Ganz still und unscheinbar. Der war nicht aufdringlich. Nicht dieses Ich bin der Größte.“ Damals in Offenburg, im elterlichen Burda-Anwesen.

„Der Hubert war der Macher. Ja, das war er. Der das Ganze mit Warhol arrangiert hat. Auch mit den Eltern und den Brüdern. Das war für ihn ganz wichtig. Das war auch nicht einfach für Hubert Burda, da gab es häufig Widerstände des Vaters." Vor allem, wenn es um die BUNTE ging. Dann, die Hiobsbotschaft für das kleinbadische Offenburg: „Du liebe Zeit, die BUNTE geht nach München. Das war ein harter Schritt." Klar, die Redakteure vermissten das Großstädtische in der heilen Welt, die Kinder wurden gehänselt, weil sie kein Badisch sprachen (bestimmt kamen Hubert Burda zudem die erfolgreichen Lehrstunden am Skihang zugute, das „Wegfahren" vom Einfluss der Mutter und des Vaters. Mit einer List beim Vater den Umzug der BUNTE von Offenburg nach München, seiner Studienstadt, ermöglicht. Und nicht ins schwäbische Stuttgart).

„Hubert Burda hat übrigens bei mir angerufen, er will mich morgen im Hochhaus empfangen, er schickt mir ein Taxi." „Nei, ich weiß net, was er will", auf meine Nachfrage. „Er wird schon nicht mit Ihnen schimpfen", erwidere ich. Ich bin genauso neugierig wie Frau Viertel. „Ich ruf Sie nochmal an, erzählen Sie es mir dann."

Franz Burda, Andy Warhol, Hubert Burda, Aenne Burda in Offenburg

Andy Warhol

Morgen werde auch ich Hubert Burda treffen, er wird in Offenburg sein neues Buch ‚Digitale Horizonte' vorstellen. Und danach noch in Gengenbach in der Andy-Warhol-Ausstellung vorbeischauen. Ich hoffe auf einen Spaziergang und ein Gespräch mit Herrn Burda.

Ich meine zwar zu wissen, wer Andy Warhol war, sicherheitshalber rufe ich Reinhard End an, er ist der unermüdlich Ehrenamtliche, der hinter der Andy-Warhol-Ausstellung (und nicht nur dieser) im ‚Haus Löwenberg' in Gengenbach steckt. Kann ja nicht schaden, gut vorbereitet zu sein. Klappt auch spontan, so darf ich eine Führung mit der Familie Obleser begleiten, auch eine Verlegerfamilie. Die Oblesers haben das heutige Fenstermotiv am Gengenbacher Adventskalender gesponsert. Am 24. Dezember werden dann alle vierundzwanzig Warhols in den Rathausfenstern leuchten!

Andy Warhol war ein Kind armer Eltern, Einwanderer aus der Slowakei. In New York suchte er sein Glück. Er fand es aber nicht, er hat es sich erarbeitet. Wurde zu einem der gefragtesten Werbegrafiker. Andy Warhol überlebte als Vierzigjähriger ein Attentat, um 1987 mit nur 59 Jahren tragisch an den Folgen einer Gallenblasen-Operation zu sterben. Andy Warhol wusste um die Macht der Selbstinszenierung. Sein silbernes Haar wurde zum Markenzeichen. Er wollte Künstler werden, das Streben nach Reichtum, das Streben nach Ruhm. „In the future everyone will be worldfamous for 15 minutes" (Facebook und You Tube als Vision?). In New York gründete er die ‚Factory', Kunst als Massenmedium. Banales wurde zur Hochkultur. Die berühmten Suppendosen zum Beispiel. In zahlreichen Geschmacksrichtungen. Tagsüber die ‚Factory', nachts die Party. In den Clubs der Stadt. Denn dort waren die Promis, hautnahe Informationen für sein news magazin ‚Interview'. Der Medienfänger: Was die Promis (in welchem Zustand auch immer) von sich gaben, wurde zu seinen Geschichten. People Magazin. Andy Warhol machte aber auch Portraits wieder salonfähig. Von Toten oder Lebendigen. Portraitiere eine Berühmtheit, und auch du wirst berühmt. Portraits von Marilyn Monroe zum Beispiel. Oder von Mao Zedong, von Goethe, von Beethoven, von Beuys – dem deutschen Künstlerpendant. Ganz gerne auch Auftragsarbeiten, die brachten Geld. Vorlagen waren Fotos aus Illustrierten oder aus seiner Polaroid-Sofortbildkamera, die modernste Technik seiner Zeit. So auch bei seinem Besuch in Offenburg. Die Burdas vor eine Wand gestellt, knipsen, fertig. Die Vorlage zumindest. Bei diesem Besuch kochte Ernst Birsner, begnadeter Koch in Burdas Kochstudios, auch eine original ‚Campbell'-Suppe. Die leere Dose hat der Andy dann signiert. Diese Dose kann ich gerade im ‚Haus Löwenberg' bewundern.

Burda ist ein Haus der Kunst – das signalisierte bereits die Gutenberg-Statue vor der „alten Druckerei". So ist es auch kein Wunder, dass Hubert Burda in einem Haus der Künste aufgewachsen ist, er war umgeben von Werken zahlreicher Künstler. Vater Franz hatte sich nach dem Krieg den Auftrag geschnappt, den Kunstkatalog für die Ausstellung ‚Moderne französische Malerei' zu drucken, und war ab da infiziert. Nicht zuletzt durch die Freundschaft zu Hans Kuhn. So wurde das Hause Burda zusehends ein Künstlertreff und der Senator ein fleißiger Sammler. Das Haus der Musik und Literatur (vor allem Goethe) wurde so mehr und mehr um Malerei ergänzt. Besonders gerne die Expressionisten. Mutter Aenne wollte da natürlich auch nicht hintenanstehen. Ihr haben es südländische Landschaftsmotive sowie zeitgenössische Künstler angetan. Und so kam es wie es kommen musste: Auch Junior Hubert lernte das Malen. Bei Hans Kuhns Schüler, Werner Kunkel, der eigentlich die Decke der Heilig-Kreuz-Kirche bemalen sollte.

Berufskunstmaler durfte Hubert Burda nicht werden, aber Kunsthistoriker, das war drin beim Vater. In München, wie wir wissen. Künstlerhochburg. Intellektuellenhochburg. 68er-Revolutionäre. Junge Filmemacher! Alles, nur nicht die Heile-Welt-Geschichten aus Vaters BUNTE. Ein Spagat, den es zu bewältigen galt. Immerhin hatte der Vater schon ein Redaktionsbüro in München. Den Kleinstadt-Fuß in der Großstadt-Türe, wenn man so will. Schriftsteller Peter Handke, der „Publikumsbeschimpfer", wurde ein guter Freund, Bazon Brock ein weiterer. Und: Helmut Markwort. Die Zeit war aber noch nicht reif für neue Gedanken. Dann die Begegnung mit Andy Warhol in Amerika. Zu sehen, wie aus alltäglichen Gegenständen Kunst wurde. „Von der Illustrierten direkt ins Museum." Hubert Burda: „Die Verachtung der Massenmedien – das war mir wichtig – wurde von Andy Warhol nicht geteilt." Warhol hob die Gegensätze auf: „Media is art." Nun war auch Hubert Burda infiziert. Der Virus musste jedoch noch wachsen. Heimlich im Innern. Bis zum nächsten Aha-Erlebnis: Andy Warhols Film ‚Chelsea Girls'. Mehr noch, Andy sagte zu Herrn Burda: „Hubert, you are so rich. Du hast 4,8 Millionen Leser bei BUNTE und ich nur 500 000 bei Interview." Massenmedien und Kunst. Beethoven und Roy Black. Kleinstadt und Großstadt. Low und High. High and Low. Das war der Schlüssel zum Glück, der „pursuit of happiness". Das Rezept der harmonisierenden Parallelwelten. Die Bedienungsanleitung, aus dem „Blättle" ein People-Magazin zu machen. Nur: Auf Dauer war es den Machern der BUNTE in Offenburg zu low, die BUNTE musste in die Großstadt. Zeit des Aufbruchs. Basisarbeit für den FOCUS.

An den Gengenbacher Wänden im ‚Haus Löwenberg' hängen zur Zeit auch die Warhol-Portraits von den Burdas.

Digitale Horizonte

Unerwartet wird der Mann der zweiten Reihe zum Mann der ersten Reihe. Ich stehe im Foyer des Burdaschen Elternhauses, nach der Umgestaltung der Innenräume ‚Fondation Aenne und Franz Burda' genannt, in der Offenburger Schanzstraße. Heute ist die Premiere von Hubert Burdas neuem Buch ‚Digitale Horizonte'. Die anderen Gäste sind bereits in der guten Stube. Und wie ich da so stehe, geht die Tür auf, und Hubert Burda betritt das Haus. Er strahlt und streckt mir die Hand zur Begrüßung entgegen. Das ist schon eine große Ehre für mich, ihn als Erster begrüßen zu dürfen! Zwei kurze Sätze, das war es dann auch schon. Würde er statistisch jeden Gast zwei Minuten lang begrüßen, müsste Herr Burda vor dem Hauptgang des anschließenden Menüs schon wieder gehen, tröste ich mich. Aber immerhin. Vielleicht klappt es ja nachher, nach dem Essen, mit einem Spaziergang oder zumindest mit einem Gespräch. Möglicherweise in Gengenbach in der Warhol-Ausstellung. Oder wieder im Auto. Aber, Kari Albermann signalisiert: Das Auto ist voll. Das bedeutet, auf der Fahrt nach Gengenbach oder anschließend zum Flieger mit Herrn Burda zu reden, daraus wird nichts. Herr Burda hat seine altgediente Sekretärin Frau Gudlat und seinen treuen Weggefährten Herrn Fröschl mitgebracht. Ein Ausflug mit dem Chef ins Badische, in die Heimat.

Mit einem „gib dem Mädle ebbs zu trinke" (eine junge Dame am Eingang meinend) betritt Hubert Burda die gute Stube, genießt das Bad in der badischen Menge. ‚Digitale Horizonte – Strategien für neue Medien', das ist sein Thema, sein Vermächtnis, sein Tiefdruck 2.0, wenn man so will. Auf einem Tisch stehen Familienportraits, alte Fotos, sauber gerahmt, auf einem hölzernen Tisch. High-Tech trifft auf High-Touch. Familienatmosphäre. Offenburgs Oberbürgermeisterin Edith Schreiner und Landrat Frank Scherer sind da. Aber auch Martin Herrenknecht, der badische Tunnelbohrspezialist, hat sich Zeit genommen. Oder Werner Kimmig, einst Senators Lehrbub, welcher heute eine der tragenden Säulen der Fernseh-Unterhaltungslandschaft ist. Er brachte ‚Bambi' ins Fernsehen. Und dann ist da noch Rouven Reiff, der Offenburger Verlegersohn, bei dessen Opa – oder war es der Uropa – Franz der Allererste eine Anstellung als Drucker fand, bevor er selbst Druckereibesitzer wurde. Väterlich deshalb auch Hubert Burdas Worte: „Rouven, hock do na" (in die erste Reihe). Außerdem sehe ich Corry Müller-Vivil, die mit den leckeren Pfefferminzbonbons, Weggefährtin Hubert Burdas aus Philosophenclubzeiten und Begleiterin bei den jugendlichen Besuchen beim Maler Emilio Brischle. Und den Rainer Huber, der die Vivil-Bonbons verkauft, er ist der Edeka-Südwest-Chef. Außerdem sehe ich Ute Dahmen, die wunderbare Geschichten über den Senator und Aenne recherchiert und geschrieben hat. Kurz und gut: eine bunte Gesellschaft.

Es soll ja auch Redner geben, vor denen sich die Zuhörer fürchten, wegen langweilig und so. Bei Hubert Burda ist das definitiv nicht der Fall. Alle sind gespannt, was kommt. Mit einem Lächeln betritt Herr Burda das Rednerpult. Mir fällt da eine Rede ein, die er anlässlich einer Eröffnung der Badischen Weinmesse in Offenburg – ich denke mal, das ist gut fünfzehn Jahre her – gehalten hat: „Als ich gerade an den Ständen vorbei hierher gekommen bin, da sind mir einige aufgefallen, die mit verschränkten Armen und einem Gesicht in ihrem Stand standen. Eins müsse ner euch merke´: if you want to open a shop – you have to smile." Klar, dies und noch vieles mehr steht so oder so ähnlich in noch mehr schlauen Lehrbüchern. Aber es kommt immer auch darauf an, wie man so etwas sagt. Herr Burda weiß wie, das ist das ‚Opa-Andres-Gen'. So verwundert es nicht, dass er ganz ‚Opa Andres' beginnt:

„Ich habe wieder einen Ferientag, ich bin wieder in Offeburg. Ich kann Offeburgerisch rede", freut sich Hubert Burda, die Gesichtszüge werden bekannt spitzbübisch, seine Sprache badisch. „Schönste Sprache der Welt, weil man in der alles sagen kann. Höflichkeiten und Unverschämtheiten. Aber ich konzentriere mich auf die Höflichkeiten." Mit dem Schelm in den Augen sagt er das. So kennt man ihn, den Herrn Burda in seiner Offenburger Heimat. Einfach nur „Guten Tag, meine sehr verehrten Damen und Herren" zu sagen, wäre ja auch nicht Hubert Burda. Hier, in seinem Wohnzimmer. Wenngleich es die lockere Sprache der Herkunft ist, der Auftritt ist weltmännisch, der Anzug sitzt perfekt. Sein neues Buch in der Hand meint Herr Burda: „Ihr bekomme nachher, wenn ihr geht, auch jeder eines. Natürlich net jetzt, weil, des müsse se sich gut merke, wenn se während de Red ein Buch verteile, hört Ihnen keiner mehr zu. Do blättert der rum und kommt zum Schluss – un no hänn se die Pointe scho verlore.“ ‚Digitale Horizonte‘ ist die Fortsetzung von ‚Notizen zur digitalen Revolution 1990 – 2015‘. Im zweiten Band liegen Herrn Burda seine Reden zu jener Zeit am Herzen (im Nachhinein sieht man da, wie schon im ersten Band, wie visionär die waren, und dass es sich lohnt, auch nach Niederlagen weiterzumachen). Das Buch zeigt zudem eine Übersicht, mit welchen Firmenbeteiligungen sich Burda erfolgreich die digitale Zukunft sicherte. Und weiterhin sichern will.

Die Erwartungen der Zuhörer werden nicht enttäuscht, es wird eine unterhaltsame Rede. Eine Rede mit Anekdoten und Plaudereien aus dem Nähkästchen. Mit kurzen Geschichten vom Vater und der Mutter. Eine Rede, die den Insassen des Burda-Jet-Absturzes gedenkt und viel Lob für die neue Führungsriege im Burda-Konzern und das badische Unternehmertum beinhaltet. Vor allem aber wird es eine Rede des Rückblickes seiner digitalen Revolution und ein Ausblick in die Zukunft.

„Der Medienpark eine ganz stabile Geschichte, das ist mir sehr wichtig.“

Eine Rede mit viel Humor gemischt: „Und da ich weiß, dass

Journalisten neugierig sind und sich fragen, wann fängt denn der Herrenknecht mit dem Bohren an", die aktuelle (und zwar schon sehr lange aktuelle) Diskussion ansprechend, ob Offenburg zur Lärmentlastung einen Bahntunnel bekommt: „Dieses Haus steht neben der Bahn, und der Franzl (der große Bruder) nebendran, hat sich an die Züge gewöhnt." Jetzt muss Herr Burda selber lachen, da schwingt schon eine Portion Satire mit.

„Das Buch geht zurück auf das Jahr 2012, wo ich bei einem DLD-Meeting (2005 von Hubert Burda ins Leben gerufen: Digital Life Design, jährliche und wichtigste internationale Konferenz- und Innovationsplattform) gesagt habe, mit Werbung auf dem Netz verdient man nur ‚lousy pennies'. Die FAZ hat daraus gemacht: Burda sagt, im Netz verdient man nur lousy pennies." Hubert Burda zitiert und nimmt es gelassen: „Ich bin ja selber in der Branche und weiß, dass man nicht alles auf die Goldwaage legen darf." Was Herr Burda nicht sagt: Seither wird von „Hubert Burdas berühmter DLD-Rede" in den Suchmaschinen berichtet, Hubert Burda, wenn man so will, als „Urheber" des „lousy pennies-Verdienstes" im Verlagswesen allgemein gehandelt. So kann´s gehen.

„Der Machtwechsel war ja bei meinem siebzigsten Geburtstag, jetzt bin ich sechsundsiebzig. Ich habe das auch bewusst gemacht. Als Google kam war ich so sechzig. Und als Facebook um 2003 kam: Hubert, des isch jetz nix me für Dich, Facebook. Do bruchsch jetz net Followers und weiß Gott was. Und Tweets. Do müsse die Junge ran. Die Lisa ist jetzt vierundzwanzig und Jacob sechsundzwanzig. Maria isch grad fünfzig geworden, aber jeden

Abend skyped die mit den Kindern in Kalifornien. Zu Weihnachten kommen sie nach Hause. So verändert sich um uns herum die mediale Welt."

Das mit Google und Facebook sagt Herr Burda nicht einfach so, denn „seine Spezls von früher" aus Amerika haben auch sein Geschäft sehr verändert. Er hat sie alle kennengelernt: Bill Gates von Microsoft, Jeff Bezos von Amazon, Mark Zuckerberg von Facebook und natürlich auch Sergey Brian von Google. „Ich war ein großer Verfechter von Google, bis ich Simpl gmerkt hab, die hole mir meine Inhalte. Umsonschd! Un verwende se! Verdienen dreizehn Milliarden. Un zahle in Deutschland kei Steuern. Google ist heute der größte Anzeigenunternehmer der Welt." Herr Burda sah sein Anzeigengeschäft davonschwimmen. Alpträume hatte er. Hat Finanzchef Jürgen Todenhöfer angerufen und gefragt: „Was mache mer do?"

„Davon handelt dieses Buch."

Herr Burda wäre dann aber nicht Herr Burda, wenn er selbst zu ernsten Themen nicht auch ein amüsantes Geschichtchen parat hätte, denn Sergey Brian, in Russland aufgewachsen, sagte zu ihm: „I know you very well." Klar, wegen Mutter Aenne und deren russischen Modeheften. Sergey musste, laut Herr Burda mit einem Lachen: „immer die engen selbstgestrickten Pullover tragen". Ernst dagegen die Worte in Richtung Brüssel: „Wenn die europäische Wirtschaft die Richtlinien für den Datenschutz nicht anpasst, dann sind wir bald Kolonie von den ‚Big Five' in Amerika."

Ich hoffe, dass sich diese Vision Hubert Burdas ausnahmsweise einmal nicht bewahrheitet.

Wenn Herr Burda erzählt, muss man auf Zack sein, denn: „Beim Reden spring ich immer, weisch. Ich denk immer Herrgottzack, des kenne die Leut schon und du musch ne ebbs Neues erzähle, und dann spring ich.“ In der Redaktionskonferenz schauen sich laut Herrn Burda die Leute dann an und fragen sich gegenseitig: „Hosch du jetzt voschdande, wo der alles umenander hopst?“

Instinktiv begann die digitale Zukunft bei den Burdas bereits 1972 (nur so nebenbei bemerkt: 1973 wurden die Google-Gründer Sergey Brian und Larry Page geboren): „Und jetzt hops ich auf das Jahr 1972, wo ich mit dem Vadder in England war. Da stand so ä Käschdle (badisch für kleiner Kasten oder Gerät), und da sagte er: „Hasch du ne Ahnung, warum des Käschdle sechshundertdreißigtausend Mark koscht? Des war der erste ‚Crosfield-Scanner‘. Das Wort Scanning hab ich noch nie vorher gehört.“ Es folgt eine kurze Facherklärung, wie Scannen funktioniert, Herr Burda ist da auch in der Praxis ein Digitalfachmann, aber er ergänzt auch: „Es waren im Laufe der Zeit rund dreihundert Leute, die uns verlassen haben, abgebaut wurden, aus Altersgründen. Einer davon isch `n Freund von mir, der isch Tauchlehrer auf Korsika. Und ich hab ihn gefragt, was machsch du do? Da hat er gsagt: Ich hab so viel Geld von euch bekommen, da hab ich ne Tauchschul uffgmacht! Und do isch er jetzt glückselig dabei, früher war er Retuscheur. Und er (der Tauchlehrer) hat gemeint: Wir haben genau gewusst, das, was da kommt – ‚digital‘ hat keiner gesagt – wird unsere Arbeitsplätze wegnehmen.“

Und dann „hopst“ er wieder, der Herr Burda: „Das Nächste steht an: Amazon will die Kassen ohne Kassiererin. Des isch nimmer mei Problem, aber Edeka isch do“ (also anwesend, Herrn Huber meinend, ganz vorne sitzend). „Die Arbeitswelt verändert sich. Wenn ich denk, als ich Burda übernommen habe waren wir 3.900 Mitarbeiter, jetzt sind wir 11.000 Mitarbeiter.“ Was Herr Burda dann genau sagt, spielt keine Rolle, die Aussage ist klar: Ein Unternehmer muss rechtzeitig erkennen, was die Zukunft bringt, die neuen Chancen nutzen, nicht an Veraltetem festhalten. „Man muss es den Leuten rechtzeitig sagen! Ich hab dem Ausbilder der Journalistenschule gesagt: Bilde bitte keine Journalisten klassisch aus, du entlässt sie nur in die Arbeitslosigkeit. Du musst Multimedia! Vor allem die sozialen Netzwerke!“

Achtung, Herr Burda „hopst“ wieder, zu einer Rede vor der CDU, anno 2002, wo er gedacht hat: „Um Gottes Willen, die voschdehn gar nix, die hänn von nix ä Ahnung“, und, „am schlimmsten war der Helmut Kohl“ (darf ich das jetzt schreiben, oder bekommt der arme Herr Burda dann Ärger?). „Ich hab denkt, ich muss doch dem Bundeskanzler erklären, die digitale Revolution. Da habe ich gesagt: Herr Bundeskanzler, es ist doch ganz einfach. Der binäre Code. Null und Eins. Der binäre Code. Uff Eins geht kein Strom durch und uff Null geht Strom durch. Und das nennt man Informationstheorie. Und dann hat er sich das angehört, und ich merkte wie er – ich hoffe, es geht Ihnen nicht genauso – dass er immer müder wurde vom dem, was der Kerle redet.“ (Mit einem Augenzwinkern und entsprechender Mimik sagt Herr Burda das.) Und Kohl sagte: Ach Herr Burda, wenn nur die Hälfte von dem eintrifft, was Sie gesagt haben.“ Herr Burda ernst weiter: „Ich denke, zehnmal mehr ist eingetreten!" Und zur Bundeskanzlerin Angela Merkel neulich: „Ich habe Ihnen gesagt, passen Sie auf diese sozialen Netze auf. Es ist nicht mehr so, dass diese ‚Medienmoguls' – so hat mich mal jemand genannt – über die Redaktionen bestimmen. Jeder ist Sender! Jeder kann innerhalb kürzester Zeit, wie Warhol gesagt hat, berühmt werden."

Lob gibt es von höchster Stelle an Reinhold Hubert, langjähriger Chef des Offenburger Medienparkes, Schüler des bei dem tragischen Flugzeugabsturz getöteten Vorstandes Gerd Bolls (Hubert Burda: „Ich gedenke seiner"): „Was ihr aufgebaut habt im Medienpark ist mit das stärkste Profit-Center von ganz Burda. Wirklich!" „Du musst immer investieren. Zeitschriften sind was Herrliches. Da kannsch jeden Abend an d´ Kass, dann hat´s klingelt und gibsch des Geld der Bank." Ein Grinsen geht über Hubert Burdas Gesicht. „Übrigens, der Springer hat das so gemacht mit seiner 10-Pfennig-BILD-Zeitung. Die Banken sahen ja immer nur die Transaktionen und wollten mal wieder Geld sehen."

Gelungene Überleitung, denn: „Da denk ich an mei´ Mutter, da isch se gsesse (auf das Sofa zeigend, wo nun Frau Oberbürgermeisterin Schreiner sitzt), weisch Hubert, dinner Vadder macht nur Sprüch, dinner Vadder hat nie Geld ket. Des erschde Geld, was er wirklich ghabt hat, kam vom Abogeschäft von der Sürag." Mit Stolz fährt Herr Burda fort: „Die erste Rundfunkzeitschrift Deutschlands hat mein Großvater gegründet (diesen Satz sagt Herr Burda mit unterstreichender Geste). Und dann isch er zum Metzger Burg und hat gesagt er hat Hunger" (jetzt wird Herrn Burdas Gesicht wieder spitzbübisch, man sieht es ihm an, gleich kommt eine Pointe). Vom Metzger Burg hat der Opa ein Rädle Wurst bekommen und eine Gurke dazu und war glückselig. Geld hat er keines gehabt, angeschrieben hat er, denn „er hat´s meistens net zahle könne." Und eines Tages ist der Opa gekommen, hat auf die Theke gehauen, die Abos der Rundfunkzeitung hingelegt und hat gesagt: „Da Metzger Burg, schau her du arme Sau, ich hab Geld." Und mit unternehmerischer Geste in Richtung seiner Geschäftsführer sagt Herr Burda: „Mit Abos haben wir das erste Geld verdient! Und Reiseversicherungen!"

Perfekte Überleitung zu den heutigen Geschäftsfeldern und Appell gegen negative Stimmungen Dritter, wie lange es denn noch Zeitungen und Journalisten gäbe: „Der Medienpark ist eine ganz stabile Sache, ich glaube hundert Prozent an die Zukunft. Du musst halt andere Dinge dazunehmen, musst rechtzeitig anfangen, dich diversifizieren. Und nicht nur wie die in Berlin die Großstadt im Auge haben, sondern auch die vielen Offenburgs".

Herrn Burdas Erfolgsrezept: „Ich bin Verleger für Offenburg und die Großstadt."

Standortbekenntnis. Lobeshymne auf Offenburg. „Die Kleinstadt hat eine ganz andere Mentalität. Und warum ist der Herrenknecht so gewachsen, warum ist der Burda so gewachsen? Ja, weil er den anderen zeigen möchte, was er für ein Kerle isch." Das Publikum lacht. „Ha so isches! Oder der Kimmig. Du weisch net, was es heißt, wenn du durch Oberkirch gehsch un die Leut sagen, da drüben läuft der Kimmig. Der macht´s Fernsehen für ganz Deutschland. Der Vater war so stolz, wenn wir durch die

Reben sind und die Leute kamen: Guten Tag Herr Burda – und der Vater hat sich gefreut, die Leut grüßen mich, die Leut kennen mich! Das ist ein Feedback, ein Gefühl der Wertschätzung. Und darüber reden so viele nicht, dass du wertgeschätzt wirst, dass du anerkannt bist!"

Herr Burda zeigt eine Präsentation, wie in den letzten Jahren neue Geschäftsfelder bei Hubert Burda Media entstanden sind. Was Burda aus der Zeitschrift CHIP gemacht hat, die nicht mehr ging, weil die Anzeigen fehlten. Wie aus XING eine Plattform wurde, weil man bei Burda erkannt hatte, „wie Berufe sich heute neu organisieren". Wie die Online-Version von FOCUS, als Online-Tageszeitung, den Platzhirsch BILD und den ‚Spiegel' hinter sich gelassen hat („ich hab extra einen Monat gewählt, wo wir die überholt haben" mit Spitzbubengrinsen).

Der Anfang der Digitalisierung

Und, wieder springt Herr Burda in seiner Rede: „Des isch des Käschdle, des die Welt verändert hat" (die erste ISDN-Box zeigend). Weiterspringend: „Angefangen habe ich so mit vierzehn beim ‚Ortenauer Heimatblatt', beim Huber Franz." Kleine Artikel durfte Hubert Burda für das Heimatblatt schreiben. Über Kunst. Farbfotos wollte der Teenager haben. „Hubert, mir hänn kei Geld für ä Farbabbildung, die Antwort des Huber Franz. Ein Farbabzug kostete 280 Mark, ein Bild also 1000 Mark. Und ich hab gsagt: Kunschd musch doch abbilde in Farb! Heut isch alles wurschd. Des Käschdle hat alles verändert."

Und dann hören wir alle aus dem Originalmunde die berühmte Geschichte, wie Hubert Burda 1991 in Berlin abends im Auto saß, im Verkehrsstau stehend, den nahen Drucktermin im Auge und den Techniker verzweifelt fragend, wie denn die Daten rechtzeitig in die Druckerei kommen sollen, um mit der ‚Super!-Zeitung' eine zweite Tageszeitung pünktlich auf den Markt zu bringen.

„Through this box" die noch berühmtere Antwort.

Die ‚Super!-Zeitung' war die erste Zeitung, die „Computer-to-Plate" gedruckt wurde, sprich die Daten werden vom PC direkt auf den Zylinder kopiert. Nix Filme und Repro und so mehr. Das spart Zeit und Geld. Dass Herr Burda mit der ‚Super!-Zeitung' dennoch „70 Millionen an den Baum gefahren hat, weil der Murdoch nicht zahlen konnte", ist bekannt. „Später wollte der (der Rupert Murdoch, Verleger-Partner im Boot) nix mehr davon wissen." Spötter hatten es ja gleich besser gewusst, dass man der BILD nicht Paroli bieten sollte. Nichtsdestotrotz war der Grundstein für die digitale Revolution gelegt. Digital hat der Herr Burda die BILD ja nun überholt. In „guten Monaten" zumindest.

Profitiert hat davon auch der FOCUS. Computer-to-Plate. Mindestens genauso verspottet, gegen den ‚Spiegel' antreten zu wollen. Die Bank hatte Burda sicherheitshalber den Kredit gekündigt. Eine warme Suppe hatte man Herrn Burda angeboten, wenn er dann arm sei. Und, wie wir nun erfahren, vielleicht auch nicht ganz zu Unrecht, wenn der FOCUS schiefgegangen wäre: „Herr Doktor, hat der Fritz Burkhard, der Finanzchef, gesagt. Das mit dem FOCUS ist riskant. Wahrscheinlich war er der Einzige, der gewusst hatte, dass wir kein Geld mehr hatten. Aber ich wollte das nicht wissen. Ich war fest davon überzeugt, dass der FOCUS Erfolg haben wird“ sagt Herr Burda heute (über seine „Zugmieze“, so der Projektname, auf dem „Kommunikätzchen-Highway“). Recht hat der Herr Doktor behalten. Spott gab es deshalb 1998 zurück. Gegenüber dem ‚Spiegel‘-Hochhaus in Hamburg hing ein provokanter Riesenwerbebanner: „Montag ist FOCUS-Tag.“

Wusste Herr Burda zu Beginn nicht, wo er das viele Papier für den Druck des erfolgreichen FOCUS hernehmen sollte, gingen auch beim FOCUS in der digitalen Revolution die Anzeigen und somit der Heftumfang und die Einnahmen zurück. Die unternehmerische Antwort: ‚Burda Forward‘, der ‚digitale FOCUS‘, das digitale BILD-Zeitung-Pendant, wenn man so will. Und ‚Cliqz‘ – „das Heißeste, was wir am Start haben“. Vier- bis fünfhundert junge Leute hat Burda dafür eingestellt. Ein internationales Team. Ziel: eine eigene Suchmaschine, Google die Stirn bieten. Datenschutz ernst nehmen. „Ende 2017 wissen wir mehr.“ Und wir Zuhörer erfahren auch: „Der ‚Spiegel‘ isch saugut. Ich les den. Der FOCUS sollte nie nie nie Konkurrenz zum ‚Spiegel‘ sein, der FOCUS ist anders. Ich habe nur gewusst, das ist ein Bombengeschäft.“ Und, den Vater zitierend, den ‚Spiegel‘-Herausgeber meinend: „Der Vadder hat gsagt, der hat `n Vogel. Des isch Blödsinn. Wo willsch Entscheidungen treffen? Der Unternehmer muss gestalten!“, meinend, dass der ‚Spiegel‘-Verleger seine Mitarbeiter zur Hälfte beteiligt hat.

Ein Jahr nach Gründung des FOCUS dann das nächste große

Aha-Erlebnis, in Amerika: „Hubert was to see the first Browser.“ In Los Angeles war dies. Im Frühjahr 1994. Brandaktuell sah Hubert Burda den allerersten Browser, ‚Netscape‘, der Beginn des Internet. Noch heute besitzt Herr Burda das Original-Namensschild von ‚SiliconGraphics‘. Er wusste vermutlich ob des historischen Momentes. Schon kurze Zeit später die unternehmerische Antwort von Burda: ‚Health Online‘. Und ab 1996 ‚FOCUS Online‘. Heute sind Nachrichten „ein lausiges Geschäft, alle haben Nachrichten“. Zeit für Burda-Humor: „Als ich Chefredakteur war habe ich gehofft, dass etwas passiert, meistens ist nichts passiert. Einmal habe ich sogar ein Erdbeben zweimal gemeldet. Wegen meinem alten Kassettenrekorder“ (Kassetten waren so kleine Plastikteile mit einem Magnetband, die immer Bandsalat hatten. Die konnte man auch im ‚Walkman‘, unverzichtbares Statussymbol in den Achtzigern, hören, ein kleines ‚Käschdle‘ am Gürtel, aber zehnmal so groß und schwer wie ein Smartphone. Und hundertmal wie eine Apple-Uhr). „Heute hat es too much news.“

Burdas Strategie: „Lifestyle“.

„Der Beste ist aber Jeff Bezos (der Amazon-Mann). Er hat die besten Algorithmen.“

Es folgt bei dieser interessanten Buchvorstellung ebenso aus Originalmunde die ebenso berühmte Erzählung des Besuches von Mark Zuckerberg bei den Burdas zu Hause in München: „Wem hab ich es schon erzählt?“ Und mit einem Lachen: „Raus hier, Sie machen mir die Pointe kaputt.“ Das Publikum lacht. Herr Burda hatte Mark Zuckerberg zum Essen eingeladen, kurz nachdem

Facebook an den Start gegangen war. „Herr Fröschl, wo ist er denn?“ als Herr Zuckerberg nicht am gedeckten Tisch erschien, Herr Burda und Ehefrau Maria warteten. „Der ist pünktlich gekommen, ist aber gleich nach oben zu den Kindern.“ Der Herr Zuckerberg wollte nämlich nur wissen, was Kinder in Facebook interessiert. „Wir waren dem zu alt.“ Und: „Eins müsse se sich merke: Bleibe se immer an der Schnittstelle zum Endverbraucher! Wenn es bei den Burdas etwas gibt, dann das. Vor allem die Mutter, die Aenne.“ Stolz ist Herr Burda auf die Mutter. „Meine Mutter hat für Zigmillionen Frauen die Mode gemacht. ‚Burda Moden‘ war die größte Modezeitschrift der Welt.“ Aenne Burda war immer interessiert, schaute stets was ‚in‘ sein wird. Später konnte die betagte Aenne auch nicht richtig loslassen. Weil sie sauer war, „auf die Weiber, die kei Gschmack hänn“.

Metropolregion Oberrhein

Herr Burda kommt zu seinem „Lieblingsthema“: die ‚Metropolregion Oberrhein‘. „Wir brauchen eine Initiative nach Stuttgart. Nix gegen die Schwaben, aber sie denken nicht an uns.“ Herr Burda hat dazu eine lustige einleitende Geschichte: Auf dem Flug von München nach Baden habe der Pilot gefragt, falls es in Baden neblig sei, ob er dann in Friedrichshafen landen solle. Da hat Herr Burda zu seinem treuen Weggefährten gesagt: „Herr Fröschl, wissen die, wo Friedrichshafen liegt? Da kann ich ja gleich mit dem Auto von München nach Offenburg fahren. Da bin ich schneller.“ Mit Burda-Humor weiter: „Die Schwaben sind protestantisch, die wollen nicht über den Schwarzwald. Am wenigsten wollen die nicht über den Schwarzwald mit Autobahnen, die ihnen die Wahlen kosten." Herr Burda überzeugt durch Ortskenntnis, erklärt den Fahrweg von Friedrichshafen durch den Schwarzwald nach Offenburg, „und was da für ein Verkehrsstau ist". „Die Schwaben wollen unter sich bleiben" (was Herr Burda seinem Sitznachbarn, Baden-Württembergs Ministerpräsident Winfried Kretschmann, während der ‚Bambi'-Verleihung übrigens alles ins Ohr geflüstert hat, ist nicht überliefert. Ich vermute auch mal, es war kein Zufall, dass der Herr Kretschmann genau da saß). „Aber wir machen da eine Initiative, bleiben katholisch und singen unsere Hymne."

Mit ernster Miene fährt Herr Burda fort: „Hören Sie! Die einzige Firma in Deutschland, die mithalten kann mit Amerika, die liegt in Walldorf. In Heidelberg. Die SAP!" Und begeistert zu den Zuhörern rufend: „Hey! Bei uns!" (Dass ‚Hubert Burda Media' durchaus auch mit Amerika mithalten kann, verschweigt Herr Burda.) „Do bisch mit dem Auto, wenn Du schnell fahrsch, Corry?" (die anwesende Jugendfreundin Corry Müller-Vivil meinend). „Eine Stunde und zehn Minuten", die spontane Antwort, ich vermute mal VIVIL hat SAP im Einsatz. „Do bisch in Baden, do bisch daheim. Do musch net dei Schbrach umschreibe", so Herr Burda mit Begeisterung. „Karlsruhe ist die Metropole überhaupt. Die Internethauptstadt. Des isch doch net Berlin." Und selbstsicher: „Herr Landrat, unsere Metropolregion geht ihren Weg, auch ohne Stuttgart."

Anschließend erfahren wir aus erstem Munde die Geschichte, warum Burda mit dem Verlag ausgerechnet nach München zog:

„Ich hab zum Vadder gesagt, es ist nicht immer ganz leicht, die Leute nach Offenburg zu bekommen. Wir sollten vielleicht doch irgendwo in einer Großstadt einen Verlag aufmachen." Und weiter: „Wo, hat de Vadder gfragt, wo?" Der Spitzbub schimmert in Herrn Burdas Gesicht durch: „In Stuttgart! Das war natürlich hinterlistig von mir, weil ich seine Antwort gewusst habe." Recht hatte er, denn der Vater meinte: „Bis in sellem Loch dunte bisch, fahrsch besser glei weiter nach Münche." „Und damit hatte ich den Ritterschlag." Herr Burda muss lachen, während er das erzählt. „Deswegen gehen wir mit der Metropolregion unseren Weg. Mit der SAP. Mit Karlsruhe. Wir haben tüchtige Unternehmen. Der Martin Herrenknecht hat die modernste Technologie. Und der ‚Europa-Park' – was die machen! Was die Ideen haben!"

„Was sind denn die Märkte der Zukunft? Einerseits Kommunikation und (Technologie meinend) was der (der Herr Herrenknecht) da gemacht hat mit seinen Alpen – die Alpen sind im Grunde genommen alle badisch geworden, am Eingang und Ausgang singen sie seine Hymne. Aber wissen Sie, was noch ein Bombengeschäft ist? Entertainment Economy! Die Leute werden alle ein bisschen weniger arbeiten. Und da gibt es so Ideen wie Grundeinkommen. Und: Sie wissen nicht, was machen in der Freizeit. Auf dem Feldberg bauen sie eine Halle, und ich will im FOCUS drucken, was die da machen ohne Schnee. Die Leute haben Zeit und geben auch gerne Geld aus für Unterhaltung. Und deswegen ist der ‚Europa-Park' auch eine super Firma! Eine super Firma!" Da klingt schon kräftig Respekt vor dem Lebenswerk der ‚Europa-Park'-Familie Mack in den Worten mit. „Und ich verstehe mich immer als ein Teil der Entertainment Economy. Immer!"

Medienphilosoph

Und schon ist Herr Burda bei der Philosophie. Der badischen. In Herrn Burdas Präsentation ist ein Mann zu sehen, weißes, wuscheliges Haar, weißer Schnauzer, wissender Gesichtsausdruck, so ein bisschen Albert Einsteins kleiner Bruder: Friedrich Kittler.

„Des isch ä Lohrer (ein Lahrer). Und er wird der Bedeutendste sein von uns allen. In hundert Johr gibt's von mir nix mehr. Aber der Friedrich Kittler ist der einzige Medienphilosoph, den ich lese und lese. Leider zu früh gestorben. Ich habe ihn leider zu spät kennengelernt. Und, obwohl er ein Lohrer isch, wurden wir dennoch Freunde", auch in diesen Sätzen schwingt eine große Portion Respekt sowie Humor mit in Hubert Burdas Worten.

„Der Kulturwissenschaftler beschrieb die Technik als Weltgeist und die Menschen als Diener der Medien", schrieb DIE ZEIT im Nachruf auf Friedrich Kittler, und weiter: „In der deutschen Geisteslandschaft gab es einen Namen, der wie kein zweiter sich eignete, geraunt statt einfach dahingesprochen zu werden." „Was Mensch heißt", fasst er (Kittler) später bündig zusammen, „bestimmen keine Attribute, die Philosophen den Leuten zur Selbstverständigung bei- oder nahelegen, sondern technische Standards."

Richtige Richtung

Hubert Burda, dessen Name hoch oben am Media Tower leuchtet, hätte seine Rede nun beenden können, aber er fügt noch hinzu, ein Bild zeigend: „Und das ist Bernhard Kallen, mein Vorstandsvorsitzender. Achtzig Prozent von dem, was ich erzählt habe, hat er gemacht, das Unternehmen in die richtige Richtung geführt. ‚Cliqz' und all das sind seine Ideen." Das klingt bodenständig aus dem Mund des Mannes der digitalen Revolution.

Hubert Burdas amüsante, hochinteressante und durchaus anstrengende Rede (man muss da schon gut aufpassen, wenn er „hopst") ist zu Ende, es riecht verführerisch nach Rehrücken mit Rosenkohl. Ich sitze im Nebenraum, in zweiter Reihe sozusagen. Macht nichts, neben mir sitzt die nette Sophie aus Menzenschwand, Schwarzwälder Gespräche.

Nach dem Essen kommt Unruhe auf, Herr Burda will ja noch nach Gengenbach, die Andy Warhol-Ausstellung anschauen. Ich bin vorbereitet, mein Auto steht sehr nahe beim Burda-Anwesen, so kann ich vor ihm in Gengenbach sein (ich habe nicht einmal einen Strafzettel am Scheibenwischer, sehr außergewöhnlich für Offenburg).

Hubert Burda mit Bernhard Kallen bei Hubert Burdas Geburtstagsfeier

Gengenbach

Zwanzig Minuten später hält die schwarze Burda-Limousine auch schon in Gengenbach am ‚Haus Löwenberg'. Geschafft, ich war vor Herrn Burda da. Trotz Parkplatzsuche. Den wunderschönen Weihnachtsmarkt und die noch wunderschönere denkmalgeschützte Altstadt muss der Herr Burda links liegen lassen, keine Zeit. Herr und Frau End, Bürgermeister Thorsten Erny, Kulturchef Lothar Kimmig und Pfarrer Christian Würtz (er ist der Vorsitzende des Fördervereins Haus Löwenberg) warten zur Begrüßung. Ein kleines, feines Empfangskomitee.

Der historische Holzboden knarrt, als wir die Ausstellungsräume betreten. Klassizistischer Kontrast zur Designarchitektur des ‚Museum Frieder Burda' in Baden-Baden, wo viele der zur Zeit in Gengenbach gezeigten Warhols ansonsten an den klaren Wänden hängen.

Frieder Burda hatte es wahrhaft auch nicht einfach. Das sagt schon die Bezeichnung „der Mittlere". Der ältere Bruder Franz III., genannt Franz Junior, ist bereits als Stammhalter definiert, als Frieder 1936 in Gengenbach das Licht der Welt erblickte. Er erlernte das Druck- und Verlagswesen wie die Franzen, wurde dann aber zum Fachmann für Finanzen im elterlichen Betrieb. Als Burda in Darmstadt eine weitere Druckerei erwarb, entwickelte Frieder diese zur wohl führenden Akzidenzdruckerei in Europa. In den wilden 1968er-Jahren kaufte er sich sein erstes Bild zeitgenössischer Malerei. Der Beginn einer großen Sammlerleidenschaft für zeitgenössische Kunst. Ein Mittel, sich vom „barocken" Vater abzusetzen? Nach der „Realteilung" widmete er sich ganz dieser Leidenschaft, besitzt heute die bedeutendste Sammlung der zeitgenössischen Maler Gerhard Richter und Sigmar Polke sowie Werke wichtiger Expressionisten. 1998 gründete er in Baden-Baden (wo mit des Vaters Besuch beim französischen General Schmittlein nach Kriegsende das deutsche „Wirtschaftswunder Burda" Fahrt aufnahm; der kleine Bruder Hubert den Vater begleiten durfte) die ‚Stiftung Frieder Burda' und ließ nach Plänen des New Yorker Star-Architekten Richard Meier ein spektakuläres, tageslichtdurchflutetes Museum bauen. Damit verwirklichte Frieder Burda sein persönliches Lebenswerk.

„Da hängt ja au de Hubert", witzelt Hubert Burda, als er das Warhol-Portrait sieht, welches ihn zusammen mit seinen beiden Brüdern zeigt. „Ein Besucher hat gesagt, der ganz links ist der Netteste", ergänzt Herr End. Klar, ganz links im Warhol-Bild ist der Hubert.

„Früher war der Dezember Saure-Gurken-Zeit, seit dem Adventskalender ist er der stärkste Monat im Jahr, da bekommen Sie in Gengenbach kein Zimmer oder Restaurantplatz mehr", eröffnet Herr End seinen Vortrag. Respektvoll und höflich, aber doch sehr direkt, kommt Herrn Burdas Hinweis, dass seine Zeit knapp ist. In neunzig Minuten geht schon sein Flieger zurück nach München. Ab Baden-Baden versteht sich. Dennoch Zeit genug für Herrn Burda, um eine kurze Familiengeschichte zu erzählen: „Der Opa ist in Gengenbach im Krankenhaus gestorben, der Frieder ist in Gengenbach geboren. Was ihr aus dem Gengenbach gemacht habt! Man kann Gengenbach nur gratulieren. Des kennt man heute überall!" Herr Burda setzt sein Lausbubengesicht auf und erzählt: „Mit dem Mopedle simmer als Sechzehnjährige nach Gengenbach in d´ Weinstub. Ä Butterbrot, Speck und ä Glas Weißherbst." Herrn Burdas Augen funkeln, als er das erzählt. „Kaum gab es im Leben größere Genüsse als in Gengenbach" (ich vermute mal, in der Weinstube haben auch die Mädels gewartet).

Aus Gengenbach stammte übrigens auch die Mutter vom Opa, die Amalie Flaig, die den böhmischen Immigranten Wenzel Burda geheiratet hat.

Die folgende Kunstführung läuft entsprechend zügig in Anbetracht der knappen Zeit. Speed-Culture, wenn man so will. Hubert Burda weiß ja auch sehr genau, wer Herr Warhol war: „Ein komischer Vogel. Mit ihm konnte man nicht so befreundet sein wie mit dem End", gefolgt von einem „großartig" ob der beeindruckenden Ausstellung. Ein Blick aus dem Fenster auf das nahe Rathaus, auf den Adventskalender mit den hinterleuchteten bunten Warhol Werken sowie auf die Originalseiten der ‚Interview' im Flur, die Herr End eigens gegoogelt, erworben und an die Wand gepint hat, anschließend rasch zu Andy`s Katzenbilder im Nebenraum, und schon ist Herr Burda wieder auf dem Weg hinaus und davon. Mit einem erneuten respektvollen „Großartig" verabschiedet er sich und steigt in die bereitstehende Limousine. Aber nur kurz. Spontan geht es dann doch noch auf den Weihnachtsmarkt, einmal das Rathaus aus der Frontale betrachten. Klar, auch nur ganz kurz. Für Glühwein bleibt keine Zeit. Für ihn. Für mich schon.

Bleibendes

Morgen ist Silvester 2016. Das bedeutet, dass das Jahr schon bald wieder vergangen ist. Hat es gestern nicht erst begonnen? Schwermut. Vor über zwei Jahren nun schon erzählte mir Herr Burda von seiner Idee. Über zwei Jahre Sehnsucht des Autors nach dem Spaziergang mit dem Visionär.

Heute ist das Bild weiß. Mystisch weiß. Bizarr weiß. Eine frische Kälte umgibt dieses ganz besondere Weiß. Aber es ist kein Schnee, es ist Raureif. Über Offenburg liegt dichter Nebel, die Stadt wird unsichtbar. Die Rebberge werden zu schemenhaften zarten Silhouetten, verschmelzen mit diesem Hauch von Weiß. Pessimisten würden sagen: Grau! Für mich ist es zauberhaftes Weiß. Im Kontrast dazu stehen die dunklen Stämme der Obstbäume im weißen Boden, recken ihre nackten, dunklen Äste in den hellen Himmel. Das Weiß des Pavillons wirkt heute noch weißer, unschuldiger. Gleichsam Wachsoldaten flankieren die schlanken, hohen, dunklen Zypressenbäumchen den Pavillon, beschützen ihn, rahmen den Grundriss des Pavillonkreises in einem Quadrat. Als wäre Leonardo da Vinci der Planer gewesen. Jetzt, in diesem Kontrast zum Weiß, fällt mir dies zum ersten Mal bewusst auf.

An einem Apfelbäumchen hängen noch rote Äpfelchen. Dörr, aber rot. Das Weiß des Hintergrundes lässt das Rot der Äpfel noch röter werden. „Rot, die Farbe der Liebe. Und das Weiß, die helle Farbe, weckt die Urbilder in uns. Para ist, was wir mit den Sinnen nicht wahrnehmen können. Man spricht deshalb auch von Parapsychologie.“ Das hat mir Schwester Roswitha im Gengenbacher Franziskanerkloster auf meinem Jakobusweg erzählt.

Der Himmel genau über mir zieht auf, ein reines Zartblau erscheint, zum Berg hin leuchtet die Sonne als weißes Rund durch die vorbeischwebenden Nebelschichten. Das Weiß der Landschaft wird noch weißer, unschuldiger. Jedes noch so kleine Detail der Natur erscheint als bizzar-grotesk-filigranes Kunstwerk. Vollkommenheit. Unzählige Reifkristalle umsäumen jeden Zweig, jeden Ast, jeden Grashalm. Die dunkelgrünen Blätter der Stechpalme erhalten weiße Zuckerränder. Kristalle als Inbegriff des Chaos. „Man muss schon etwas Chaos in sich haben, um einen tanzenden Stern zu gebären." Nitzsche, Goethe, Schiller, Petrarca, Beethoven. Die Natur als Ur-Quelle? Als Kraft-Werk für Großes?

Für Bleibendes?

Für Bleibendes? Wird es in hundert Jahren noch Lesegeräte für die heutigen digitalen neuen Werke geben? Wie viele Sprachen wird es noch geben? Werden die Smartphone-Icons die Schrift verdrängt haben? Hatten die Ägypter vor der Keilschrift womöglich Buchstaben, aber Bildchen gingen schneller (könnte ja sein, wer weiß)?

Die dunklen Rebstöcke werden zu geheimnisvollen Gnomen. Der Schwarzwald als Ort für Mythen und Sagen. Oben, am Waldrand, bei der Bank, bei der Eiche für die Zwangsarbeiter: warmes Sonnenlicht, das kalte Nebelmeer liegt unter mir. Die Schritte haben die Schwermut gebunden. Dies Bildnis ist bezaubernd schön!

Automatisch finde ich mich pfeifend im Spaziergang wieder.

Katja

Mir fällt nichts ein, was ich schreiben könnte. Es gibt eben solche Tage. Spazierengehen ist nicht, draußen stürmt´s und schneit´s. Also: Fernseher an und zappen (das freut den Daumen-Physiotherapeuten). Und wen sehe ich da nach einer Weile, eine gute Bekannte aus meiner späten Jugendzeit, blond ihre Löwenmähne: die Katja! (Also, ich habe sie gekannt, aber sie mich nicht.) Die große Tochter der Behringers, ‚der glücklichen Familie', Erfolgs-TV-Serie von 1987 bis 1991. Und weil die Katja ja eigentlich die Maria ist, also die Maria vom Herrn Burda, schaue ich halt einfach mal weiter. Ist ja gerade mein Thema. Papa Behringer wird Fünfzig und steckt in einer echten Midlife Crises. Er hat ein Jobangebot erhalten, soll von München nach Amerika versetzt werden. Die ganze glückliche Familie ist begeistert, freut sich auf USA und macht und tut. Nur eine nicht: die Maria – nein, die Katja. So dreißig Jahre später erkennt der geneigte Fernsehzuschauer dann auch das damals schon vorhandene kühle Schauspieltalent der Katja, also der Maria, wie er es heute von Kommissarin Lindholm im ‚Tatort' kennt. In seiner Midlife Crises besteigt der Fast-Fünfziger also einen Berg zum Nachdenken, philosophiert: „Wie soll ich blühen, ohne Wurzeln?" Lange Rede, tiefer Sinn, der Papa Behringer verkündet auf der Geburtstagsfeier, dass er nicht nach Amerika will, alle sind enttäuscht, nur eine nicht: die Katja. Die ist auch erst gar nicht zur Feier gekommen, sie hat sich das ja auch gleich gedacht (ganz Kommissarin). Am Geburtstagstisch saß dann übrigens auch noch die richtige Mutter von der Maria alias Katja, die Kathrin. Die Kathrin Ackermann, von der die Maria, also die Katja, ihr Schauspieltalent geerbt hat. So ganz nebenbei hat die Maria während der Dreharbeiten übrigens noch ihren Doktortitel der Medizin gemacht, aber bald gemerkt: das eine oder das andere. Und so kommt es, dass man das eine, die Frau Doktor, sehr gut erkennt, wenn Frau Dr. Maria Furtwängler sich als ‚Tatort'-Kommissarin fachmännisch (oder muss es fachfrauisch heißen?) selbst eine Spritze in die Vene setzt. So kann´s gehen, wenn einem nichts einfällt und es stürmt und schneit. Bleibende Erinnerungen.

Der Kronprinz

Heute bin ich mit Lothar Nadler verabredet. Den Herrn Nadler kenne ich vom ‚Marketing Club Offenburg-Ortenau', er war lange Zeit der Präsident, wegen ihm ist das „Clubheim" ja auch hoch oben im Hubert Burda Media Tower, Herr Burda unterstützt den Club. Herr Nadler war lange Jahre Anzeigenchef bei Burda und deshalb hautnah am FOCUS dran. Besagte Burda-Azubine, auch fürs Anzeigengeschäft tätig, nannte ihn schlicht den „Grandseigneur" in der großen Abteilung, denn „er wusste noch, dass man einer Frau die Tür aufhält". Als Grandseigneur kommt Herr Nadler auch zur Tür des ‚Schiller Café' herein.

1972 bewarb sich Herr Nadler, hatte Einstellungsgespräch bei Hubert Burda. Das hat Herrn Nadler damals sehr beeindruckt, dieses Gespräch. „Wir kamen sehr schnell auf Sport zu sprechen, Hubert Burda war unheimlich sportbegeistert." Herr Nadler blieb dann auch über dreißig Jahre im Unternehmen. Bis zum Ruhestand. „Herr Burda war damals Verlagsleiter von ‚Bild und Funk', ich wurde sein Anzeigenleiter", erzählt Herr Nadler. Und so kam es dann auch, dass die beiden des Öfteren Tennis gespielt haben (nein, nicht während der Arbeitszeiten, sondern am Samstag). „Der Hubert Burda hat schon sehr gut gespielt. Aber einmal, da habe ich sechs zu null geführt. Hubert Burda war da schon Chef der BUNTE und ich für die Anzeigen zuständig. Und, das weiß ich noch ganz genau, da hat der Karl Oberleitner im Spaß auf den Platz geschrien: ‚Denk an deine Tantiemen'. Dann stand es plötzlich sechs zu zwei. Und am Schluss hat der Herr Burda neun zu sechs gewonnen. Er hatte unglaublichen Kämpfergeist. Es gab damals Burda-interne Tennisturniere im Burda-Sport-Club. Über Sport konnte man mit ihm immer reden."

„Er hat mich auch zum Golfspielen gebracht." Hubert Burda hatte dazu auch eine geschäftliche Meinung: „Am Golfplatz machen Sie gute Geschäfte." Es war die Zeit, als Burda große Golfturniere veranstaltete, die wichtigen Anzeigenkunden dazu einlud, Hubert Burda mittendrin. „Er war sehr nah am Kunden, wie kein anderer deutscher Großverleger. Das hat schon Eindruck gemacht, ein Verleger zum Anfassen. Er kam auch schon mal mit dem Hubschrauber angeflogen, neben dem Platz", Lothar Nadler muss lachen, „da war auch Show dabei." Hat aber sehr gut funktioniert. „Ich habe heute, und ich bin seit zwölf Jahren im Ruhestand, noch einige sehr gute Freunde aus jener Zeit." Und, Herr Nadler weiter: „Hubert Burda hat sich beim Golfen sehr wohlgefühlt. Es gab auch Turniere auf Mallorca oder Marbella. Für mich war das gut, denn es hat das Geschäft angekurbelt. Die Kunden haben den Inhaber kennengelernt und wussten, was er sagt ist wichtig und es gilt, was er sagt. Er war für die Kunden absolut glaubwürdig. Was er versprochen hat, hat er eingehalten."

Einmal war Herr Nadler mit Hubert Burda in Japan, das war so um 1980. Herr Burda hatte früh erkannt, dass der japanische Markt, Foto, Optik, Automobil und so, sehr wichtig für sein Anzeigengeschäft werden könnte. Also, Inhaber-Präsenz vor Ort zeigen, Vertrauen schaffen. Auf höchster Ebene. Ist ihm gelungen. „Die Japaner waren im Werbeaufkommen sehr weit vorne", meint Lothar Nadler.

In Deutschland startete Hubert Burda eine „Verlegertour", war in den Städten, wo Burda Niederlassungen hatte, präsent, die Anzeigenkunden hatten direkten Kontakt zu ihm. „Er gab Rückblicke und Ausblicke. Das hat die Kunden schon sehr beeindruckt." Und, klar, danach gab es ein feines „Verlegeressen". Da haben sich die Anzeigenkunden natürlich auch geschmeichelt gefühlt, so am Verlegertisch zu sitzen. „Sensationell, weil das kein anderer Verleger gemacht hat", sagt Lothar Nadler.

Ende der Siebziger, Burda hatte in der Mediaanalyse siebenhunderttausend Leser mehr gewonnen, Herr Burda war nicht greifbar, so entschied der Herr Nadler einfach selbstständig: „Wir werden unsere Anzeigenpreise trotzdem nicht erhöhen." Hubert Burda kommentierte später mit seinem Lausbubenschmunzeln: „Der Nadler ist ein Wahnsinniger, er bringt mich um mein Vermögen." Die Kunden wussten es zu schätzen, im Folgejahr hatte Burda ein Anzeigenplus von 1100 Seiten.

Ab und zu gab es, ganz Hubert Burda, gemeinsame Spaziergänge durch die Fessenbacher Reben.

Herrn Nadlers Stimme wird nachdenklich, traurig: „Es gibt zwei Dinge, wo ich ihn besonders bewundert habe: Als sein Sohn Felix gestorben war, saßen wir in kleiner Runde in der ‚Franzenstube', und da hat Herr Burda gemeint: „Ihr könnt euch nicht vorstellen, zu sehen, wie der Sohn im Sarg aus der Wohnung getragen wird", Herr Nadlers Stimme stockt, „das hat ihn gewaltig mitgenommen, das war ein Einschnitt in seinem Leben."

Pause. Stille. Feuchte Augen.

„Und das Zweite", so Herr Nadler weiter, „der FOCUS". Das Projekt ‚Super!-Zeitung' im neuen Deutschland Ost eben erst gescheitert, weil: „Wir hatten zu wenig regionale Anzeigen und nur eine Druckerei vor Ort, die BILD hatte vier oder fünf", so Herr Nadler.

Außerdem war da ja noch die Sache mit dem Herrn Murdoch, der nicht zahlen wollte, und dem Herrn Prinz, dem Chefredakteur, der kurz vor Einführung zurück zur BILD ging.

‚Super!-Zeitung' schiefgegangen. Aufstehen. Nächste Vision: FOCUS.

„Wir hatten Bauchweh, hatten ihn gewarnt, aber er wollte das nicht hören", sagt Herr Nadler. „Wir dachten, um Gottes Willen, das ist der Anfang vom Ende. Wenn das schiefgeht, sind wir Übernahmekandidat." Flurgespräch. Heute sagt der reife Herr Nadler: „Ich bewundere seinen Mut, wenn das nichts geworden wäre, wäre es eng geworden." Und weiter zum Thema FOCUS: „Wir mussten Anzeigen generieren, ohne dass wir ein Heft zu zeigen hatten. Wir haben etwas von ‚Info-Elite' und so erzählt. Wir haben es definiert, wie wir es wollten", sagt Herr Nadler mit seinem Grandseigneur-Lachen. „Wir haben über tausend Anzeigenseiten verkauft. Die wurden vorab bezahlt! Ein enormer Vertrauensvorschuss an Burda. Die Werbewelt war auch gewillt, uns zu unterstützen, um eine Alternative zum ‚Spiegel' zu haben. In den ersten Jahren mussten wir Anzeigen verschieben, weil das Heft zu dick geworden wäre. Das gibt es alle hundert Jahre mal!" Lothar Nadlers Augen leuchten vor Begeisterung, als wäre es gestern gewesen. „Die Auflage vom ‚Spiegel' blieb zwar konstant, aber dessen Anzeigen gingen schon deutlich zurück."

Lothar Nadler erinnert sich an Verlagskonferenzen, da saßen die Wichtigsten des Verlages zusammen, Hubert Burda in der Mitte: „Wir haben gesagt, dass ist sehr schwierig, aber er wollte es nicht hören." „Geht nicht, gibt´s nicht", Herrn Burdas Motto. Aber Herr Nadler hat dann auch die Euphorie gespürt und die Begeisterung bei den Kunden. Herr Nadlers Gesicht wird breit vor Grinsen: „Der Helmut Markwort schrieb auf seine Abrechnungen als Projektname immer ‚Zugmieze'. Und der Buchhalter hat gedacht, das muss doch jetzt nicht sein, dass er auf seinen Zugfahrten immer eine Mieze dabei hat." Das war lange Zeit der Running-Gag auf den Verlagsfluren.

„Und die digitale Revolution?", will ich wissen.

„Der Verleger war oft in den USA, kam immer zurück mit seiner Idee des ‚Communication Highway'. Da muss man ihn bewundern, da haben viele ihn noch belächelt, dass er gesehen hat, wo der Zug hinfährt. Vor FOCUS kamen die Anzeigen auf Papierabzügen, später war dann alles digital.“ Jetzt muss Herr Nadler richtig lachen: „Am Anfang hatten wir hölzerne Kisten mit Karteikärtchen, aber Herr Burda hat dann sehr früh in SAP investiert, dann ging alles auf Knopfdruck.“

„Ich hatte immer ein sehr gutes Verhältnis zu ihm. Natürlich gab es auch Ups and Downs. Aber er hat schon Jahre bevor der frühere Anzeigenchef in Ruhestand ging gesagt, ich sei sein ‚Kronprinz'. Daran hat er sich auch gehalten. Lothar Nadler spürt auch heute noch große Bewunderung (nicht nur, weil er bis auf den heutigen Tag zu Veranstaltungen eingeladen wird).

„Er ist ein Unternehmer, er hätte ja auch sagen können, das verwalte ich.“

Just, als Herr Nadler sagt, er müsse leider los, geht die Tür vom ‚Schiller Café' auf, und wer kommt herein? Frau Viertel und Herr Steuer. Beide strahlen, freuen sich. Nicht nur mich zu sehen, sondern auch Herrn Nadler, auch wenn dieser „nicht viel mit dem Senator zu tun hatte“. Aber: Bei einem Fußballspiel hat Edith Viertels Chef den Herrn Nadler in der Burda-Mannschaft mal gefragt, was er denn bei Burda mache, die Antwort ganz Senator: „Des isch gued, des bringt Geld.“

Wie dem auch sei, ich nutze meine Chance, Frau Viertel zu fragen, was Herr Burda denn im Dezember von ihr wollte, als er sie ins Hochhaus gebeten hat. „Herr Burda hat das Haus vom Senator in Anif bei Salzburg verkauft. Nachbar war da übrigens der

Dirigent Herbert von Karajan. Und dabei hat er eine Schachtel gefunden und wollte wissen, ob das des Vaters Handschrift ist." Herkunftsforschung.

Das Arbeiterkind

1943 in Essen geboren, die Kindheit in einer Turnhalle verbracht, „sieben lange Jahre, die Schwester hat das nicht überlebt", in der Verwandtschaft alles Arbeiter, viele an Staublunge durch die Arbeit in den Bergwerken früh gestorben, dann der Hinweis eines Freundes: „Komm doch nach Offenburg und schaff beim Burda." So beginnt die Lebensgeschichte von Rudi Reiff.

1972 bewarb er sich in Offenburg. Bei Frankfurt, Höhe ‚Ausfahrt Offenbach', bemerkte er, dass er sich weiter weg von der Heimat beworben hat als gedacht, fährt dennoch weiter bis nach Offenburg. Sitzt im Hochhaus, ganz oben bei Herrn Hurrle zum Bewerbungsgespräch, blickt in den Schwarzwald. Und bekommt den Job. Ein halbes Jahr auf Probe, daraus wurden dreißig Jahre. Als einfacher Sachbearbeiter im Anzeigenbereich begonnen, „die ganze Ochsentour mitgemacht", als verdienter Geschäftsführer das Medienunternehmen Burda in Richtung Ruhestand verlassen.

Das erste Zusammentreffen mit Hubert Burda beschreibt Rudi Reiff so: „Ich stieg im ‚Langen Franz' in den Fahrstuhl, Hubert Burda war schon drin und fragte mich, was ich denn bei Burda so mache und ob es mir gefällt." Brav gab Rudi Reiff Auskunft, kommentierte aber frech mit einem „Ne!" Er würde gerne etwas anderes machen. Hubert Burda hörte interessiert zu, und einige Zeit später fand sich Rudi Reiff in der Werbeabteilung wieder.

„Der Kitt unserer Zusammenarbeit war, dass wir beide überzeugt waren, dass das Haus ein anderes Image braucht. Hubert Burda dachte europäisch, ein hochgebildeter Mensch. Er ist ein Mensch mit klaren Visionen. Hubert Burda brauchte jemand, der seine Visionen umsetzen konnte." Stolz blitzt in Rudi Reiffs Augen. „Er wusste, dass ich von Tuten und Blasen keine Ahnung hatte, aber eine Vorstellung – wir wollten was machen!" Und Herr Reiff weiter: „Hubert Burdas Stärke war, dass er die Leute machen ließ, ohne sie zu bestrafen, wenn mal was in die Hose ging. Wir konnten Entscheidungen treffen, ohne Angst zu haben. Keiner musste sich inszenieren. Es wurde keine Energie verbrannt. Das gab eine enorme Sicherheit. Das war auch das Geheimnis, wie wir Burda aus dem Schwarzwald zum internationalen Unternehmen geformt haben."

„In den Achtzigern haben wir die Fundamente gelegt, die besten Werbeagenturen gaben sich in Offenburg die Klinke in die Hand." Rudi Reiff, das Arbeiterkind, der Mann ohne Abitur und Studium, arbeitete sich hoch, wurde Werbeleiter, später Geschäftsführer. „Meine Aufgabe war es, den Agenturen Hubert Burdas Visionen zu vermitteln. Ich war zuständig für Offenburg, Berlin, München, London, New York", Rudi Reiff kommt ins Schwärmen, als er mir das erzählt. „Hubert Burda führte Strategie ein, was nehmen wir ein, was können wir ausgeben? Nie über die Verhältnisse leben. Wir legten ihm einen A4-Zettel hin, da hatte jedes Objekt nur eine Farbe: Rot oder Grün. Er ließ uns machen. Er gab uns enorme Sicherheit, wir hätten in Offenburg auch keine Alternative gehabt, wo hätten wir auch hin sollen. Dieses sichere Gefühl war sehr wichtig."

„Als wir die ‚Glücks Revue' einführten – eigentlich eine Auftragsarbeit für die Burda-Druckerei – bin ich zu Frank Elstner gegangen (zu jener Zeit *die* Figur des deutschen Fernsehens) und habe gefragt, ob er für uns wirbt. Alle haben gesagt, das macht der nie. Er hat es gemacht." Und alle haben gesagt: „Jetzt sind wir doch ein großer Verlag!"

Rudi Reiff, bekennender „Dortmund-Fan", erzählt in der Fußballsprache: „Die eigenen Talente wurden entwickelt und hochgebracht." Und: „Wir hatten ein Spielsystem, das auf Hubert Burda ausgelegt war. Wir machten hinten dicht und spielten ihm die Bälle zu, er war der Torjäger." Die Anzeigenkunden wussten es zu schätzen, dass der Inhaber, der Verleger, selbst präsent war. „Hubert Burda arbeitete mit, war Chefredakteur, trug die Verantwortung, besuchte Kunden."

„Das war auch der Unterschied zu von Managern geführten Unternehmen: Da gab es keine Konkurrenz untereinander, man musste sich nicht inszenieren, nicht taktieren. Wir gingen offen miteinander um. Alle arbeiteten an einem Ziel: es den Hamburgern zu zeigen!" Und: „Als der ‚Stern' sich mit den gefälschten Hitler-Tagebüchern blamierte, modernisierte Burda den visuellen Unternehmensauftritt, sogar das barocke BUNTE-Logo wurde modernisiert. Eine Werbekampagne wurde gefahren, mit viel Selbstvertrauen: ‚BUNTE – die große Alternative!' " Hat funktioniert.

„Hubert Burda hat es mir nie verziehen, dass ich nicht mit nach München gegangen bin", sagt Rudi Reiff mit verschmitztem Lächeln. Als Dortmund-Fan in München, das ging ja gar nicht. „Ich konnte nur im Biotop Offenburg leben. Wo man sich kannte, schätzte. Das Familiäre. Die Münchner Struktur, das Schickimicki, das war nicht mein Ding", sagt Rudi Reiff, das Kind aus dem Arbeitermilieu, die Herkunft nie vergessend.

„Die gesamte Redaktion arbeitete daran, es dem Rest der Welt zu zeigen. Wir wurden früher nur milde belächelt: Mit ‚Käsblättle' kann man doch kein Meinungsbildner sein. Nach zehn Jahren hatten wir es geschafft. Die ganze Strategie war darauf ausgerichtet! Das mit Fleisch zu füllen, war mein Job!" Dazu gehörte auch das ein oder andere kontroverse Gespräch mit Jürgen Todenhöfer, Stellvertreter Hubert Burdas.

Und dann der Rückschlag: Als sich die ‚Super!-Zeitung' die Schlagzeile „Wessi schlägt Ossi mit Bierflasche tot" leistete, war Hubert Burda deprimiert, das Image war ramponiert (da hatte die Redaktion wohl zu viel Freiheit). „Auf einmal war er ein Rabauke", sagt Rudi Reiff heute darüber mit einem Lächeln. Nicht aufgeben, die folgende Geschichte, der FOCUS, ist bekannt. Geschafft!

„Hubert Burda hat seine Position nie rausgeputzt, er war immer kollegial, immer in einem Ton, der keine Angst erzeugte."

Ein kleiner Schönheitsfehler findet sich dann doch: „Er hat uns oft warten lassen, die Wartezeit definierten wir untereinander in der Einheit HUBERT, dreißig Minuten waren ein HUBERT", sagt

Rudi Reiff schelmisch. „Na, wie viele HUBERTS hast du dieses Mal gesammelt?“ die beliebte Frage untereinander.

Der Ostbadner

Es beginnt wie in einem Film: Das Telefon klingelt, ein Freund aus Studientagen, ein Burda-Manager, ist am Apparat. Und wenig später hat man bei Burda eine Herausforderung. Sich die besten Leute zu angeln ist ja bekanntlich eine Burda-Mentalität. So ist es auch Jürgen Siegloch gegangen. Nach meinem Gespräch mit Herrn Nadler und Rudi Reiff hatte ich die Idee, auch Herrn Siegloch anzurufen. Zwei Gründe machen Jürgen Siegloch für mich interessant: Er hat ‚Burda Direct‘ aufgebaut, und, er kam just in dem Moment zu Burda, als ich in der Werbeabteilung ein Praktikum gemacht habe, Rudi Reiff mein Chef war. Jürgen Siegloch und ich saßen damals Tür an Tür. Mit viel Ehrfurcht wurde er von uns begrüßt, wussten wir doch alle, dass er von Bertelsmann kommt und bei Burda was ganz Großes aufbauen soll. Heute nenne ich ihn Jürgen, man kennt sich im badischen Kleinstädtle. Vom Oldtimerfahren und vom Marketing-Club.

Bertelsmann kannte ich von meiner Oma, sie hat da regelmäßig ein Buch bekommen. Und Lexika. Mit diesem Buchclub war Bertelsmann sehr erfolgreich, heute würde man Oma eine Buch-Abonnentin nennen. Dass Bertelsmann Ende der 1980er-Jahre damit so erfolgreich war, war mitunter ein großes Verdienst von Jürgen Siegloch. Deshalb hat ihn der Dr. Bandl, der Manager, ja auch angerufen und zu Burda geholt.

Jürgen Siegloch, Jahrgang 1951, und ich kommen ins Plaudern über die gemeinsame Zeit, damals Tür an Tür. Ich erzähle ihm von der Präsentation in der Burda-Werbeabteilung, als uns die Dame ‚Corel Draw' zeigte sowie dem anschließenden Rückschritt im Studium. „Frau Kopf war die erste, die einen PC bekommen hat", erwidert Jürgen schmunzelnd. Frau Kopf saß noch eine Tür weiter. „Der Kuja hat bis zu seinem letzten Arbeitstag noch geklebt", ergänzt er, nicht weniger schmunzelnd. Will sagen, dass mein Praktikumsleiter, Herr Kujazinski, langjähriger Chef-Grafiker in der Werbeabteilung, sich auf seine alten Tage nicht mehr mit dem PC anfreunden wollte und weiter mit Reißbrett, Neunzig-Grad-Winkel-Reißschiene, Fixogum und Textfahnen aus der Repro gearbeitet hat.

Jürgen Sieglochs Aufgabe, damals 1990: alle Dienstleistungen nach innen übernehmen und anschließend auch nach außen verkaufen. Abonnenten gewinnen und betreuen. Telefonmarketing aufbauen. Kurz und gut: Direktmarketing installieren. Das hat der Jürgen Siegloch und seine Mannen auch sehr gut gemacht.

„So fing alles an. Hubert Burda war seiner Zeit voraus, hat gespürt, dass sich da was ändern wird. Wir haben gar nicht gewusst, was Internet ist, dachten, da sind zwei oder drei Computer miteinander verbunden", jetzt muss Jürgen lachen. ‚European Online' wurde gegründet (gescheitert, zu früh dran). Jürgen Siegloch gibt zu: „Als Pionier hat uns Hubert Burda immer wieder überfordert. Es ist uns nie wirklich gelungen, ein nachhaltiges Produkt zu platzieren. Dazu waren wir zu sehr gefangen in unseren Großkonzern-Strukturen. Aber Hubert Burda hat nie aufgegeben. Er hat sogar Leute eigens eingestellt, ‚Nerds' würde man heute sagen. Die hatten dafür von dem Geschäft keine Ahnung." Und dann war da ja noch dieser Jürgen Todenhöfer, der Mann für die Finanzen, der Herrn Siegloch und seinen Leuten immer Dampf gemacht hat, die Erträge zu steigern. Nicht zu vergessen der Erfolgsdruck, der im Raum stand, durch die Verluste der ‚Super!-Zeitung' im Osten. Wie soll man da kreativ neue Dinge entwickeln? Also hat Burda angefangen, sich an Firmen zu beteiligen oder auch aufzukaufen, die in der Entwicklung nachhaltiger Produkte schon gute Vorarbeit geleistet hatten. Ein Erfolgsrezept bis heute.

Beim Stichwort ‚Super!-Zeitung' muss Jürgen sofort auch an den FOCUS denken: „Herrn Burdas Image war ja sehr angeschlagen durch die ‚Super!-Zeitung' (wegen der ‚Ossi-Wessi'-Schlagzeile). Und in dieser Phase den FOCUS auf den Markt bringen. Das haben vor ihm schon so viele versucht, dem ‚Spiegel' Konkurrenz zu machen. Das war schon sehr mutig. Er hätte ja auch sagen können, so wie die Brüder, ich habe genug und widme mich der Kunst oder solchen Dingen!" Wir wissen, Herr Burda hat sich für den schwierigeren Weg entschieden.

„Er war Unternehmer, hat sich immer wieder gestellt. Als sein Sohn Felix gestorben war, stand er wenige Tage später wieder im Büro und hat gesagt: Es muss weitergehen. Ich habe Verantwortung für tausende Mitarbeiter." Jürgen Siegloch weiß auch heute noch ob der Bedeutung dieses Satzes und meint: „Das habe ich nie vergessen. Mir war klar, er macht das für das Unternehmen. Das ist der Lebensinhalt für die Familie. Für Offenburg." Und als Geschäftsführer weiß Jürgen: „Es dringt immer nur der Ärger nach oben, weil dann was geändert werden muss. Lob kommt nur ganz selten! Dem muss man sich als Unternehmer stellen."

Es ist immer so, im Gespräch fallen den Menschen plötzlich unerwartet Dinge ein: „Ich weiß jetzt nicht, ob ich das erzählen darf", beginnt Jürgen vorsichtig. „Burda veranstaltete in Stuttgart auf dem Cannstatter Wasen immer die Veranstaltung ‚Media meets Wasen' (dazu lud das Haus Burda Entscheidungsträger, Werbekunden und was man sonst noch so braucht auf das Volksfest ein. Auch Promis – das gab als Re-Investition Geschichten für die BUNTE). Ich war Protagonist und der Kari Albermann Organisator. Auf einer dieser Veranstaltungen sollte ich dem damaligen Ministerpräsident Oettinger eine Kuckucksuhr vom Strumbel überreichen", erzählt Jürgen weiter. „Ich lief neben Günther Oettinger zur Bühne. Das Zelt war so voll, dass ich im Gang von Herrn Oettingers Seite abgedrängt wurde. Deshalb habe ich dem großen Mann, welcher mich abdrängte, auf die Schulter getippt und gemeint, ich muss mit vor auf die Bühne." Und ehe sich der Jürgen, der Protagonist, versah, drehte sich der große Mann um und schlug ihn mit einem kräftigen Schlag nieder und zu Boden. „Das war der Leibwächter vom Ministerpräsident!" Heute kann der Jürgen wieder lachen, damals nicht. „Ich bin einfach wieder aufgestanden und zur Bühne geeilt, als ob nichts gewesen wäre! Sogar die BILD rief mich an und wollte darüber berichten. Von da an werde ich regelmäßig zu Herrn Oettingers Veranstaltungen eingeladen."

Dabei war der Cannstatter Wasen für Jürgen ein Heimspiel, denn in Cannstatt ist er geboren. „Der einzige Schwabe bei Burda. Herr

Burda hat mich witzelnd auch ‚Ostbadner' genannt." Deshalb kann Jürgen auch die erste Strophe des Wasen-Liedes: „Aufm Wasa graset d´ Hasa". Ein schwäbisches Volkslied. Und er sang es seinerzeit Hubert Burda vor. Und siehe da: Hubert Burda konnte alle Strophen des Liedes auswendig! Der bodenständige Verleger zum Anfassen für die anwesenden Kunden. Das machte Eindruck, die Aufträge blieben nicht aus.

Einmal gab es eine Veranstaltung, hoch oben auf dem Berg, beim Tegernsee. Hochgewandert sind die Führungskräfte. „Und plötzlich saß da oben, mitten auf dem Berg, eine Frau und hat auf einer Harfe gespielt. Das hat schon die Gespräche angeregt."

Wir kommen zum Thema Sport: „Er hat uns immer gefördert, dass wir so was machen: Tennis, Skifahren, Wandern, Golfen. Am Feldberg gab es Skirennen. Er hat meine Mitgliedschaft im Golfclub unterstützt." Die Begründung: „Wenn du mit einem Golf gespielt hast, kannst du ihn auch anrufen. Du warst fünf Stunden in Freud und Leid mit ihm zusammen."

St. Moritz

Hofweier. Früher Handballhochburg. Heute: Ins ‚Rössle' zum Mittagessen. Am Nebentisch sitzt der Franz Grathwohl. Ihn kenne ich von den Kinzigtäler Jakobuswegfreunden. Und ich weiß, dass er auch lange bei Burda gearbeitet hat, also: Geschichten erfragen!

„Ich hatte nicht so den persönlichen Kontakt zu Herrn Burda", meint der Franz, „frag doch mal den Blum Kurt, der ist mit ihm Skifahren gewesen!" Also: Anruf bei Herrn Blum, Termin machen. Aber Herr Blum ist am Telefon so redselig, dass ich gleich mitschreibe: „Ich war im Burda-Sport-Club in der Skiabteilung, wir haben da Skikurse für die Azubis gegeben. Sport war Herrn Burda immer wichtig. Er war begeistert, dass wir in sportlicher Hinsicht so etwas machen, er hat das unterstützt. Wir sind mit dem Omnibus nach Todtnauberg gefahren. Ich habe ihn mal im Hochhaus-Fahrstuhl getroffen und ihm erzählt, dass wir eine Ausflugsfahrt nach St. Moritz machen. Spontan hat er einen Pokal gestiftet. Er ist auch schon mal mitgefahren bei den Rennen. Ein exzellenter Skiläufer, das sieht man am Stil wie er fährt. Wie er durch die Tore fuhr! Er war früher ja auch Vereinsmeister und so", meint Kurt Blum am anderen Ende der Telefonleitung. „Ich hab den Pokal leider nie gewonnen, immer nur Zweiter oder Dritter", fügt er mit einem Bedauern hinzu. „Er musste sich ja immer auch gegen die großen Brüder, vor allem den Franz, durchsetzen. Das hat er jung schon am Skihang gemacht", meint Herr Blum ergänzend.

„Im Geschäft habe ich ihn wöchentlich getroffen. Ich war im Controlling, und es gab da Sitzungen. Herr Burda hat als Chefredakteur für die BUNTE Marktforschung und Analysen eingeführt, Werbeideen entwickelt. Den Heftumfang in Zusammenhang mit Anzeigenseiten gebracht", meint Herr Blum. Und: „Der Senator konnte damit nix anfangen, er war da immer sehr kritisch!"

Wäre Hubert Burda ohne St. Moritz auf die BUNTE-Spur gekommen? Man schrieb das Jahr der Fußballweltmeisterschaft 1974. Aber auch der Ski-Weltmeisterschaft, die war in St. Moritz. Auch

Hubert Burda war dort zum Skifahren. Und zum Geburtstagfeiern. Eher beiläufig bekommt er mit, wie sich Fotografen um eine gewisse Silvia aus Heidelberg scharen. Und vor allem warum: Sie soll die heimliche Geliebte des schwedischen Thronfolgers sein. Zu Hause in Offenburg, bei Tisch, der das Essen trägt, dort, wo der BUNTE-König Senator Franz thront, die beiläufige Bemerkung des Sohnes (nicht des Thronfolgers), „dass er ziemlich sicher sei, dass die nächste Königin von Schweden aus Deutschland kommen würde"! Der Vater war beeindruckt, wie sich der Jüngste auf einmal für Königshäuser interessiert. Und schon war er Vaters Stellvertreter in der BUNTE-Redaktion, der Senator wollte zwei Wochen in Urlaub. Behaupten gegen das eingeschworene Team des Vaters war da angesagt. Und vor allem: direkt aus dem intellektuellen Umfeld Münchens in die biedere Kleinstadt. „Von Peter Handke zu Frau Hauptschullehrer Metzger", wie es Hubert Burda selbst bezeichnete (die Frau Hauptschullehrerin, also die Frau des Lehrers aus der Kleinstadt – und Deutschland besteht aus vielen Kleinstädten – war des Senators repräsentative Leserin, heute würde man „Liesl Müller" sagen).

Franz Burda übergibt seinem Jüngsten Hubert symbolisch die Chefredaktion der BUNTE

Mutter Aenne und Vater Franz Burda

Heidelberg

Unter mir liegt wieder der Titisee. Umsäumt von Schwarzwaldbäumen ruht er seit Urzeiten auf rund 850 Metern über dem Meer. Heute ruht er besonders, denn er ist zugefroren. Glatt und eisweiß ist die Oberfläche. Einmal, da war es auch im Winter vorbei mit der Ruhe, da war ein richtiges Gewimmel auf der Eisfläche. Und nicht nur dort, auch in der Luft. Denn der fliegereibegeisterte Burda Senior hatte 1956 spontan seine Fliegerfreunde eingeladen: zu einem Winter-Flugtag auf dem zugefrorenen Titisee, der erste dieser Art in Deutschland. Und alle kamen. Und fast alle der Zuschauer kamen anschließend auch noch ins ‚Titisee-Hotel' zu einem Umtrunk, denn der Senator hatte seine Freunde dazu aufgerufen. Blöd nur, dass dabei das Mikrofon noch angeschaltet war und so auch viele der Besucher sich durch die Lautsprecherdurchsage eingeladen fühlten. Mit dabei beim Großflugtag war natürlich auch seine Burda-Flugstaffel, da war der Senator innovativ. Kaum war nach dem Krieg das Flugverbot aufgehoben, flogen seine drei amerikanischen Piper-Maschinen auch schon mit Werbebannern für die BUNTE sowie ‚Bild und Funk' über das Land. Oder sie drehten eine Ehrenrunde über Offenburg zur Begrüßung von Bundeskanzler Erhard, als dieser hoch oben mit Senator Franz im obersten Stockwerk des Burda-Hochhauses stand. Später nahmen die Piloten auch Kinder mit an Bord, die beim Esel-‚Mufti'-Wettbewerb in der ‚Bild und Funk' gewonnen hatten. Frieder Burda wurde ebenfalls begeisterter Pilot, ‚Engele' wurde die Maschine getauft, denn so nannte der Senator seine Aenne (Aenne 1968: „Mein Mann nennt mich Engele. Wer mich kennt, weiß, dass ich alles bin, nur kein Engel, schon gar kein Engele. Es gab Zeiten, da hätte er mich lieber ‚Teufel' gerufen. Wenn ihm danach zumute war, dann nannte er mich schlicht und einfach Engele. Engel sein verpflichtet. So zähmte er seine oft allzu temperamentvolle Frau!")

Ich bin wieder auf dem Weg nach Menzenschwand, einer meiner Schwarzwälder Kraftorte. Deshalb liegt wenig später nun auch noch der Schluchsee zu meiner Linken. Auch zugefroren.

Nicht zugefroren war er am 3. September 1939, als Sportler Franz Burda den See durchschwamm. Hin und zurück. Noch nicht ganz trocken erfuhr er anschließend durch das Radio, dass England Deutschland den Krieg erklärt hat, nachdem Deutschland bereits Polen angegriffen hatte. Spontanes Ende eines Familienurlaubes im eigenen Ferienhaus, der Senator musste sich von seiner mit Hubert schwangeren Ehefrau und den beiden Söhnen verabschieden und schnurstracks nach Offenburg eilen. Nach seiner Druckerei sehen. Schließlich liegt Offenburg grenznah zu Frankreich, „mit dem Kriegseintritt Frankreichs ist zu rechnen".

Zudem musste Franz Burda auch nach der Druckerei in Mannheim schauen, welche er 1938 von Berthold Reiss gekauft hatte, denn Herr Reiss durfte als Jude diese nicht mehr besitzen. Sein Sohn Hans Reiss schrieb zu Hubert Burdas sechzigstem Geburtstag: „Franz Burda schuf eine bleibende Freundschaft, die sich dann auch auf die nächste Generation übertrug."

Vorsorglich hat der Senator die Druckmaschinen vor dem Ausbruch des Krieges demontiert und in Lahr versteckt. Die Mannheimer Druckerei wurde bei einem Bombenangriff völlig zerstört. Hans Reiss weiter: „Mein Vater überlebte den Zweiten Weltkrieg.

Franz Burda schlug ihm vor, wieder Teilhaber zu werden. Mein Vater wollte lieber eine Rente. Bei Hubert habe ich immer Verständnis für die Probleme anderer Menschen, darunter auch die meinen, gefunden."

Wegen dieser Druckerei wohnte Familie Burda auch für einige Zeit in Heidelberg. Deshalb wurde Hubert Dietrich Burda am 9. Februar 1940 in Heidelberg geboren.

Friedlich ist das Bild des Schluchsees. Die Sonne schneidet einen Leuchtfächer durch die Wolken.

Einatmen. Tief, tiefer, noch tiefer. Steigerung von frisch. Superlativ von rein ist die Luft in Menzenschwand. (Das Letzte, was ich im Autoradio hörte, bevor ich es eben ausgeschaltet habe und ausgestiegen bin, war: „Feinstaubalarm in Stuttgart!" Der Senator hätte das vermutlich so kommentiert: „Isch halt ä Loch do unde".)

Menzenschwand ein Wintertraum. Die tiefgezogenen Dächer mit Schnee bedeckt, wie eine kleine, friedlich schlafende Welt. Die Glückshormone steigen spontan auf Höchstmaß. Glücksherzklopfen.

Bernau

Der nächste Tag in Menzenschwand. Die Sonne entfaltet den Wintertraum vor mir. Morgenspaziergang durch die heile Welt. Der Wind bläst Schnee von den großen Dächern. Rauch steigt aus den Schornsteinen der wärmenden Kamine. Das Bächlein ist zugefroren.

Am Ende des Menzenschwander Tales geht mein Blick hoch zum Herzogenhorn, weiß das edle Haupt. Hauptmann hieß neben Thoma und Winterhalter der dritte berühmte Maler aus dieser Schwarzwaldidylle. Am Herzogenhorn hatte er sein Malerhäusle, von wo aus er vor rund hundert Jahren aufbrach, seine Bilder zu malen und Skizzen zu machen. Vor allem von Winterlandschaften. Kaum vorstellbar, denn obgleich die Sonne herrlich strahlt, ist es bitterkalt, der Wind gibt noch einige Minusgrade obendrauf.

„In 50 Jahren wird nichts mehr so sein wie heute, bewahrt meine Bilder – sie sind ein Blick in die Vergangenheit", sagte er einmal.

Von 1880 bis 1947 hat er gelebt. Hier in Menzenschwand sieht es vermutlich immer noch so aus wie zu seiner Zeit. Auf dem Feldberg muss ich ihm leider recht geben. Die Kehrseite der „Entertainment Economy". Ich werde neugierig, in Bernau hängen Karl Hauptmanns Bilder im ‚Thoma-Museum'. Da zieht es mich hin.

Unten Rathaus, oben Museum, effiziente Kultur. So ist das Museum jeden Tag geöffnet. Wäre ja auch schade um die wunderbaren Bilder, die hier in Bernau hängen. Die vom Hauptmann und vor allem die vom Hans Thoma. Die vom Thoma habe ich das letzte Mal schon angeschaut, heute ist der Karl dran, passend zur Jahreszeit. Ein eigener Raum ist ihm gewidmet, ein wahrer Schwarzwaldraum, ein Heile-Welt-Raum. Idylle pur. Die Bilder so unschuldig und schön, der Winter wird zur Symphonie. Keine

Spur von rauer Kälte. Keine Spur von Härte. Der Härte des Überlebens in der Härte des Winters. Und in dieser Härte begab sich Karl Hauptmann auf seinen Langlaufski in der ersten Hälfte des letzten Jahrhunderts hinaus in die eisige, aber faszinierende Natur und malte. Rund 1600 Arbeiten umfasst sein Werk. In Bernau hängen 13 davon. Schlafende Schwarzwaldhöfe im Schnee, einsame Skispuren im verschneiten Wald, winterliche Ausblicke auf das Dorf, auf die Berge. Allen Bildern gemeinsam ist das verzaubernde, mystische Licht. Ein Malerhäusle kaufte er sich am Herzogenhorn, Heidi, die junge Tochter der Jugendliebe, ging ihm als Haushaltshilfe zur Hand. Wer das härtere Leben von beiden hatte, ist nicht gewiss, denn die arme Heidi musste die schwere Nahrung auf den Berg schaffen. Bei Wind und Wetter. Im Sommer zu Fuß, im Winter auf Skiern. Nix frisch gespurt durch die Loipenraupe und so wie heute. Das war richtig Schwerstarbeit. Und der Hauptmann empfing dazu auch noch gerne Freunde. Künstler, Intellektuelle, Industrielle. Also einsam war es zumindest nicht. Sogar eine Bergrettung hat er da oben gegründet (war vermutlich auch notwendig ob leichtsinniger Großstädter). Auf seinen Bildern ist davon nichts zu spüren, sie zeugen von der Kreativität in der Einsamkeit der Ur-Stille. Er hat den Ort geliebt, so sehr, dass er in seiner Hütte gestorben ist. Einen Hauptmann hat der Herr Burda übrigens dem Jörgle fürs Skimuseum geschenkt.

Eine Idee ist geboren: Ich werde von Menzenschwand aufwärts zu Karl Hauptmanns Malerhäusle wandern. Ich muss das wieder spüren, dieses Gefühl des Malers. Also: gleich ab ins Sportgeschäft, Schneeschuhe organisieren. ‚Thoma' heißt das Geschäft. „Aus der Jörgle-Dynastie?", meine Frage an den Verkäufer. „Nein, die sind in Hinterzarten zu Hause." „Aus der Malerdynastie?" Nein, auch nicht. Mit einem Lachen meine ich schließlich: „Hier heißt wahrscheinlich jeder Zweite Thoma", der Verkäufer grinst. Das Grinsen vergeht ihm, als ich erzähle, dass ich auf das Herzogenhorn will, zum Malerhäusle. Ich kann seine Gedanken lesen, die sind ungefähr so: „Da kommt der Städter, dem ich sogar erklären muss, wie man Schneeschuhe anzieht, und dann will der auch noch bei so viel Neuschnee und dem kalten Wind auf das Herzogenhorn." Sagen tut der Verkäufer aber freundlich, dass es sehr anstrengend und gefährlich sei und dass zudem ab der ‚Kunkelbachhütte' kein Weg ausgezeichnet sei und wegen Schneeüberhängen auch Lawinen drohen. „Letztes Jahr sind zwei umgekommen", seine mahnenden Worte. Und dass Stöcke nicht schaden können (ganz im Sinne eines guten und verantwortungsbewussten Verkäufers). Also habe ich auch noch Stöcke gekauft. Und warme Schuhe. Da kam ganz schön was zusammen, deshalb meine ich zum Verkäufer. „Jetzt dürfen Sie mir dafür aber einen kleinen Gefallen machen (Schwarzwälder Tauschhandel-Mentalität). Gibt es noch einen Senior im Haus, der mit Hubert Burda früher auf der Piste war?" Ich bin ja immer auf der Suche nach neuen, noch nicht gehörten Geschichten. „Ich frag ihn mal." Und von der Theke ruft es: „Die Frau Furtwängler war mit den Kindern auch schon da!" (Schwarzwälder Verschwiegenheit.) Das wäre was für die BUNTE, den Bernauer Tourismusmanager würde es freuen. Ich lasse mal meine Telefonnummer da, vielleicht hat der Senior ja was zu erzählen.

Der nächste Morgen, ich habe mich erkältet. Das wird nichts mit meiner Schneeschuhwanderung, so werde ich schon nicht verschüttet. Hoffentlich wird es keine Männergrippe, sonst stehen auch im Hotelzimmer meine Überlebenschancen schlecht. So wird aus Recherche am Berg abends eine Recherche am Stammtisch. Aber: Es gibt keine neuen, alten Geschichten von den Burdas. Dafür gibt es eine neue Geschichte, von denen die Menzenschwander schwärmen: „Vor zwei Jahren stand am Winterhalter-Museum ein großes Zelt, da war die ganze Nacht ein Fest. Und der Burda hat alles bezahlt."

Das Fernsehprogramm meint es gut mit dem todkranken Mann: Im Dritten läuft eine Dokumentation über die Schwarzwaldwinter. Sehnsuchtsvolle Bilder von Sepp Allgaier, gepaart mit High-Tech-Aufnahmen vom verschneiten Feldberg-Panorama. „Fünf Pfennig hämmer kriegd", sagt eine alte Dame, die als Kind vor der Kamera stand. Oder vielmehr fuhr. Mit ihren hölzernen Ski durch den verschneiten Schwarzwald. Dem Kameramann den Schulweg der Schwarzwaldkinder zeigend. „Gfrore hämmer, aber des hett den net interessiert." Und: „Als Fraue durfte mer dann nimme Ski fahre" (nicht dass sie sich verletzten und den Haushalt nicht mehr führen konnten). Dick vermummt ging es trotzdem auf die Piste, aber im Dorf wird frau halt doch erkannt. Das war es dann mit dem Skifahren. Auch Georg Thoma, das Jörgle, kam zu Wort, zusammen mit Rainer Mülbert zieht er seine Langlaufspur durch Menzenschwand bis hin zum ‚Kuckuck', der Wirtschaft am Bergesrand, hinten beim Menzenschwander Wasserfall. So schaut sich der schwerkranke Autor das zauberhaft winterliche Menzenschwand eben im Fernsehen an. Und wen sieht er da dann noch: den Herrn Burda, wie er mit Herrn Bogner und Herrn Wasmeier im Helikopter angeflogen kommt und das Jörgle im Skimuseum besucht.

Schwarzwälder Speck

Auf Schwarzwälder ist Verlass. Das Mobiltelefon klingelt, das Sporthaus ‚Thoma' in Bernau ist dran. „Der Fritz Schelshorn, das wäre einer, der was erzählen könnte." Es war Gott sei Dank keine Männergrippe, sondern nur eine Erkältung. So bin ich auch schon wieder fit genug, um den Herrn Schelshorn sofort anzurufen. Dieser freut sich, und schon habe ich am nächsten Tag eine Verabredung auf ein Schwätzchen. Mitten in Bernau wohnt er, im Herzen des Winterbilderbuches.

„Sag einfach alter Fritz zu mir", begrüßt mich Herr Schelshorn mit Schwarzwälder Handschlag. Auf dem Tisch liegt ein Stapel historischer Fotos, ich spüre sofort, das wird interessant. „Meinen Eltern gehörte die ‚Kunkelbachhütte' unterm Herzogenhorn", Herr Schelshorn, pardon Fritz, zeigt aus seinem Fenster auf den Berghang gegenüber, Begeisterung strahlt aus seinen Augen: „Dort bin ich aufgewachsen, im Sommer und im Winter." „Mit Ski an den Füßen sozusagen", erwidere ich. Fritz lacht. Als kleiner Bub ist er mit Ski immer um die Hütte gelaufen. Bis ihm sein Bruder einen Stoß gab und es rasant den Hang hinunterging. Da ist der kleine Fritz dann mächtig in den Wald geflogen. Passend dazu zeigt er mir ein altes Foto, mit weißem Bilderzackenrand, so wie ich das aus Omas Fotoalbum kannte, auf dem Foto eine alte Hütte: die ‚Kunkelbachhütte'. Vor dem Krieg. In den letzten Kriegstagen haben die Franzosen diese niedergebrannt, den Vater mitgenommen, zwei Jahre lang. „Fünfzehn Minuten haben sie uns gelassen, um unsere Sachen mitzunehmen." Fritz ist Jahrgang 1938, sieben Jahre war er da alt.

Durchbeißen. Auf den Vater warten.

Das Skifahren, eher Mittel zur Fortbewegung denn Sport. Zur Schule zum Beispiel. „Der Vater hat mich später dann oben an der Hütte auf die Ski gestellt, gesagt, nimm die Stöcke zwischen die Beine zum Bremsen. Und so bin ich zur Schule gerutscht." Tägliches Training.

1954 ist daraus der Deutsche Jugendmeister im Alpin-Skilauf geworden. Stolz zeigt mir der alte Fritz die goldene Siegermedaille.

Zwei Jahre zuvor, bei den Schwarzwaldmeisterschaften am Feldberg, Fritz hatte gewonnen, da sprach ein gewisser Hubert Burda zu ihm: „Fritz, ich bin net so schnell gfahre wie du, aber schöner!" Fritz muss lachen, als er das erzählt. „Dem Hubert hat Speck so geschmeckt. Abends haben wir zusammen Speck gegessen, den ich dabei hatte, Hubert hat gemeint, er bezahlt ihn mit Briefpapier" (Tauschhandel, ganz Druckersohn). Was hätte der arme Hubert Burda auch tun sollen? Hatte er doch mit Claus Mölders einen von Vater Franz Burda beauftragten „Finanzverwalter" dabei. Auf den Buben und dessen Finanzen aufpassen. Den Claus Mölders haben beide Buben bewundert, der Hubert und der Fritz. Als sich alle vor rund zwanzig Jahren einmal wiedersahen, in Muggenbrunn, in der Wirtschaft, da haben sie zu ihm gesagt: „Claus, du warsch immer ein Vorbild!" Und Fritz weiter: „Der Claus hat als Pokal immer so `n Fässle bekommen, da hat er bestimmt so acht Stück gehabt." Fritz Schelshorn kommt ins Schwärmen: „Vom Seebuck auf dem Feldberg, beim Turm, die Wächte runter, die Tauernrinne, auf dem zugefrorenen Feldbergsee das Ziel. Das war schon eine harte Abfahrtsstrecke. Ohne Fangnetze!"

„Ich habe immer ein gutes Verhältnis zum Hubert gehabt. Wenn wir abends zusammengesessen sind, da hat es keine Unterschiede gegeben. Das wollte der Hubert auch gar nicht.“ Und bei den Mädels? frage ich mit einem Grinsen. „Auch nicht. Wir haben uns ganz auf den Wettkampf konzentriert. Wir waren Sportler.“

„Der Hubert hat ja gern Speck gegessen“, sagt Fritz Schelshorn erneut, während er aufsteht und zur Küche geht. Wenig später kommt er mit einem großen Brettl mit Speck darauf zurück. „Da hab ich denkt, du isst bestimmt auch gern Speck“ (da liegt der Fritz nicht so ganz verkehrt). „Das erste Prospekt von Bernau hat übrigens der Burda-Verlag gemacht. Und weil es am Franz Burda so gut gefallen hat, durften die zwei Grafiker eine Woche Urlaub in Bernau machen. Mei, sind die versumpft! Ins falsche Zimmer sind die zum Schlafen, und des war schon belegt“, sprudelt es aus Fritz heraus. Aber das ist eine ganz andere Geschichte, ebenso das, was er mir sonst noch so alles erzählt, aus dem guten alten Bernau.

Die Tür geht auf, und seine Tochter kommt herein. Wie der Vater so die Tochter: Skirennen ist sie gefahren, bei den Deutschen Meisterschaften. „Der Vater hat im Lift den Markus Wasmeier getroffen, hat ihn einen Ski von mir signieren lassen. Nach meiner Fahrt, im Ziel, da stand der Wasmeier wieder. Da bin ich einfach zu ihm hin und hab gemeint, die Ski sind ungleich gefahren, weil nur einer signiert war, er soll doch den anderen auch noch signieren.“ Hat er dann auch gemacht, sympathisches Schwätzchen inklusive, die Reporter mussten solange warten.

„Schade, dass Herr Burda uns nicht Bescheid gegeben hat, als er vor einiger Zeit mit ihm angeflogen kam, wir hätten den beiden an der Hütte oben gerne ein Schnäpsle ausgeschenkt."

Die Tür geht auf und wie der Vater so die Tochter, so der Enkel: „Opa gehsch mit mir Schi fahre, de Baba hett kei Zeit?" Klar. Bis vor einem Jahr hat der Schelshorn Fritz sogar noch Skikurse gegeben. Bevor es losgeht, stopft sich der Bub den Mund aber noch mit Speck voll.

Beim Hinausgehen drückt mir der Fritz ein Foto in die Hand, „für den Hubert!" Ein Gruppenfoto, von damals in der Wirtschaft in Muggenbrunn. Wüsste man nicht, dass einer davon, sagen wir mal, ein nicht ganz armer Verleger ist, man würde es nicht erkennen. Alle stehen sie nebeneinander im Pullover, Hemd oder Jäckle und strahlen um die Wette. Auch der Rainer Mülbert ist mit dabei.

„Schade, wir hatten damals gesagt, das machen wir jetzt öfters, die Skikameraden von früher zusammentrommeln und nochmal fahren und zusammensitzen. Aber geklappt hat es seither nicht mehr."

Träume

Meine Heimfahrt führt mich durch die Mystik des winterlichen Schwarzwaldes nach Freiburg. Klar, nicht auf dem kürzesten Weg, sondern auf dem schönsten. Noch ein Extrabogen und noch einer. Das Licht über dem unschuldigen Weiß belohnt mich. Und die winterliche Stille (so ganz ohne Motorradlärm).

Aus meiner gemütlichen Studentenstadt ist, pardon, ein Verkehrsmoloch geworden. Zumindest entlang der ‚Schwarzwaldstraße'. Fortschritt, individuelle Mobilität. Ich bin mit Hans-Jörg Kiefer verabredet, ihm gehören zwei Sportgeschäfte in Freiburg. An der ‚Schwarzwaldstraße'. Und weil ich am falschen gelandet bin, muss ich „wenn Sie es schaffen" vom einen Sportgeschäft aus auf die ganz linke Fahrspur und Richtung Stadion. Dort ist das andere Geschäft, dort wartet der Senior-Chef auf mich. Wie schön muss es gewesen sein, als die Prachthäuser gebaut wurden, die Menschen flaniert sind, ab und an eine Kutsche vorbeikam? Wie wird es in zwanzig Jahren sein, wenn Google die individuelle Mobilität geändert hat? Oder der Herr Musk zusammen mit Herrn Herrenknecht die Straße untertunnelt hat? Geschätzte fünf Minuten später bin ich auf dem Abbiegestreifen und auf dem Weg zum Hauptgeschäft.

„Das ist mein Vater", begrüßt mich der sportliche Mann und führt mich nach oben, wo mich Hans-Jörg Kiefer freudig empfängt. Im Setzen hat er auch gleich eine Anekdote parat: „Erst vor kurzem hat mich der Hubert angerufen und hat gesagt: Das vergiss ich dir ein Leben lang nicht, dass du mich am Bahnhof hast sitzen lassen." Hans-Jörg Kiefer lacht. Was war geschehen? Hans-Jörg Kiefer ist zwei Jahre älter als Hubert Burda und besaß zu jener

Zeit schon einen Führerschein. Und so kam es öfters vor, dass der junge Hubert Burda mit dem Zug von Offenburg nach Freiburg fuhr und der Hans-Jörg ihn am Bahnhof abholte. Hat der Hans-Jörg ja auch gemacht. Immer. Zumindest fast immer. Denn einmal, „ich glaub wegen einem Mädel", da hat er ihn vergessen. Einfach so.

„Wir waren schon eine eingeschworene Skifahrer-Clique, der Hubert war immer unheimlich lustig und immer gut aufgelegt. Wir haben seine Art einfach gerne um uns gehabt. Er hat immer Späßle gemacht. Abends haben wir uns als in die Skibar zu den Skilehrern geschlichen. Da waren die beiden Messerschmidt-Töchter, die Heidi und die Ulli." Hans-Jörg Kiefer steht der Schelm in den Augen, ich kann den Film vor seinen Augen erahnen.

„Mit dem Auto haben wir ‚Dreherles' auf dem vereisten Parkplatz gemacht, das hat manchen nicht gefallen, wir haben einen Strafzettel bekommen", erzählt Herr Kiefer. Aha, der Herr Burda ist also ein jugendlicher Auto-Dreherles-Straftäter, denke ich. Wenn das die BUNTE mal nicht erfährt. Oder die BILD, Schlagzeile: „ENTHÜLLUNG! Hubert Burda ist durchgedreht." Armer Herr Burda.

„Die Abfahrt vom Seebuck an den Feldsee runter, das war schon die gefährlichste Strecke weit und breit, da haben alle Respekt gehabt. Auch die, die aus Bayern oder dem Ausland bei der Schwarzwaldmeisterschaft mitgefahren sind. Da hat es so manchen um den Baum gewickelt! Die meisten sind ins Ziel geflogen, da gab es jedes Mal so fünf oder sechs mit Knochenbrüchen.

Sicherheitsbindungen gab es ja noch nicht!" Und Hubert Burda? will ich wissen. „Klar, der ist da auch runtergefahren. Er war halt langsamer", Hans-Jörg Kiefer muss lachen, „sonst wäre er ja Schwarzwaldmeister gewesen!"

„Ach, das waren noch Zeiten, als man um jede Liftfahrt gekämpft hat, weil wir nix in den Taschen hatten! Da haben wir uns am Rand des Liftes versteckt. Da, wo uns keiner sehen konnte. Haben einen hohen Buckel gebaut und mit den Skistöcken den Bügel zu uns gezogen. Dann haben wir uns ein Stück mitschleppen lassen." An Silvester hatten die beiden die Idee, sich hoch in die Feldbergkapelle zu schleichen, die Glocken zehn Minuten vor zwölf Uhr zu läuten. „Das haben wir uns dann aber doch nicht getraut."

„Abends sind wir nebeneinander den Seebuck hinuntergefahren. Im Schuss, schauen, wer seine Ski am besten gewachst hat. Wer am weitesten kam, hat gewonnen. Einmal hat Hubert dabei seine wunderbare Strickmütze verloren. Womöglich war die von der Mutter entworfen", erzählt Herr Kiefer, und weiter: „Wenn de se holsch, ghört se dir", hat der Hubert gemeint. Also ist der Kiefer Hans-Jörg den Berg wieder hochgelaufen, Mütze suchen. Und hat sie gefunden. „Von da an habe ich auch eine Mütze gehabt, die mir ein paar Winter lang die Ohren vor der Kälte geschützt hat." Mit dabei auch der Karl-Heinz Mössen aus Emmendingen (der hat dann die Heidi geheiratet) oder die Kautz-Buben aus Denzlingen. „Die haben eine Stumpen-Fabrik (Zigarren) gehabt. Einer davon hat später am ‚Fahler Loch' am Feldberg den ersten Skilift gebaut."

„Den Frieder Burda hab ich ab und zu gesehen, ich kann mich an sein Gesicht erinnern.“ Hubert Burdas Eltern hat der Herr Kiefer nie getroffen. „Und im Sommer haben Hubert und ich uns immer aus den Augen verloren. Der Jürgen Todenhöfer war übrigens lange Zeit bei uns Skilehrer gewesen, schaut auch heute ab und zu noch rein.“ Sein Freiburger Gymnasium steht ja gleich um die Ecke.

Hans-Jörg Kiefers Augen werden nachdenklich, mit einem Schuss Traurigkeit: „Ganz früher war ich Hirtenbub. 80 Mark habe ich für den ganzen Sommer bekommen. Ich wollte mir ein Fahrrad kaufen, aber dafür hat es nicht gereicht. Ach (Herrn Kiefers Stimme stockt), was hatte ich für Träume! So schöne Träume!“ Aus den Träumen ist ein Full-Time-Job im eigenen Sportgeschäft geworden. Bis heute mit fast achtzig Jahren: „Ich kann doch meinen Sohn nicht allein lassen.“

Und dann macht Herr Kiefer, Opfer der digitalen Revolution, seinem Herzen Luft: „So viele Leute kommen, lassen sich beraten und ein Angebot machen, um anschließend im Internet so lange zu schauen, bis sie es irgendwo billiger finden.“

Wird Google mit ihren Algorithmen die Autos aus der Schwarzwaldstraße vertreiben? Und Amazon zuerst die Geschäfte und dann die Menschen?

Der große Bruder Franz Burda junior

Algorithmen

Offenburg trauert. Heute, am 27. Januar 2017, wird Franz Junior Burda, Franz der Dritte, in der Heilig-Kreuz-Kirche Offenburg von dieser Welt verabschiedet. So wie vor ihm der Vater und die Mutter. In der Kirche, wo er getauft wurde, geheiratet hat, seine Kinder getauft hat. Als Stammhalter wurde er in eine Welt des Druckes hineingeboren. Das ‚Offenburger Tageblatt' schreibt Hubert Burdas Nachruf: „Die Verdienste meines Bruders als Druckexperte um das elterliche Unternehmen sind enorm. Unser Vater hat meinen beiden älteren Brüdern früh ihren Platz in der Firma zugewiesen."

In einem historisch eleganten Mercedes-Benz wird er zur letzten Ruhe gefahren. Das hätte ihm gefallen, schöne Autos haben ihn immer fasziniert.

Hubert Burda weint.

Die Fähigkeit zu weinen unterscheidet den Menschen von künstlichen Algorithmen.

Dr. Hubert Burda
bei der Begrüßungsrede
auf der Feier zu seinem
75. Geburtstag
in Offenburg 2015

Im Uhrzeigersinn:

Hubert Burda begrüßt die Mitarbeiterinnen und Mitarbeiter im Festzelt vor dem Burda Medienpark in Offenburg anlässlich der Feier zu seinem 75. Geburtstag 2015

Eine Abordnung der Althistorischen Narrenzunft Offenburg

Hubert Burda begrüßt in seinem Elternhaus Kristina Göhner

Hubert Burda bei seiner unterhaltsamen Rede im Festzelt vor dem Winterhalter-Museum in Menzenschwand 2015

Hubert Burda inmitten der Gäste, rechts daneben Georg Thoma, links Skifreund Rainer Mülbert

GEORG THOMA
FREIBURG, DEN 10. MÄRZ 2016
EHRENPREIS
GROSSHERZOG
BADEN

Hubert Burda verleiht Georg Thoma für dessen Verdienste als Botschafter des Schwarzwaldes im Augustinermuseum Freiburg 2016 den ‚Ehrenpreis Friedrich I. Großherzog von Baden'

Beim Rundgang durch das Museum und die Winterhalter-Ausstellung

Anlässlich der Ausstellung „Der Senator und Fessenbach" kamen 2015 alle drei Brüder nach vielen Jahren wieder einmal zusammen, um den Vater zu ehren
Bild unten: Franz Burda, Frieder Burda und Hubert Burda

Hubert Burda singt für seinen großen Bruder Franz mit der Wiener Schrammelmusik-Kapelle ein Lied, wie es dem Vater auch gefallen hätte

Nächste Doppelseite:
Bei der Eröffnung des ‚Helios-Building', Hubert Burda dirigiert die Burda-Betriebskapelle
Im Rundgang mit Offenburgs Oberbürgermeisterin Edith Schreiner

Hubert Burda Media im Jahr 2017

LANZINGER

Reinhard End vor dem Bild von Andy Warhol, welches Hubert, Franz und Frieder Burda zeigt

Beim Rundgang durch das ‚Museum Haus Löwenberg' in Gengenbach 2016; rechts neben Hubert Burda: Reinhard End und Bürgermeister Thorsten Erny, im Hintergrund Autor Elmar Langenbacher

Blick vom Fessenbacher Schlössle mit dem Gedenkpavillon für Felix Burda auf Offenburg, ganz links der Hubert Burda Media Tower

„Wir sind Pflanzen, die – mögen´s uns gerne gestehen oder nicht – mit den Wurzeln aus der Erde steigen müssen, um im Äther blühen und Früchte tragen zu können.“

Johann Peter Hebel

„Die Heimat im Herzen, hinaus in die Welt“

Hubert Burda

Blick vom Aussichtsturm des Hohen Horn, dem Hausberg von Offenburg

Offenburg 2017:
Blick aus dem ‚Schöllmanns'
auf das Salzhaus und die St. Andreas-Kapelle, im Hintergrund das ‚Hohe Horn'
unten: Blick auf den Marktplatz mit der Heilig-Kreuz-Kirche

Autor Elmar Langenbacher mit dem ‚Opa-Andres-Denkmal' in der Steinstraße

oben:
Menzenschwand im Sommer
sowie der Lift an der ‚Grafenmatt'

unten:
die ‚Emmendinger Hütte'
am Feldberg

„Und dann ist er da, der Moment. Der Moment, in welchem sich zu den Bildern einer Ausstellung noch Freude schöner Götterfunken mischt.“

Elmar Langenbacher

Sonnenaufgang am Feldberg

„Beim Gehen entsteht der Weg.
Was an dem Weg sein Wesen hat, sammelt er ein und trägt
jedem, der auf ihm geht, das Seine zu.“

Martin Heidegger

Sonnenaufgang in Todtnauberg

„Grenzen erzeugen Grenzenlosigkeit.“

Petrarca

Blick vom Gipfel des Mont Ventoux

*Gedenkpavillon
für Felix Burda im
Fessenbacher Garten
am Schlössle
Im Hintergrund der
Hubert Burda Media Tower*

„Der Vadder war genauso, er isch uffm Bode bliebe.
Der isch den Weg da vorgloffe.“

Hubert Burda

„Bewegt euch – damit ihr langsam sein könnt:
Die Langsamkeit ist das Geheimnis, und die Erde ist manchmal etwas sehr Leichtes: ein Schweben, ein Ziehen, ein gewichtloses Bild, ein Sinnreich, ein Eigenlicht – übernehmt dieses Bild für euer Weitergehen: Es gibt den Weg an, und ohne das Bild eines Weges gibt es kein Weiterdenken."

Peter Handke

Auszug aus „Über die Dörfer", 1980/81

Hubert Burda und Peter Handke im Gespräch

Lumpeseggl

Manchmal kann´s schnell gehen. Das Telefon klingelt, Kari Albermann ist dran: „Hast du morgen um vierzehn Uhr Zeit, Herr Burda ist da und würde gerne mit dir reden." In Fessenbach ist Kirschblüte, dieses Jahr will Herr Burda sich das nicht entgehen lassen.

Und so stehe ich schon vierundzwanzig Stunden später vor dem Schlössle in Fessenbach, der Garten leuchtet in voller Blüte. Es ist der 4. April 2017. Kari Albermann öffnet die Türe, und schon bin ich drin. Ein Haus der Malerei. Nicht des Impressionisten Lothar von Seebach, sondern des Künstlers Hubert Burda. Vor allem sehe ich Selbstportraits. Gemaltes Tagebuch. Mit Malen hätte er es auch sehr weit gebracht. „Es geht noch einen Moment", also stehe ich am Fenster, im Obergeschoss des Schlössle, und warte. Von hier oben ist der Blick über die Blüte und die Weinberge, hinunter auf die Stadt und hinüber ins Elsass noch viel viel schöner. Das hat Lothar von Seebach schon gut gemacht, als er dieses Palais einst kaufte. Und während ich da so stehe, kommt Frau Müller-Vivil aus dem angrenzenden Raum, lächelt und grußt. Sie hat mit Hubert Burda zusammen zu Mittag gegessen. Weggefährtin aus Philosophenclubzeiten. In Erinnerungen schwelgen. Brücken in den Herkunftsort erhalten.

VIVIL, die weißen Pfefferminzbonbons, kennt ja jeder, aber auch die Geschichte dazu?

Kurz vor der Wende ins zwanzigste Jahrhundert hatte August Müller als Soldat auf dem staubigen und hitzigen Exerzierplatz den Gedanken: Jetzt ein frisches Bonbon, das wärs! Schon 1903 wurde aus der Vision das, was heute VIVIL ist, der August gründete in Straßburg eine Fabrik. Nach dem Ersten Weltkrieg zog die Firma 1920 nach Offenburg, da steht sie heute noch. Mehr noch: Die Müllers bauten eine Wohnsiedlung für die Mitarbeiter. Und, wer weiß, vielleicht hat Opa Burda für VIVIL die Werbeplakate gedruckt, denn VIVIL erkannte früh die Macht der Reklame, heute würde man Medien sagen. Bei wichtigen Sportwettkämpfen war VIVIL präsent, das hat nicht ein Stier erfunden (übrigens, als der Offenburger FV 1984 deutscher Fußball-Amateurmeister wurde, prangte selbstredend auch in weißen Lettern VIVIL auf den Trikots). Nach dem Zweiten Weltkrieg standen die Frauen zunächst alleine da, führten die Bonbon-Fabrik wieder ans Licht. Was folgte, ist ein weiteres Offenburger Wirtschaftswunder. Das mit dem lustigen grünen Krokodil, welches wir als Kinder schon liebten. Gut so, wer weiß, was ich sonst auf meinen Spaziergängen lutschen müsste.

Ja, und schon wenig später sitze ich am Tisch des Verlegers. In der guten Stube, auch hier Kunst an den Wänden. Alles sehr stilvoll. Auf dem Tisch: ‚Franzensberger'. Mit einem „was hänn denn Sie für ä scheens Künschdlerjäckle an" begrüßt Herr Burda mich. So wird es erst einmal ein kleiner Plausch über den Lago Maggiore und über den sonntäglichen Markt in Cannobio, denn da kaufe ich mir immer meinen italienischen Chic. Zugegeben, die sind schon etwas bunter als die dunklen Armani-Jackets im Medienpark. „Ich bin ja auch so was wie ein Künstler", antworte ich mit einem Grinsen. Ob Herr Burda das wegen des Kittels (badisch für Jacke) sagt oder um die Stimmung locker zu gestalten, weiß ich nicht. Ich weiß nur, meine Nervosität ist gleich dahin (immerhin habe ich ja über zwei Jahre auf dieses Gespräch gewartet). Die ganze vergangene Nacht habe ich Fragen vorbereitet. Und dann das: Es wird ein Monolog, aber ein sehr spannender!

Herr Burda sieht mir meine Begeisterung für das Schlössle wohl an, denn er sagt: „Der Vadder hat des Schlössle für `n Appel und `n Ei von der Frau Baronin erworben, sie hatte aber auf Lebenszeit noch Wohnrecht. Der Vadder wär jetzt hundertvierzehn." Und er bringt, wenn man so will, das, was ich jetzt über zwei Jahre lang beobachtet und recherchiert habe, auf den Punkt: „Aber für mich spielt das nicht die gleiche Rolle wie für ihn. Ich habe Sachen eingenommen, die von den anderen nicht besetzt waren. Nicht mit den Brüdern rivalisieren. Sonst wäre ich ja immer nur Zweiter gewesen!"

„So entschdand der ‚Hohe-Horn-Kreis'. Ich wusst, dass mir nach Münche gehn. Ich wollte was mache, des war mir wichtig. Die Ortenau, Offeburg. Bis heut. Der Turm auf dem Hohen Horn muss erhalten bleiben. Der Junker Horst war des Gegenstück." Hubert Burda spricht badisch (auch ohne Publikum), er ist daheim. Die Frage Hubert Burdas an Horst Junker damals: „Wer sind die Matadore?" „Aus dem ‚Hohe-Horn-Kreis' ist die ‚Trinationale Metropolregion am Oberrhein' geworden." Herr Burda sagt das mit Stolz, das sind bleibende Spuren. Spuren, die die Region, die Heimat voranbringen. Deswegen auch gleich die Frage an Herrn Albermann, der mit am Tisch sitzt: „Was isch da der Schdand?" Kari Albermann ist im Bilde: „Millionen an Forschungsgeldern sind geflossen." Herrn Burda freut es, „dass es klappt hat", und: „Dran bleibe!"

„Es war im Mai. Mit einem großen Transparent ‚Hohes Horn', da gibt's Fotos, simmer von hier aus gschdartet. Menschen von weit her sin komme." Herr Burda spaziert in Erinnerungen.

„Drüben am Albersbacher Mättle hab ich des Schifahre glernt. Ich hab den Franzl im Schifahre abghängt, da hat er sich halt auf die Porsches konzentriert. Sechs bis acht junge Leute waren wir. Nur Bube, kei Maidle. Später sind wir mit dem Bus vom Grimm Olli aufs Brandeck Lindle. Das war ein reiner Apfelbaumhang. Ich war ein Naturtalent. Hab alle abgehängt."

Herr Burda strahlt wie ein Lausbub, als er das erzählt. „Der Olli hat gsagt, bisch n Talent. Und ich soll in sein Gschäft komme. Mit vierzehn war ich der beste Schifahrer in Offeburg. Hab die Clubmeischderschafte gwonne!" Ja, und dann ging es in den Schwarzwald, an den Feldberg. Nach Menzenschwand. „Do müsse se au mal schaue." Herr Burda redet so begeistert, ich unterbreche ihn da nicht, um ihm zu sagen, dass ich das alles schon gemacht habe. Ich spüre die Verbundenheit zur Ortenau. „Auf die Moos simmer gwandert. Nach Oberkirch. Und die Traditionsvereine. Die Narrenzunft." Jetzt hopst der Herr Burda, aber ich kenne das ja von seinen Reden. Ich bin vorbereitet. „Bleibe se dran!" „Da spielt auch die Aenne eine Rolle, ihre Verbundenheit zur Gegend. Sie war viel in Durbach. In der Winzergenossenschaft." Und meinen letzten Text kommentierend, den Herr Burda auf dem Flug nach Baden-Baden gelesen hat, übers Skifahren mit Herrn Schelshorn und Herrn Kiefer: „Der Kiefer war n Lumpeseggl" (in Baden ist das ein Kompliment). An die Dreherles habe ich mich schon nimmer erinnert ghabt!" Herr Burda hat meinen Text sehr gut gelesen: „Ja, mit den Internetfirmen hat er seine Probleme." Da schwingt schon auch, wie soll ich sagen, Besorgtheit ob des Jugendfreundes mit.

Herr Burda entdeckt die BUNTE von 1983, welche ich mitgebracht habe. Die mit dem Ronald-Reagan-Interview. „Des muss n langweiliges Interview gwese sein, denn der Präsident isch debei ingschlofe." Herr Burda muss lachen. „Mir hänn gschwätzt und gredet und uff eimal isch der eingnickt. Er war ja scho krank un hett viele Medikamente gnomme." Herrn Burdas USA-Korrespondent habe dann gefragt: „Was machen wir jetzt?" Darauf Herr Burda: „Ha, jetz warte mer – wenn der uffwacht, dann hett der bschdimmt ebbs Interessants zum Vozähle!" Und Herr Burda mit einem Grinsen weiter: „Mir hänn bschdimmt ä halb Schdund gwartet. Mir hätte den umbringe könne! Uff eimol ischd Tür uffgange und der Security isch reinkomme." Mit einem „Fuck you off boys" haben die Sicherheitsleute die beiden rausgeworfen.

Langsame Heimkehr

Im nächsten Augenblick ist Hubert Burda gedanklich bei Peter Handke, bei ‚Langsame Heimkehr': „Ohne den Peter wäre ich schon 1978 am Herzinfarkt hops gegangen. Der Peter wollte wissen, was ich in Offenburg so mache, und kam mich besuchen. Er hat nur gesagt: Das machst du noch paar Monate, dann bist du tot." Zu jener Zeit war Herr Burda bereits Chefredakteur der BUNTE, den starken Vater und die zweifelnden großen Brüder im Genick. Von der alteingeschworenen Mannschaft des Vaters gar nicht zu sprechen. Das nennt man wohl Erfolgsdruck. „Ich hatte Herzrasen, Angst vor dem Einschlafen, dass ich nicht mehr aufwache. Mathias Nolte wohnte gegenüber." Der Notfallplan. „Dann habe ich das Buch ‚Langsame Heimkehr' gelesen und wusste, ich musste mich verlangsamen. Mit Felix bin ich nach Alaska. Wir sind dem Handke nachgereist. Da gibt es Tagebuchmotive, Eintragungen. Bald ist mein drittes Buch fertig, ‚Landwege, Seewege', ich habe es Handke gegeben zum Lesen. Fortsetzung von ‚Digitale Revolution'. 1989 wurde die durch Felix ausgelöst. Seine Doktorarbeit, er war in Karlsruhe, hat zwei Jahre in Fessenbach gelebt. Seine Kinder sind hier im Klösterle getauft." Und dann sagt Herr Burda, der Macher der digitalen Revolution, bescheiden: „Felix brachte mich auf diese digitale Welt. Wir haben CD ROMs gemacht, über Jerusalem und so."

„Die Tagebuchmotive, ich hatte viel früher die simple Feststellung, habs nie so gmacht wie andere. Bin nie die ausgetretenen Wege gegangen."

Hubert Burda muss lachen: „Für die Brüder und die anderen war ich schwer zu ertragen. Die Welt verträgt nur wenige, die so waren wie ich. Ich bin in einer Private Company groß geworden. Die Mutter hat immer gesagt, uns gehört alles. Also nicht so wegen Geld. Der Spargel, wo hesch den her? Von welchem Bur? Es darf um Gottes Willen nix übrig bleiben. Am Schluss gabs noch ein Ei über den letzten Spargel. Des steht in den Notizbüchern. Alles beginnt mit ‚Langsame Heimkehr' vom Peter. ‚Landwege, Seewege', was jetzt fertig ist, zeigt die Struktur meines Denkens. Es gibt viele Menschen, die sagen, der Hubert isch n Spinner. Der kann an nix dranbleibe, hopst glei zum nächsten. Das ist das neuronale Denken, da kannsch du kei Landrat sei, die müsse plane. Ich seh den rose Vorhang da (Herr Burda zeigt auf den Vorhang am Fenster) und muss an die Kirschblüte denken. So isch au die Prosa. Die heb ich mir uff, bevor ich ins Bett geh, da schlof ich besser. So entstand übrigens auch der Parzival. Das ist das sprunghafte Denken."

„Das Bessere ist der Feind des Guten", sagt Herr Burda, „des hab ich in die Redaktion gebracht. ‚Des isch nix, lass es bleiben, mir mache n andres Thema.' Da waren schon manche sauer, die haben lang recherchiert." Herr Burda muss grinsen.

Hubert Burda macht eine Sprechpause, ich nutze diese, um in meine Tasche zu greifen und Peter Handkes ‚Langsame Heimkehr' auf den Tisch zu legen (wie gesagt, ich habe mich die ganze Nacht vorbereitet. Und irgendwie habe ich das geahnt).

Am Nikolaustag 1942 ist Peter Handke geboren, in Kärnten. Ein Revolutionär der Literatur und des Theaters. Die Sechzigerjahre. Alles andere als ein Ja-Sager. Alles nur nicht läppisch. Mit der ‚Publikumsbeschimpfung' den Besucher vom Beobachter zum Teilnehmer gemacht. Ab 1970 dann der Wandel zur stilisierten, metaphernreichen Sprache, Selbstfindungsprozess, ‚Langsame Heimkehr' eben. Unzählige Auszeichnungen hat er bekommen, einige davon auch abgelehnt. Anders wie andere Schriftsteller eben. Nicht die gleichen ausgetretenen Wege betreten. So wie der Herr Burda auch.

Genau genommen habe ich nicht nur ‚Langsame Heimkehr' dabei, sondern einen Sammelband, da sind auch noch ‚Die Lehre der Sainte-Victoire', ‚Kindergeschichte' und ‚Über die Dörfer' drin. Die 1. Auflage. Verlag ‚Volk und Welt'. „Berlin 1982 für die Deutsche Demokratische Republik."

Herr Burda nimmt das Buch strahlend zu sich, beginnt zu blättern. „Der Handke hopst auch. Auf jeder Seite eine neue Assoziation. Aus dem Gehen zur Assoziation kommen", sagt Herr Burda, und weiter: „Ich bin mit Handke gewandert. Hier sind wir losmarschiert. Von Straßburg zum ‚Grand Ballon'. Die Kirsche hänn scho greift! Mir hänn z´ Nacht gegessen, und der Peter isch dann weitergegangen. Ich musste in die Redaktion. In Basel haben wir uns wieder getroffen. Vor den Holbein-Zeichnungen. ‚Über die Dörfer' ist dann in Salzburg entstanden. Das Schlusskapitel ein Monolog." Herr Burda zitiert: „Ich bin ein Abkömmling aus diesem Dorf." Und er ergänzt: „Des konnt ich schier auswendig!"

„Es steht auf wichtigen Fakten. Immer mit den Füßen auf der Erde. Down to Earth. Blieb uffm Bode."

Hubert Burda mit Peter Handke bei einem philosophischen Spaziergang

Ein früher Spaziergang mit dem Vater

Vadder

Zart streicht der feine Frühlingsduft aus den Wiesen. Sanft zeichnen sich die Umrisse der Kirchtürme aus dem Stadtbild vor mir, unter mir, ab. Markant streckt sich der Hubert Burda Media Tower in den Himmel, die Bergketten der Vogesen und des Schwarzwaldes in der Ferne verschwimmen, werden eins mit dem Himmel. Beschaulich ist das Bild.

Es ist ein besonderer Ort. Weit geht der Blick bei schönem Wetter. Bis hinüber ins französische Elsass, das Straßburger Münster, der ‚Finger Gottes', erkennbar am Horizont. Fantastisch das Farbspiel, wenn die Abendsonne den Himmel verfärbt, die Berge leuchten. Blau, Violett, Orange. Einmal hat der ‚Finger Gottes' versagt, der gepflegte Park über den Reben erinnert an Felix Burda. Erstgeborener und verstorbener Sohn von Hubert Burda.

Hubert Burda geht einige Schritte im Park mit mir spazieren.

„Blieb uffm Bode. Viele erleb ich, wenn sie in ein Amt kommen, verliere se die Bodehaftung. Der Vadder war genauso, er isch uffm Bode bliebe. Der isch den Weg da vorgloffe."

Der gemeinsame Weg von Vater und Sohn.

„Es war einmal ein Vogelhändler, der nicht einmal aus
Deutschland kam. Mozarts Papageno ließ sanft grüßen.
Des Vogelhändlers Name zeigte vielmehr an, dass er aus
Böhmen stammte, vielleicht aus jenem Böhmen,
das am Meer liegt. So zog er bettelarm durch Bayern,
Schwaben und Südbaden westwärts, um hübschen jungen
Dingern Kanarienvögelchen samt goldenem Käfig zu verkaufen.
Doch ach, es kam das böse Grammophon –
und all die Bräute kauften Platten, keine Vögel mehr.
Die Schallplatte ersetzte jedes Zwitschern."

Friedrich Kittler

aus ‚Festina Lente' zu Hubert Burdas 70. Geburtstag 2010

Aenne Burda auf dem Oktoberfest

Kollege Burda

17.05.17. Der Abstand zwischen meinen Ohren genügt fast nicht, solch ein riesiges Strahlen habe ich im Gesicht. Ich stehe bei ‚Buchbinder Bruder' in Ottersweier – Herr Bruder hat mir eben ein fein von Hand in blaues Leinen gebundenes Buch in die Hand gedrückt: „Spaziergang mit Hubert Burda". Ein Einzelstück vorab. Heute Nachmittag werde ich dieses Hubert Burda übergeben. Das Werk ist fertig. Glaube ich.

Und so stehe ich später des Tages auf der rückseitigen Terrasse des Fessenbacher Schlössle. Es ist ein herrlicher Vorsommertag, die Natur liegt in voller Pracht, ein großer Nussbaum spendet Schatten im Garten. Der Blick geht über die Weinberge, von einer Seite der Terrasse gar bis hinüber nach Straßburg, mittig und schemenhaft der ‚Finger Gottes'. Es hat dreißig Grad.

Boris Weggler, der arme Kerl, trägt wie immer Krawatte bei der Hitze, ich habe wieder mein buntes „Künschdlerjäckle" angezogen. Hubert Burda macht noch ein Mittagsschläfchen am heimatlichen Ort, heute Morgen hat er bereits den diesjährigen ‚Senator Ehrenamtspreis' verliehen, nachher wird er noch die neue Ausstellung im Schlössle eröffnen: ‚Andy Warhol in Offenburg.'

Und so komme ich mit Boris – nach über zwei Jahren ist man im Team per Du – während des Wartens ins Gespräch: „Hast du auch mal die Aenne gefahren?", frage ich, keine Ahnung warum, der Instinkt. Boris grinst, er weiß, was ich denke. Aber es kommt anders, als ich erwartet habe: „Die Aenne konnte unglaublich toll Geschichten erzählen. Eine Fahrt ging nach St. Moritz, und sie hat erzählt und gelacht. Die ganze Zeit. In St. Moritz habe ich gedacht, schade, dass wir schon da sind. Sie war immer sehr großzügig. Als das alte ‚Keilbach'-Gebäude abgerissen war, hab ich sie gefragt, ob sie den großen freien Marktplatz mal anschauen möchte. Darüber hat sie sich richtig gefreut, und so sind wir in die Offenburger Hauptstraße gefahren. Sie war da bereits über Neunzig. Dann kam ein Polizist zum Fahrzeug und wollte mich belehren, dass dies eine Fußgängerzone sei. Als ich meinte, Frau Burda möchte den Marktplatz anschauen, hat er ins Auto gesagt, ‚die Alt hat Füß, die kann laufe'." Jetzt muss Boris Weggler richtig lachen: „Da ging das hintere Fenster runter, und dann gab es ein lautes, heftiges Wortgefecht. Hin und her. Ich wusste gar nicht, wie mir geschieht. Ich hatte ja eine Durchfahrtsgenehmigung."

Die Gesichtszüge werden nachdenklich: „Felix habe ich auch gefahren. Ein unglaublich netter Mensch. Wenn er mich irgendwo gesehen hat, ist er zu mir gekommen, hat mir die Hand gegeben und mich begrüßt." Und nach einer Pause des Schweigens: „Er hat sich im Betrieb ja alles angeschaut, die Druckerei, alles. Er wollte überall das Wissen haben. Dr. Burda könnte jetzt seinen Ruhestand genießen und Felix wäre da."

„Meine erste Begegnung war lustig. Ich habe Felix abends in der Stadt aufgeladen und wohin gefahren. Als es ans Bezahlen ging, hat er gesagt, geht auf Kostenstelle soundso. Da habe ich zu ihm gesagt, ich wusste ja noch nicht wer er ist: Hey Kollege, das ist die Burda-Kostenstelle. Er hat nett gelacht und mir seinen Ausweis gezeigt." Da ist es dem Boris damals ziemlich warm geworden und er hat am nächsten Tag kräftig mit einem Einlauf gerechnet – aber nichts geschah.

Hubert Burda betritt die Terrasse, lächelnd wie immer. Es wird nur ein kurzes Gespräch geben, in fünf Minuten ist Eröffnung der Vernissage. Passend zur Künstlerjacke habe ich ein Gemälde dabei, ein Selbstportrait aus meiner Jugendzeit. Gouache. Kubistisch angehaucht. Dies zeige ich Herrn Burda und meine: „Keine Angscht Herr Burda, ich will Ihne des net verkaufe – ich möcht Ihne nur zeige, wie es in meinem Kopf aussieht, dass se sich beim Lese net wundern, wenn ich beim Erzähle plötzlich von was anderem anfang.“ „Sehr schön“, meint Herr Burda, er versteht sofort, was ich meine.

Nach über zwei Jahren Arbeit wollte ich ihm das fertige Buch auch nicht einfach auf den Tisch legen. Deshalb ist es in einer schönen Schachtel verpackt, eine Schlaufe in badischen Farben drum. Auch ein erfolgreicher Verleger hat doch bestimmt Freude an der Vorfreude. Ich sage zu ihm: „Es ist fertig!“ Und spontan: „Es wäre schön, wenn es noch einen weiteren Teil gäbe, in welchem Sie persönliche Geschichten, Anekdoten und so erzählen.“ Herr Burda genauso spontan zu Herrn Albermann: „Kari, der Elmar sitzt nachher im Auto zu mir, wenn wir nach Baden-Baden fahren.“

So schnell kann`s gehen.

Hubert Burda, Andy Warhol und Vater Franz Burda in Offenburg

Andy Warhol in Offenburg

In der Kunstkammer im Fessenbacher Schlössle hängen Warhols an den Wänden. Portraits von den Burdas. „Portrait of a Gentleman" hat Andy Warhol das Bild genannt, welches Hubert Burda zeigt. Vor allem hängen da aber Fotografien und Zeitungsberichte. Eine Dokumentation Andy Warhols in Offenburg, 1973 war das. Als Herr Burda den Ausstellungsraum betritt, wird er sofort umringt, jeder will ihm Hallo sagen. Grüßende und Begrüßter genießen das. Die Kunstexpertin im Hause Burda, Mon Müllerschön, bringt die Zusammentreffen von Andy Warhol und Hubert Burda in ihrer Begrüßungsrede auf den Punkt: „Da haben sich zwei Visionäre getroffen. Komplizen gleicher Gedanken." Und: „Keiner kann so gut darüber erzählen, wie Herr Burda selbst."

So nimmt denn Herr Burda das Mikrofon, verlässt das Rednerpult aber gleich wieder und schreitet vor ein Bild: „Am beschde kann mer vor dem Bild übers Bild erzähle." Auf dem einen Foto sieht man Andy Warhol bei den Burdas in der Schanzstraße: eingerahmt vom Vater und der Mutter stehen da Andy Warhol und Hubert Burda nebeneinander, alle lächeln. Auf der Schwarz-Weiß-Fotografie daneben sind alle beim Abendessen in der guten Stube versammelt. „Der Senator hat zu den Amerikanern übrigens immer nur ‚Hello boys' gesagt, er konnte kein Englisch", ergänzt Herr Burda mit dem Schelm in den Augen, und weiter: „Auf dem Bild bin ich so zweiunddreißig – ich hoff, dass ich mich net so arg verändert hab." Der Lacher ist auf Herrn Burdas Seite. An der Wand hängt auch ein Warhol-Portrait von Franz Beckenbauer. „Das habe ich dem Franz damals zum Geburtstag geschenkt. Vor paar Tag hat mich der Franz übrigens angrufe und hat gsagt, du Hubert, in Köln ischn Bild von mir. Für einskommavier Millione.

Soll ichs kaufe? (der Warhol hat ja meist Serien gemacht, also gibt es auch nicht nur einen Beckenbauer)." „Wenns Geld hasch, kannschs kaufe", hat Herr Burda ihm geantwortet. Lachend erzählt er das. „Auf dem Bild isch de Vadder un de Andy. Und des isch des schönschde Bild. Da isch de Andy, de Vadder und ich druff. Der Andy konnte ja kei Badisch", ergänzt Herr Burda spitzbübisch. „Als Kunsthistoriker hatte ich es immer mit komplizierten Bildinhalten zu tun. Und dann entstand die Pop-Art. Ich spürte, irgendwas kann ich brauchen für meinen Job. Ich wollte ja den Verlag. Die BUNTE war damals noch weit von dem entfernt, von dem Nimbus, wie sie heute ist. Der Warhol hat mit seiner ‚Interview' vorweggenommen, was heute im Fernsehen funktioniert. Seine famous people haben mich zum People-Magazin gebracht. Der Warhol wollte nach oben. Und ich auch." Hubert Burda grinst. Warhols Meinung: portraitiere einen Berühmten und der erzählt es anderen Berühmten. „Morgen werden in New York zwei Senators (also Warhol-Portraits vom Senator) versteigert. Ich steiger da net mit. Für viele Millionen. Des isch verrückt, des muss mer net mache. Für des Geld gibts gscheitere Dinge."

Fünfundzwanzigtausend Deutsche Mark hat das Portrait vom Senator damals gekostet, welches Hubert Burda seinem Vater zum siebzigsten Geburtstag schenkte. Jeder weitere Burda fünftausend (wenn der Andy schon mal da ist). Die Mutter hat sich beim Fotografiertwerden schwergetan, da sagte Hubert Burda zu ihr: „Mudder, jetz denksch an Hollywood. Da hat se de Kopf in den Nacke gworfe." Ja, und so entstand das wunderbare Portrait von der attraktiven Aenne Burda, wie wir es heute kennen.

„Wir hatten Verbindung in zwei Dingen: Geh nie ausgeleierte Wege – verbinde immer zwei Dinge.“ Und: „Er hatte Bescheidenheit, was mir in Baden au hänn. Des muss mer beherzigen. Blieb uffm Teppich. Blieb im Volk. Blieb bi de Litt (Bleibe bei den Leuten). Da holsch dei Kraft her.“ Zum Abschluss seiner Worte sagt Herr Burda: „Der Warhol, der berühmte Künstler, der in Offenburg war! Net in der Großstadt.“

Vor der „Kunstkammer“ spielt die Burda-Betriebskapelle auf, es duftet verführerisch nach badischem Flammenkuchen, ‚Franzensberger‘ wird von den hübschen Damen gereicht. Biertischgarnituren stehen bereit. Auch Egon Weimer, frisch gebackener Burda-Ruheständler ist da, lange Jahre hat er den Offenburger Druckereistandort vorangebracht.

Hubert Burda geht zur Betriebskapelle, die Blasmusiker inmitten der Weinreben auf Stühlen sitzend – und singt einfach mit. Anschließend schüttelt er Musikern die Hände. Herr Burda schwärmt vom Lieblingsmarsch des Vaters, beginnt den Schluss zu summen, die Musiker legen die Instrumente beiseite, gemeinsam wird gesungen. Nicht als Dirigent mit Dirigentenstock, der sein Unternehmen dirigiert, steht Herr Burda da, sondern mit böhmischem Gute-Laune-Gen. Mitten unter den Menschen. Nur der Anzug ist ein anderer als die blauen Westen der Musiker. Den Musikern sieht man den Stolz an, dass der Chef so nahbar ist.

Ich treffe auf Rainer Mülbert, den Skifreund vom Kindheitsberg. Zusammen mit Hubert Burda geht es in die ‚Franzenstube‘, so viel Zeit muss sein. Dort hat der Herr Mülbert sein nächstes Schwarzwaldprojekt auf Stühlen ausgelegt. Mit einem knappen „Rainer, mach weiter so" spaziert Hubert Burda kurz darauf zur bereitstehenden schwarzen Limousine.

Und so endet meine Geschichte, wie sie begann: im Fahrzeug des Medienvisionärs. Des badischen Buben. Des Weltmannes.

Beim Friseur

Die Limousine setzt sich in Bewegung. Am besten bin ich erst mal ruhig, abwarten, was passiert. Hubert Burda schwärmt von der Betriebskapelle. Auch mit der Ausstellung ist der Kunsthistoriker sehr zufrieden, verteilt Lob an Kari Albermann und das Team. Hubert Burda packt sein Tablet aus, checkt erst einmal Nachrichten, ganz FOCUS-Verleger. Die frühlingsgrünen Weinreben ziehen langsam an uns vorbei, als wir das Schlössle in Fessenbach verlassen. Das Licht steht bezaubernd über dem Bild.

Anhalten, nicht wegen den Reben – Herr Burda braucht weitere Unterlagen aus dem Kofferraum. Als der Boris nicht gleich den Kofferraum geöffnet bekommt, ist Zeit für eine Anekdote, Herr Burda erzählt mit dem Schelm in den Augen: „Als wir mal beim BMW-Chef waren, hab ich vorher denkt, des isch heikel mit dem Mercedes zu kommen, also hämmer `n BMW gemietet. Do hämmer über Weltpolitik gredet – als ob mer wichtig wär. Nach dem Gschpräch hat er uns zum Auto bracht, und ich hab zum Fröschl gsagt: jetzt aber los! Da hat der Fröschl den Rückwärtsgang reingmacht, und mir sin rückwärts gfahre." Jetzt muss Herr Burda lachen: „Unser Abmarsch ging total danebe – ich konnt ja net sagen: des Auto hämmer erscht grad ebe gmietet!"

Noch zwei Business-Telefonate, dann ist Herr Burda ganz bei mir. Das wird bis Baden-Baden auch so bleiben, da klingelt während des Gespräches kein Handy dazwischen.

Hubert Burda erzählt mir wieder von der Trilogie, welche er schreibt, vom dritten Buch, welches in Kürze erscheint: ‚Landwege, Seewege'. Und so wie die ersten beiden Bände ebenfalls biografische Züge beinhalten wird. „Viele Tagebuchaufzeichnungen sind da drin. Die Arbeit ergab etwas, was für mich wichtig ist. Das hat mit Warhol zu tun. Wenn man über den ‚Spiegel' redet, sagen wir Hochkultur. Die BUNTE les ich beim Friseur." So weit so gut. Soweit Potential für Lästerer der Hochkultur.

„Als Verleger konnte ich es mir nicht leisten, nicht darüber nachzudenken, was in den Köpfen der Frauen beim Friseur vorgeht." Hubert Burdas Worte kommen wohlüberlegt: „Wenn Sie sich nur in der Hochkultur aufhalten, bei Beethoven, bei Adorno, bei Thomas Mann. Wenn Sie sich nur mit so Zeugs aufhalten, dass Sie in der Politik Volksbewegungen nicht erkennen, an den Leuten vorbeireden, dann sind Sie überrascht, wenn die Wahlen verloren gehen." Und weiter: „Wenn Sie mit Massenmedien zu tun haben, jeden Monat drei bis vier Millionen Menschen erreichen, so müssen Sie sich mit allem beschäftigen. Mit dem High und dem Low. Es gibt nicht nur Hochkultur."

Herr Burda springt zur Kunst, wie plötzlich die Pop-Art entstand, Banales zur Kunst wurde. Kelloggs-Verpackungen und Ähnliches. Wie eine neue Ästhetik entstand. Wie Gegenstände aus dem täglichen Gebrauch eingefügt wurden. „High and Low." Hubert Burda spricht von Heidegger, ‚Sein und Zeit', wie der Begriff „man" immer „Mainstream" ist. „Wenn Leut mit Großem zu tun haben, dann lade se ä Streich-Quartett ein, kei Betriebskapell!"

Odem des Lebens

„Du ziehsch ausm Volk dei tiefe Odem – un blosch en wieder lebend aus. Vom gleichen Ast, vom gleichen Baum. Du musch im Volk verwurzelt sei!"

Bildmitte: Opa Franz Burda I. im Elferrat, 1911

Wurzeln

Herr Burda kommt auf sein erstes selbstgemachtes Magazin, Münchner intellektueller Studenteneinfluss, das Männermagazin ‚m' zu sprechen: „ ‚m' war viel zu hochgestochen. Der Vater war dagegen. Es war ihm nicht handfest. Er hat recht gehabt. Und dann macht er die ‚Freizeit Revue'. Das ist heute noch eine Lokomotive." Ruckzuck ist Herr Burda wieder bei Warhol, wie dieser beides verband, wie dies in der Pop-Art gesteckt hat. Wie sich Andy Warhol in der Provinz wohlgefühlt hat. Wie Andy in Offenburg war und nicht in der Großstadt. München besuchte er erst zehn Jahre später, als die Burdas in der Arabellastraße den Verlag eröffneten. In Lederhosen, so am Rande bemerkt.

Hubert Burda erzählt, wie er sich Gedanken über die eigenen Wurzeln gemacht hat: „Wie kommt es, dass die Burdas aus Böhmen, die net gscheit Deutsch konnten...? Und die kommen nach Offenburg mit zwei Berufen. Hutmacher und Vogelhändler. Das Singen der Vögel war das Einzige, was es an Musik gab, das Grammofon kam ja erst später. Da hat Friedrich Kittler drüber geschrieben. Und es gab ja auch kein Radio. Da ist der Uropa von Tür zu Tür und hat gsagt, da hätt i ä Vögele für Sie." Hubert Burda pfeift lustig vor sich hin. „Da hat er scho immer gwisst, was er dene Fraue verkaufe kann. So sin se, die Burdas." Entertainment Economy. „Im Soziologiestudium habe ich eine Umfrage gemacht, habe an den Türen geklingelt. Ich hab dann die Frauen gesehen und gewusst, was die mir erzählen wollen. Ich bin dann gleich weiter." Hubert Burda grinst. Der Professor meinte anschließend, dass Student Burda die beste Arbeit abgeliefert habe. So volksnah. „Ich weiß, was ich mit den Leuten reden kann." Herr Burda schwärmt wieder von der Betriebskapelle: „Die Leut hänn so `n Spaß. Des war schön. Des hat der Großvadder verschdande. Do wollt der Großvadder ebbs werde. Aber der Sohn böhmischer Einwanderer war ein Nobody." Dann war da die Narrengesellschaft, deren Mitglieder es im Bürgertum schon zu etwas gebracht hatten. Der Opa wollte in den Vorstand, man hat ihn abgelehnt. „Einer isch im Vorschdand ausgfalle, da isch er nachgrückt." Die Redoute brauchte noch achtzehn Programmpunkte, da haben sie zum Großvater gesagt: „Du, Burda, du machsch des Programm. Am Schluss hat er zwölf Punkte selbst vorgetragen. Die Lisa isch genauso. Des isch die Burda Kreativität."

Wieder muss Hubert Burda schmunzeln: „1909, der Vadder war sechs Jahre alt, da hat der Opa ne Nummer gemacht mit leichtem Schneefall. Der Opa saß mit der Gitarre hinter dem Vorhang, und der Vadder isch als kleiner Bub über die Bühne hin und her ghopst, hat kleine Papierschnitzel als Schnee verstreut. So Sache hat der gmacht. Des Publikum war begeischdert!" Hubert Burdas Augen leuchten: „Und dann isch des Franzele gschdolpert un ins Souffleusehäusle gfloge. Und die Souffleuse hat gfragt: Wo kommsch n du her?"

„Der Vadder hatte das ursprüngliche Denken. Aus dem Stegreif konnte er erzählen, hatte viel Fantasie. Der Opa war ein großartiger Erzähler. Dann hat der Vater promoviert. Das Oberschicht-Feuilleton hatte er nicht. Das hatte er nicht drauf."

„Auf den Schultern von Riesen sieht man weiter. Der Opa war ja kein Riese, ich au net." Einmal wollte man Hubert Burda deswegen provozieren, er kontert spontan mit Kreativität: „Auch unter Regenwürmern gibt es Hengste!" Die andern waren sprachlos. Schachmatt. „Mit allem hänn se grechnet, aber mit dem net! Da sind Sachen im Geiste des Vaters drin. Und des Großvaters. Wenn es der Wirtschaft schlecht ging, hat der Vadder immer die Chance darin erkannt. Das kreative Denken. Alle wollen dem Bundeskanzler imponieren, die Burdas waren immer praktisch veranlagt. Verkappte Politiker zu sein war nicht interessant." Herr Burda zitiert Jean Paul: „Das sublime Denken ist nichts anderes als ein auf den Kopf gestellter Humor."

„Aenne war aus dem Arbeitermilieu – das wollte sie nicht", fährt Hubert Burda ernst weiter. „Schon 1933. Aenne mochte die Rothemden nicht – weil sie aus dem Arbeitermilieu kam. Der Großvater (Hubert Burdas Opa Lemminger) wollte auch nicht im Milieu bleiben." Sein Ratschlag an die Tochter Anna: „Du muesch mir einen Doktor heirate!" Hubert Burda trocken weiter: „Hätt de Burda Franz net promoviert, hätt se ihn net gheiratet. Die Aenne war ein schönes Mädel. Die Verzauberung der Welt durch Schönheit. Die Schönheit das letzte Geheimnis der Welt. Die ganzen Modetitel gehen in diese Richtung hin. Das war die Aenne." Stolz auf die Mutter schwingt kräftig in den Worten mit. Auf die Schönheit und das Lebenswerk.

Baden-Baden

Die Limousine erreicht Baden-Baden, passend dazu fährt Herr Burda fort: „Da war der Blumencorso.“ Die Mutter hat ihr schickes Cabriolet mit Rosen geschmückt, ein hübsches Kleid und einen ausgefallenen Hut angezogen. Ihr bezauberndes Lächeln aufgesetzt und teilgenommen. Und wurde nur Zweite. Da war sie sauer (sagt die Legende).

Baden-Baden zeigt sich in herrlichem Sonnenschein, lädt zum Flanieren in der Lichtentaler Allee ein, die Architektur zeugt von einer großen kulturellen Vergangenheit. Und Zukunft – nicht zuletzt des Engagements von Frieder Burda wegen.

„Das Besondere war, was dann kommt. Hans Kuhn trifft Burda. Der nimmt sie mit zu den Künstlern. Das kam alles über die Mutter. Der Vater kam über die Expressionisten. Da herrschte Rivalität unter den Eltern. Wenn Aenne etwas entdeckt hatte, dann wollte er das auch. Nach dem Krieg gab es viel zu entdecken. Südfrankreich.“ Herr Burda muss grinsen, „Auch der Olli Grimm war in Südfrankreich. Geflügeltes Wort damals: wer nimme kann, geht nach Cannes!“

„Die Aenne spielt eine große Rolle. Die Ästhetik, das Essen, der gedeckte Tisch. De Vadder hett vom Esse net viel voschdande. De Vadder wär mit Brägele (Bratkartoffeln) ausgekomme. Die Mutter wollte Hummer.“ Die Mischung aus High and Low, wenn man so will. Das feine Essen in ‚Brenners Parkhotel‘ in Baden-Baden und Brägele zu Hause.

„Die Unternehmensphilosophie: Burda braucht man. Die

Schnittmuster. ‚Mein Schöner Garten'. Ich mach da nix anderes, als all das auf die neue Zeit zu bringen", sagt Herr Burda.

„Da drübe isch die ‚Villa Stephanie'. Da isch de Vadder mit seinem BMW hingfahre. Zum General Schmittlein." Der kleine Hubert auf dem Beifahrersitz. Nach dem Krieg bestimmten die alliierten Besatzer, wer publizieren durfte und wer nicht. Und der Franz Burda wollte. Und wie! „Das Recht zu drucken. So wie der Springer in Hamburg. Schmittlein war ein großer Goethe-Fan. So wie der Vadder." Beide zitierten sich gegenseitig ‚Faust I' und ‚Faust II'. „Der Vater konnte außerdem gut Französisch. Der Burda ist ein guter Kerl", hat General Schmittlein dann gesagt.

Herrn Schmittleins Frau war Jüdin, und Herr Schmittlein wusste von Herrn Reiss, dessen Druckerei Franz Burda in Mannheim führte, ob des Senators Einsatz und Hilfe für die jüdische Familie. Franz Burda erhielt die Lizenz – die Burda-Erfolgsgeschichte konnte nach dem Krieg weitergehen, wurde ein deutsches Wirtschaftswunder. Ein doppeltes, wenn man so will: Franz ‚Bunte' und Aenne ‚Burda Moden'.

Jetzt wird Herr Burda sehr ernst, zeigt auf eine Straße: „Hier war für mich das Wichtigste. Hier bin ich den Weg hochgefahren. Zur Verhandlung über die Realteilung." Harte Verhandlungen, wie das Unternehmen nach dem Tod des Vaters aufgeteilt werden sollte. „Zwei gegen einen", „der Kleine gegen die zwei Großen" oder „Brüderkrieg" haben es Dritte genannt. 1986 war das. „Von da an konnte ich alles machen, was ich im Kopf hatte. Mit zwei Brüdern hätte ich das nicht geschafft."

Von „Brüderkrieg“ ist heute keine Spur zu sehen. Wir nähern uns Frieder Burdas Zuhause, Hubert Burda will den Bruder noch besuchen, bevor es zum Flughafen geht. Friedlich strahlt die badische Sonne über das Anwesen des großen Bruders. Man sieht sofort, der Enkel hat das Arbeitermilieu des Lokführers verlassen.

Herr Burda ist zurück im Auto, die Fahrt geht zum Flughafen. Wie er das denn als Bub wahrgenommen habe, will ich von Herrn Burda wissen. „Ich war da schon stolz auf das Feuerwerk des Vaters. Er hat ja gerne Feuerwerk gemacht. Die Leute wussten ja nicht, wo er das Geld her hatte. ‚Der spinnt jo‘ hänn se denkt. Aber wenn einer so viel Geld für ein Feuerwerk hat, dann hat er auch Geld für anderes. Und dann kam ja auch die Betriebskapelle dazu. Und der ‚Bambi‘ – da erinnere ich mich, dass ich mit den Eltern nach Karlsruhe gefahren bin. In Karlsruhe haben sie sich getrennt von mir.“ Hubert Burda legt sein Bubengrinsen auf: „Ich bin dann alleine durch das Spalier gelaufen, und da hat mich jemand gefragt (Herr Burda in breitem Karlsruher Nordbadisch): Wer bischene du?“ Da hat Hubert Burda, mit Opa-Andres-Gen geantwortet: „Siehsch des nett – ich bin de Richardson.“ Und alle haben sie gelacht.

Erschöpfung

„Der Vater hat mich dann auch zur Musik geführt. Zu den Arien, den Tenören. In diese Welt. Und zu Beethoven. Von Furtwängler dirigiert. Auf Schallplatten hat er mir das auch vorgespielt. So kam es, dass ich schon mit vierzehn oder fünfzehn Jahren `n Vogel hatte. Das erste, was ich im Fernsehen gesehen habe, war Wimbledon, die Krönung der englischen Königin. Und die Beerdigung von Wilhelm Furtwängler. Als ich den Onkel von Maria (den Florian Furtwängler, Hubert Burdas Studienfreund) kennenlernte, da wusste ich schon, wer die Furtwänglers sind. Der einzige Sohn war sechs Jahre alt bei der Beerdigung." Hubert Burda erinnert sich an die Fernsehbilder: „Ich seh des Büble bei der Beerdigung neben der Mutter am Sarg. Andreas. Wilhelm Furtwängler starb hier in Baden-Baden, in Ebersteinburg. Er starb an Erschöpfung.

Da habe ich mir vorgenommen, nicht an Erschöpfung zu sterben", sagt Hubert Burda mit ernster Mine.

Hubert Burda 1999 mit Mutter Aenne

Feuerwerk zum Richtfest des ‚Burda-Turmes' als Titelbild auf der Illustrierten ‚das ufer' – Vorläuferin der BUNTE

Badische Erdbeeren

Sanft legt sich das frühe Abendlicht über den kleinen Flughafen von Baden-Baden. Mit im Reisegepäck hat Hubert Burda eine Kiste Erdbeeren und Spargel. Badische Erdbeeren und badischer Spargel. Frisch geerntet aus dem heimatlichen Boden. „Ä Schäle Erdbeere mache ner mir in de Flieger“ so der Wunsch von Herrn Burda. Heimatgenüsse für unterwegs. Wenig später steigt das Flugzeug auch schon in den sonnenblauen badischen Himmel – Ziel: München.

Mögen Jacob und Elisabeth die badischen Erdbeeren genauso gut schmecken, wie dem Vater, dem Großvater, der Großmutter. Und dem Urgroßvater – dem böhmisch-badischen Gute-Laune-Mensch.

Der Acker ist bereitet, die Wurzeln können in den Äther steigen.

„Die Art und Weise wie die Algorithmen abgestimmt sind,
die unsere Nachrichten für uns kuratieren,
wird immer wichtiger.“

Jacob Burda im Interview mit FOCUS Online im Januar 2016

PREIS-MASKENBALL

Der Ort, an welchem die Erfolgsgeschichte
BURDA begann, die Hinterhofdruckerei
beim „Metzger Burg" in Offenburg

Links im Bild: Großvater Franz der Erste mit Sohn
Franz der Zweite, genannt „Der Senator"

Kurzbiografie Dr. Hubert Burda

Als dritter Sohn des Offenburger Verlegerehepaares Aenne und Dr. Franz Burda, übernahm Dr. Hubert Burda 1976 zunächst die Chefredaktion der BUNTE und 1986 den Burda-Verlag. Mit FOCUS platzierte Dr. Hubert Burda ein neues Nachrichtenmagazin. Er gilt als Wegbereiter der ‚digitalen Revolution' in Deutschland und ist bis heute im Vorstand des international agierenden Familienunternehmens ‚Hubert Burda Media' mit über zehntausend Mitarbeitern tätig. 2017 übergibt Dr. Hubert Burda je 37,5 Prozent Gesellschaftsanteile an seine beiden erwachsenen Kinder Jacob Burda und Elisabeth Furtwängler aus der Ehe mit Dr. Maria Furtwängler. Dr. Hubert Burda initiierte etliche internationale Vorlesungsreihen, Preise und Stiftungen und engagiert(e) sich in zahlreichen gesellschaftlichen Einrichtungen, u. a. war er über viele Jahre Präsident des Verbandes deutscher Zeitschriftenverleger. Er erhielt zahlreiche Auszeichnungen, u. a. das Große Bundesverdienstkreuz.

Vorgeschichte: Der aus Deutsch-Brod in Böhmen stammende Urgroßvater Wenzel Burda trifft Mitte des Neunzehnten Jahrhunderts auf seiner Wanderschaft in Offenburg ein und wird sesshaft. Hubert Burdas Großvater, Franz Burda, wird 1873 in Offenburg geboren. Er erlernt das Druckerhandwerk und gründet 1903 die erste Burda-Druckerei, die sein Sohn Dr. Franz Burda, Jahrgang 1903, genannt „der Senator", zur „Tiefdruckweltmeisterschaft" führt, dieser gründet den Burda Verlag (u. a. BUNTE). Ehefrau Aenne Burda, Jahrgang 1909, schafft mit ‚Burda Moden' die weltweit größte Modezeitschrift, eroberte als erster westlicher Verlag den russischen Markt und wurde zur „Königin der Kleider".

1940 Am 09. Februar in Heidelberg geboren
1959 Abitur am Schiller-Gymnasium Offenburg
1965 Promotion zum Dr. phil. in München
1966 Erster USA-Aufenthalt
1966 Verlagsleiter bei Burda in München, „Bild und Funk“
1967 Erste Ehe mit Dr. Christa Krauss (heute Maar), bis 1972
1967 Geburt Sohn Felix Burda
1969 Erste Zeitschrift „m“ gegründet, 1970 eingestellt
1972 Verantwortung für Vertrieb, Anzeigen und Werbung in der Burda GmbH
1975 Stiftung des „Petrarca-Preises“
1976 Chefredakteur der BUNTE
1976 Lebensgefährtin Kristina Göhner, bis 1986
1981 Eigentümer 25 Prozent an der Burda GmbH
1983 Umzug der BUNTE-Redaktion nach München
1986 Tod des Vaters Dr. Franz Burda
1986 Realteilung des Unternehmens unter den drei Brüdern
1987 Alleininhaber des Burda Verlages
1987 Aenne Burda erobert den russischen Markt
1990 Geburt Jacob Burda, Mutter ist Dr. Maria Furtwängler
1991 „Super!-Zeitung“ in den neuen Bundesländern, bis 1992
1991 Zweite Ehe mit Dr. Maria Furtwängler
1992 Geburt Tochter Elisabeth
1993 Start des Nachrichtenmagazins FOCUS
1993 Erste Multi-Media-CD-ROM
1994 Eigentümer des Burda-Moden-Verlages
1996 Start FOCUS-Online
1999 Firmierung unter „Hubert Burda Media“
2000 Gründung „Burda Digital“

2000 Eröffnung des Burda Medienpark in Offenburg

2000 Verleihung des Ehrenprofessorentitels sowie Ehrenbürger der Stadt Offenburg

2000 Gründung FOCUS Digital AG

2001 Tod des Sohnes Dr. Felix Burda aus erster Ehe

2002 Ehrensenatorwürde der Hochschule für Gestaltung in Karlsruhe

2003 Firmenjubiläum „100 Jahre Burda“

2005 Gründung „DLD“-Konferenz

2005 Neues Druckzentrum in Offenburg

2005 Tod der Mutter Aenne Burda

2006 Hauptanteilseigner „Holidaycheck“

2007 Jakob-Fugger-Medaille

2008 Großes Bundesverdienstkreuz mit Stern

2010 Teilnahme an der Wahl des deutschen Bundespräsidenten

2011 Ehrensenatorwürde der Hochschule für Jüdische Studien

2012 Gründung „Senator-Ehrenamtspreis“

2012 Hauptanteilseigner „XING“

2017 Beteiligung der Kinder Jacob und Elisabeth zu je 37,5 Prozent am Familienunternehmen, Gründung einer europäischen SE mit Sitz in Offenburg

Hubert Burda mit seinen Kindern Jacob und Elisabeth 2017

Zum Autor Elmar Langenbacher

Jahrgang 1967. Geboren und aufgewachsen in Hornberg im Schwarzwaldes als Jüngster unter vier Geschwistern, behütete Kindheit im Schatten des großen Kastanienbaumes auf dem Minigolfplatz der Eltern. Wilhelm-Hausenstein-Schule Hornberg, Robert-Gerwig-Gymnasium Hausach. Mit den „Naturfreunden“ und den St. Georgs-Pfadfindern unterwegs im Schwarzwald.

1967	Am 19. Dezember 1967 in Hornberg geboren
1979	Tod der Mutter
1982	Umzug nach Offenburg
1984	Anmeldung erstes Gewerbe als Musiker
1988	Abitur am Oken-Gymnasium Offenburg
1989/90	Praktikum im Burda Verlag Offenburg
1993	Gründung eines Grafikbüros
1994	Studiumabschluss in Freiburg zum Grafik- und Kommunikationsdesigner
1994	Gründung einer Werbeagentur
2007	Tod des Vaters
2014	Erstes persönliches Zusammentreffen mit Dr. Hubert Burda
2014	Debüt als Autor und Verleger mit dem Titel: „Mein Licht. Meine Stille. Der Kinzigtäler Jakobusweg“
2017	„Spaziergang mit Hubert Burda – Herkunft. Schwarzwald.“
2018	„Spaziergang mit Dr. Kurt Mosetter – Wohlstandsleichtsinn“

Die Zukunft wird spannend.

Besonderen Dank

an alle, die sich die Zeit für ein persönliches Gespräch genommen haben: Georg Thoma, Celemens Bechert, Konrad Schilli, Kristina Göhner, Gudrun Schillack, Jürgen Todenhöfer, Jess Haberer, Else Haberer, Erika Striebich, Dieter Schäfer, Charly, Carmen Schober, Horst Junker, Silvano Zampolli, Rainer Mülbert, Thomas Schulz, Klaus Hansert, Frieder Hack, Rolf Seeger, Stefan Ziemann, Herbert Metzler, Edith Viertel, Reinhard End, Lothar Nadler, Rudi Reiff, Jürgen Siegloch, Kurt Blum, Fritz Schelshorn, Hans-Jörg Kiefer, Boris Weggler. In Memoriam Marianne Müsch.

an alle, die nicht genannt werden möchten

an Kari Albermann, Bettina Sojka und Thomas Hentschel für die organisatorische Hilfe in Offenburg

an Ruth Gudlat für die organisatorische Hilfe in München

an Ute Dahmen und Rainer Braxmaier, deren Bücher mir in der Recherche eine besonders große Hilfe waren

an Johann Schmider, Gudrun Schillack, Gerd Dörfelt, Ingrid Klär, Monika Haberer, Alexandra Huguel, Niko Graf sowie Uwe Kotthaus „fürs Drüberlesen" und die Tipps

ans „Waldeck" in Menzenschwand für die Gastfreundschaft während meiner Recherche und kreativen Auszeiten

an Petra Klär für die Geduld während meiner Abwesenheit

Quellen- und Literaturnachweis:

Dr. Franz Burda Mensch und Werk, Oswald Scharfenberg (Redaktion), Burda Druck und Verlag Offenburg, 1968

Die Burda Famile Gesamtausgabe 1952 - 1970, Burda Druck und Verlag Offenburg, 1972

Zum Gedenken Senator Dr. Franz Burda, Lothar Strohbach (verantwortlich), Burda-Verlag Offenburg, 1986

Aenne Burda Die Macht des Schönen, Judith Betzler (HRSG.), Econ-Verlag München, 1999

Hubert Burda Kunst und Medien, Judith Betzler (HRSG.), Petrarca-Verlag München, 2000

Poeten Maler Petticoats, Rainer Braxmaier, Burda Medien Park Verlage Offenburg, 2005

Hubert Burda Der Medienfürst, Gisela Freisinger, Campus Verlag Frankfurt, 2005

Aenne Burda Wunder sind machbar, Ute Dahmen, Petrarca Verlag München, 2009

Zwischen Pop und Pantheon, Rainer Braxmaier, Burda Medien Park Verlage Offenburg, 2009

Festina Lente, (Konzeption und Redaktion: Michael Krüger, Stephan Sattler), Petrarca Verlag München, 2010

In Medias Res, Hubert Burda, Petrarca Verlag München, 2010

Die Furtwänglers, Gunna Wendt, LangenMüller (F.A. Herbig) München, 2010

2020 - Gedanken zur Zukunft des Internets, Hubert Burda u.a., Klartext Verlag Essen, 2010

Senator Dr. Franz Burda Geschichten eines Lebens, Ute Dahmen, Petrarca Verlag München, 2011

Meine Marke, Geleitwort von Hubert Burda, Redline Verlag München, 2011

Die BUNTE Story, Hubert Burda, Pantheon Verlag München, 2012

Notizen zur digitalen Revolution, Hubert Burda, Petrarca Verlag München, 2014

Der Senator und Fessenbach, Ute Dahmen, 2015

Franz Xaver Winterhalter Maler im Auftrag Ihrer Majestät, arnoldsche ART PUBLISHERS Stuttgart, 2015

Digitale Horizonte, Hubert Burda, Petrarca Verlag München, 2016

sowie: Langsame Heimkehr (u.a), Peter Handke • Liebe zu München / Buch einer Kindheit, Wilhelm Hausenstein • Gelassenheit / Der Feldweg, Martin Heidegger • Vom Spazieren, H. D. Thoreau • Georg Thoma Vom Hirtejungen zum Skikönig, Gerd Jauch • Jubiläumsbroschüre 100 Jahre Georg-Monsch-Schule • Infoflyer Martin Heidegger in Todtnauberg, Gemeinde Todtnauberg • BUNTE 20/1983 • Internetseiten Wilhelm Hausenstein Gymnasium München sowie Wilhelm-Hausenstein-Stiftung • diverse Artikel in der Badischen Zeitung, dem Offenburger Tageblatt, FOCUS-Online, Wikipedia

Impressum:
Autor: Elmar Langenbacher
Titelgestaltung: Elmar Langenbacher
DTP-Produktion: Wolber Kommunikation Hausach
Bildredaktion: Elmar Langenbacher, HBM/Bettina Sojka
Lektorat: Gudrun Schillack, Johann Schmider
Schlussredaktion: Elmar Langenbacher
Druck: B&K Ottersweier
Einband: Großbuchbinderei Josef Spinner GmbH, Ottersweier

Elmar Langenbacher Verlag, In der Gifiz 1, 77656 Offenburg; Sitz: 78132 Hornberg/Schwarzwald
www.Elmar-Langenbacher.de

Printed in Germany

ISBN 978-3-00-058285-1

Bildnachweis:
Elmar Langenbacher (Titel & Farbseiten Landschaft: 224, 314/315, 316, 317, 318, 319, 320/321, 322, 324, 325, 326/327, 328/329, 330/331, 332 • HBM-Archiv (Umschlag U2) • Textteil: Burda Privatarchiv (8, 11, 25, 46, 71, 99, 100, 101, 113, 158, 192, 194, 206, 236, 346, 354, 373); Burda Archiv (59, 60/BUNTE-Archiv, 71/Verlag Aenne Burda Archiv, 114, 133, 141/FOCUS/Holger Stamme, 142/© Isolde Ohlbaum, 179/BrauerPhotos © Goran Nitschke, 193/© Isolde Ohlbaum, 202/Ulli Skoruppa, 218, 219/W. Beege, 258/Iris Rothe, 281, 282, 298/E. Mörk, 336/© Isolde Ohlbaum, 345/Digne Meller Marovicz, 350, 367, 368/BUNTE; Ulrike Derndinger/Badische Zeitung (175); Archiv Althistorische Narrenzunft Offenburg (360) • Farbteil: HBM-Archiv/Iris Rothe/Axel Bleyer (301, 302, 303, 304, 305, 306, 307, 308/links oben, 311/Thomas Hentschel/rechts oben); Ralf Burgmaier/Badische Zeitung (308, 309, 311/rechts oben); Christian Kornmeier/Mittelbadische Presse.TV (310/311 unten); Manuela Seiler/Stadt Gengenbach (313); Petra Klär Privat (323). Umschlag U3: Dieter Wissing.

Wir haben uns bemüht, für alle Abbildungen den entsprechenden Inhaber der Rechte zu ermitteln. Sollten dennoch Ansprüche offen sein, bitten wir um Benachrichtigung.